支持单位

成都市文学艺术界联合会

出品单位

四川师范大学文学院

成都市李劼人研究学会

四川新文学大系

散文编 · 第一卷 ·

总　　编	王嘉陵　刘　敏
副 总 编	张义奇　曾智中
本编主编	曾智中
副 主 编	吴媛媛

四川文艺出版社

图书在版编目（CIP）数据

四川新文学大系. 散文编：共五卷 / 王嘉陵，刘敏
总编；张义奇，曾智中副总编；曾智中主编；吴媛媛
副主编. — 成都：四川文艺出版社，2024.8
　　ISBN 978-7-5411-6546-7

　　Ⅰ. ①四… Ⅱ. ①王… ②刘… ③张… ④曾… ⑤吴
… Ⅲ. ①中国文学－现代文学－作品综合集－四川②散文
集－中国－现代 Ⅳ. ①I218.71

中国国家版本馆 CIP 数据核字（2023）第 216413 号

SICHUAN XINWENXUE DAXI · SANWENBIAN（DIYIJUAN）

四川新文学大系·散文编（第一卷）

总编　王嘉陵　刘　敏　副总编　张义奇　曾智中
本编主编　曾智中　副主编　吴媛媛

出 品 人　冯　静
策划组稿　张庆宁
书稿统筹　宋　玥　罗月婷
责任编辑　罗月婷　陈雪媛
封面设计　魏晓舸
版式设计　史小燕
责任校对　段　敏　付淑敏
责任印制　桑　蓉　崔　娜

出版发行　四川文艺出版社（成都市锦江区三色路 238 号）
网　　址　www.scwys.com
电　　话　028-86361802（发行部）　　028-86361781（编辑部）

邮购地址　成都市锦江区三色路 238 号四川文艺出版社邮购部　610023
排　　版　四川胜翔数码印务设计有限公司
印　　刷　成都东江印务有限公司
成品尺寸　148mm×210mm　　　　　开　　本　32 开
印　　张　50.875　　　　　　　　　字　　数　1350 千
版　　次　2024 年 8 月第一版　　　印　　次　2024 年 8 月第一次印刷
书　　号　ISBN 978-7-5411-6546-7
定　　价　276.00 元（共五卷）

编委会名单

编委会主任

梁　平

编委会副主任

王嘉陵　刘　敏

总　编

王嘉陵　刘　敏

编　委

总序

"奇伟的地方"与"奇伟的文学"

一

成都指挥街一百零四号——诗人、音乐家叶伯和寓所,民国十一年(1922)十一月三十日这一天,成都草堂文学研究会推出了一份三十二开的文学刊物《草堂》。主要内容有诗歌、小说、戏剧等,除在省内发行外,还在北京、上海、广州、南京、昆明、苏州、杭州、长沙、武汉、法国蒙柏利(今译蒙彼利埃)、南洋(今马来西亚)槟榔屿等地设有代售处。

四川盆地这一声雏凤新啼,引来中国新文学界的凝视和喜悦——

茅盾在检视新文学发展的历程时说道:"四川最早的文学团体好像是草堂文学研究会(成都,十二年春),有月刊《草堂》,出至四期后便停顿了,次年一月又出版了《草堂》的后身《浣花》。又有定期刊《小露》(十二年),似非同人杂志。成都以外,泸县(川南师范）有星星文艺社，定期刊为《星星》（十三年），又有零星社的《零星》（十二年）；重庆有《南鸿周刊》（十四年二月）。"①

周作人更有由衷的憧憬："近来见到成都出版的《草堂》，更使我对于新文学前途增加一层希望……对四川的文艺的未来更有无限的向往。我们不必学古今的事实来作例证，便是直觉的也能觉到有那三峡以上的奇伟的景物的地方，当然有奇伟的文学会发生出来。《草堂》的第一期或者还不能当得这个称号，但是既然萌长起来了，发达也就不远，只等候《草堂》的同人的努力了。"②

二

"奇伟"之地的四川，自古就有优秀的文学传统。

郭沫若"奉读草堂月刊第一期"时就"甚欢慰"，"吾蜀山水秀冠中夏，所产文人在文学史上亦恒占优越的位置。工部名诗多成于入蜀以后，系感受蜀山蜀水底影响"③。蜀中前贤常璩《华阳国志》借《易经》卦位，谓蜀："其卦值坤，故多斑彩文章。"

古蜀沃野千里，水系通畅，物产丰盈；险道阻隔，史上战事相对少于中原；汉有文翁兴蜀，化比齐鲁；唐宋时为全国的雕印书籍中心；明人则云："逊惟往记，见蜀山水奇、人奇、文与艺奇，较他处觉多，故剑阁、峨眉、锦江、玉垒，称古今狂客骚人、名流雅士之一大武库焉。"④

---

① 茅盾：《中国新文学大系·小说一集·导言》，原载《中国新文学大系导言集》，贵阳：贵州教育出版社，2014年，第101页。

② 周作人：《读〈草堂〉》，《草堂》，三期，民国十二年（1923）五月五日，上海图书馆藏本。

③ 郭沫若：《通讯·致草堂社诸乡友》，《草堂》，三期，民国十二年（1923）五月五日，上海图书馆藏本。

④ ［明］曹学佺：《蜀中广记·诗话·画苑二录序》，杨世文点校，《蜀中广记》，上海：上海古籍出版社，2020年，第1097页。

由此生发，汉司马相如辞赋标誉天下，晚唐长短句之曲子词始出，滋衍于五代，后蜀《花间》问世，为首部文人词总集，其词作多出自蜀人。唐至明、清，文学巨擘陈子昂、苏东坡、杨升庵、李调元等为文坛留下千古绝唱，李白、杜甫、白居易、杜牧、元稹、张籍、王建、陆游等多不胜数的文人墨客流连蜀中，创作了浩繁巨量的诗词文章。巴蜀高天厚土成为文人云集、文学兴盛的基础。

三

中国新文学因现代国人思想的觉醒而发端、发展和繁荣。"奇伟"之地的四川，在现代的前夜与现代文学的准备、发生、发展过程中，其文学创作实践与文艺理论探索又一次走到了时代前列，形成一支现代文学中"冲出夔门"的劲旅，在文学家数量上占据全国第三位①，在新文学发生的地图上，成都被称为新文化运动第三重镇②。可以说现代文学史上一系列首开风气的事业都与四川大有关系。在中国新文学时期，四川保持了文学大省的姿态。

具体说来，四川与全国其他地区相比较，无论从社会状况还是从自然条件上看，都有其独特性：

地理位置虽然较偏僻，但知识分子们的思想意识并不保守落后，尤其在新文化新思想的传播中，四川可以与京、沪等中心城市媲美。辛亥革命和"五四"新文化运动，四川都是重要的策源地之一。

四川地区地理位置特殊，处于主流文化与少数民族文化交会的

---

① 李怡：《现代四川文学的巴蜀文化阐释》，长沙：湖南教育出版社，1995年，第1—2页。

② 参见张义奇：《成都：新文化运动第三重镇》，《华西都市报》2015年9月12日。李劼人在《五四追忆王光祈》中指出，"五四"时期"成都真是全中国新文化运动的三个重点之一。北京比如是中枢神经，上海与成都恰像两只最能起反应作用的眼睛"。

走廊地带，反映在文学创作中便呈现出丰富性、多样性和独特性等诸多特征。

全国抗日战争爆发之后，四川成了中国文学和文化最重要的后方之一，它在中国新文学史上的重要意义，怎么评价都不为过。四川以其天险和地理屏障保全了作家的生命，而且更重要的是保存了中国文学的精神薪火和再植灵根。

四川地处西南地区，高山大川，在地理上与其他地区形成显著差异。自古以来，其内敛、务实、坚韧、包容的文化精神，已经融入中华文化的血脉之中。中原文化的许多基因，也通过漫长的历史渐渐地改变着四川文化的形态。彼此互相影响、互相改变的文化发展路径，可能是每一种文化都必然经历的过程。

这种奇伟之地造就的奇伟文学，具有浩远的精神价值和恒久的审美价值，难怪周作人说道："地方色彩的文学也有很大的价值，为造成伟大的国民文学的原素，所以极为重要。我们想像的中国文学，是有人类共同的性情而又完具民族与地方性的国民生活的表现，不是住在空中没有灵魂阴影的写照。我又相信人地的关系很是密切，对于四川的文艺的未来更有无限的向往"。①

四

20 世纪 30 年代到 80 年代，作为新文学革命成果的《中国新文学大系》已经编辑出版过四编②，而我们编纂的这套《四川新文学

---

① 周作人：《读〈草堂〉》，《草堂》，三期，民国十二年（1923）五月五日，上海图书馆藏本。

② 赵家璧主编的《中国新文学大系》（1917—1927），由上海良友图书印刷公司出版；上海文艺出版社组织编辑第二编（1927—1937）和第三编（1937—1949），分别于 1987 年和 1990 年出版。此外，20 世纪 60 年代，香港文学研究社还在第一编的基础上，出版过《中国新文学大系·续编》，时序与上海文艺出版社所出第二编相近。

大系》，则是一部地域性的新文学丛书。

它涵盖的内容，是自新文学革命伊始至 1949 年四川地区的文学作品，那时的四川，地域辽阔，包括现在的巴渝全境[①]。

此外，无论四川本土的作家，还是流寓作家，有的声名显于当时，创作了较多优秀的作品，但之后因各种原因被史家淡忘，随岁月流逝而淡出人们的视野，作品亦流失、散佚，难以寻觅，如果不加以搜集和整理，则可能无声息地永久地消逝掉了。

这一点很重要，除了通过搜集、整理，彰显四川新文学的全貌，抢救濒于消逝的一个时代的作品，为后世后人留存备考的文献和文本，也是我们秉承的宗旨和希望达到的目的。

《四川新文学大系》的编纂出版，由李劼人研究会发起。经过差不多七年时间，中间虽然受到疫情的干扰，终告于完成。世事茫茫，黄卷青灯，同仁于此中之艰辛和奉献，将为此奇伟之地留一历史存照。足矣。

五

这部《大系》按照文学体裁和研究专题分为七编，分别为：小说、诗歌、散文、报告文学、戏剧、文学理论与评论和史料。现简述如次——

《小说编》

新文学萌芽阶段，以小说家为代表的四川作家就率先加入了新文学革命的洪流，在时间上并未落后于其他地方的作家。

从 20 世纪初到 20 年代，四川小说家们极其活跃，不但成为新文

---

① 抗战时期，因国民政府西迁，1937 年底重庆定为国民政府陪都。但历史、地理、文化的共同母体，决定了其时的重庆作家仍为川籍作家，因此《四川新文学大系》理所当然包括了这一时期重庆的作家和文学作品。

学革命初期的主要参与者，而且可以说在某种程度上成为较为重要的引领者。

20世纪20年代末到30年代，四川新文学小说家井喷似的大量出现，人数众多，创作的作品数量也最多。多数小说家的重要作品都产生于这个时期。

本编收录了四十余位川籍小说家的作品，他们中的很多人都在全国范围内产生过一定的影响，甚至产生过广泛的影响。

编选者学术态度严谨，认为全国抗战爆发之后，从东部沦陷地区来到巴蜀的作家很多，有不少小说创作。艾芜主编的《中国抗日战争时期大后方文学书系》第三编小说共辑录四册，收录了这些小说家的部分作品。因人数众多，且寓居时间长短不一，是否严格属于四川新文学存有争议，故本编对该类寓居于四川的小说家的作品均不作收录。

《诗歌编》

这是一部迄今为止最全面地展示现代时期四川诗歌面貌的选集，在完整地保留新诗史料方面做出了突出的贡献。

编撰者付出的努力有目共睹。这些民国时期的文献史料，搜求十分不易，相当一部分已经湮没或者难以寻觅，但编者竭尽全力，努力寻找，翻阅大量原始报刊，千淘万漉，其数量和质量都有较好的保障，值得充分肯定。

编辑体例清晰，便于读者查阅。按诗人姓氏音序进行编排，使得读者比较容易查询，能够较好地利用这些文献。

《散文编》

相较于小说、诗歌，四川现代散文读者印象淡薄，文献零落，系统研究稀缺，几成无人打望的旷野。问题之所以成为问题，就在于我们对此还缺乏一个起码的回顾与反省，而《四川新文学大系·散文编》的编选，就是努力的起步。

编选者以前贤如周作人、郁达夫所编《中国新文学大系》散文一集、二集为高标和示范；同时以自己的喜爱，以文学价值为首要考量，认为没有选家的眼光和热情的选本，只是产品说明书或名胜导游词而已。

此外，编选者也尽量兼顾了资料的珍稀性。认为一般文学史的描述，自然是有价值的参考；一般文学史忽略的，自然更有关注的理由。

入选作品时间跨度为 20 世纪上半叶，这样整个四川现代散文的潜伏、诞生、发展、高潮、衰变便有迹可循，班班可考。

是以此编以四川本土作家作品为主体，兼顾流寓作家作品。后者情况较为复杂，大致包含其在四川创作的作品、以四川为题材的作品，或与四川有密切关联的作品。

散文编共收录四十余位本土作家一百多篇作品，二十余位流寓作家五十多篇作品。

《报告文学编》

作为中国现代文学的重要组成部分，四川新文学的发展与全国同步，报告文学自然也在 20 世纪前半期历经了发展、成熟的过程。

本编所收录的作品，时间上限不拘泥于一般文学史所认定的新文化运动起始的 1915 年，或是文学革命发生的 1917 年，而是秉承"20 世纪中国文学"的概念，结合四川实际情况，上溯至辛亥革命时期，主要以记述保路运动的作品为重点。

而"五四"时期则以旅欧作家的作品为重点，以此反映川籍留学生在"勤工俭学"大潮中的生存状况和他们直面西方文化时的心路历程。

20 世纪 30 年代，四川作家的报告文学作品已很成熟，李劼人的《危城追忆》、郭沫若的《北伐途次》、范长江的《中国的西北角》、胡兰畦的《在德国女牢中》、刘盛亚的《卐字旗下》等作品是最重要的成果。

除此之外，还有另外一些作品不可忽视，那就是描写自然灾害、山川风物以及社会经济的一类。作者都不是专业作家，但他们的作品既有重大事件反映，也有对社会现状的描述，无愧于报告文学的称号。

抗战时期，川籍或旅川的作家们在民族救亡的旗帜下，以笔作枪，再次以激昂而真切的文字记录着一个伟大的时代。

纵观辛亥以降至 20 世纪 50 年代前，四川报告文学作品集中出现的时候，正是中国社会生活重大变故之际，在四川或全国发生的重大事件中，四川作家从未缺席。

本编的作家作品排序，采取了综合的办法，即：首先按照时代和内容分类，然后再按时间先后编排。其中第一卷收录作品从保路运动至"五四"前后；第二卷是大革命至全国抗战爆发前；第三卷是全国抗战及胜利后；第四卷是报告文学作家专卷。

本编收录的作品，有些是新文学史上的名篇，但有相当一部分则从未进入文学史的视野，具有独特的意义。

《戏剧编》

中国的话剧始于清末。曾孝谷是四川成都人，曾在日本与李叔同、陆镜若、欧阳予倩等人共同组织了中国第一个话剧团体"春柳社"，民国初年回到成都后，为改良戏剧，推动话剧发展，他又组建了"春柳剧社"，"春柳剧社"成为"成都话剧的萌芽"①。曾孝谷也因此成为四川话剧艺术的奠基人。

20 世纪 30 年代是四川的话剧艺术发展的繁荣时期。四川话剧演出和观赏活动大都局限于文化素养较高的教育界，剧本多为著名作家田汉等人的作品，内容涉及社会生活的方方面面；其次是以莎

---

① 参见孙晓芬：《抗日战争时期的四川话剧运动》，成都：四川大学出版社，1989 年，第 2 页。

士比亚作品为主的翻译作品。

抗战时期是话剧在四川的大发展时期。从全国抗战开始，四川的各个抗日救亡团体就排演了许多街头剧、活报剧。从 1937 年 10 月起，先后有全国众多知名演员组成的八个话剧团，分别从上海、南京、武汉、香港等地入川，在各地进行巡回演出，极大地促进了四川话剧的发展。抗战期间，成都的话剧产业日臻成熟，宣传营销手段较之前有了较大提高。

四川话剧从民国初年传入，到抗战勃兴，再到战后沉寂，其间不仅经历了趋新与守旧到针锋相对，还见证了精英阶层与普通市民的分歧疏离。

梳理四川话剧发展的历史，既是对一种艺术形式发展与流变的整理，亦是对民国时期成都社会意识、官民互动乃至现代化变革的透视。

本编所收，以现代原创话剧为主，传统戏曲改编的戏剧、翻译剧及其基础上改编的戏剧不录。

四川新文学时期话剧剧本很多，搜集完全颇为困难，本编所收均为在四川出版、创作或公演的具有一定影响力的本子。

《文学理论与评论编》

巴蜀文艺思想自古以来亦独树一帜，中国文学史上几次较大的文风变革均有巴蜀人参与其中，司马相如、扬雄、陈子昂、李白、苏轼等均有创造引领的历史伟绩。

到了近现代，四川的文学创作实践与文艺理论探索又一次走到了时代前列。

"五四"时期，巴蜀文学家表现不俗，在文艺思想、理论建构方面做出了重要成绩。他们在大多数文艺思潮论争中都发出了自己的声音，积极参与时代话语的建构，提出了独特的看法，在很多领域开一代风气；从思想到工具论到审美，到文学的各要素等都有论述，较为全面；此外还关注到文学创作的主体性。

在接下来的第二个十年、第三个十年里，四川文艺理论依然走在前列。如从文学革命到革命文学的转折中，李初梨、郭沫若、阳翰笙的文学理论产生了重要的影响；在抗战时期，陈铨、邵荃麟等都提出了自己独特的文艺主张。

现代四川文艺理论的总体特征是群体效应明显、积极参与介入意识较强，既有富有青春气息的反叛精神，又有保守中庸的中正平和之姿；既有本土立场又有国际视野，在中国文论的现代转型建构过程中做出了不可忽视的贡献。

然而，这些成就往往被忽视、被遗忘、被湮没，编者梳理了其中主要原因：

一是中心与地方关系，过去的文学史主要是一种线性的时间观，空间意识还不够，没有充分意识到地方、地域的重要性，地域性的文学史还不多，地域文学的重要性正在发掘中。

二是部分学者身份复杂，而文学史书，甚至文学研究有很多禁忌。

三是与巴蜀学者大多数中庸、中立甚至偏向稳健保守的态度、主张有一定关系，后来的评价更多的是看到、肯定新文学中的激进派，而对中立的、保守的价值的发现与重估较晚。

但现代文学的地域版图研究逐渐成为一个学术生长点，"文学史研究的'空间'阶段已经到了"①，因此关注现代四川文艺理论，还原丰富的历史，是一种追求与尝试。

现代四川文艺理论研究、文献结集尚不多见，本编搜集了一百三十多位现代川籍文学家、文艺理论家的相关论著，最终筛选出四十多位作者具有代表性的文学理论及评论文章，编为四卷，大致展示了这一阶段四川文艺理论及评论的主要面貌，展现了中国文论现

---

① 参见李怡为彭超《巴蜀作家与中国现代文学的发生》所作序，北京：中国社会科学出版社，2014年，第4页。

代转型过程中的四川话语与建构。

《史料编》

与星光璀璨的四川现代作家群相对应的是，对四川现代作家的研究却乏善可陈，除巴金、李劼人、郭沫若等少数作家外，不少川籍作家的研究还有很大的空间，本编为此做出了有益的探索。

近代尤其是抗战时期，巴蜀各种文学自救活动此起彼伏，谱写了一曲曲悲壮的抗战战歌。报刊创办如火如荼，副刊成为文艺宣传的主要阵地之一。

文学社团、文艺报刊遍地开花。四川现代文学的中心当仁不让是成都和重庆，其他市县也绽放出了自己的光彩。

繁荣的出版业，为四川文化的发展提供了很好的物质条件。社团、期刊兴办多，关闭多。不少文艺团体和期刊存在的时间都不长，短的几个月，长的也就几年时间。出版家和文人队伍的兴起，为四川新文学的发展，提供了人才保障。

本编从浩繁零散的资料中去钩沉这些四川现代文学的荣光，较为清晰地厘清了其中的发展轨迹。分为：文学社团史料、作家小传、文学期刊、报刊副刊、新文学创作总目、新文学大事记及索引等内容，为四川新文学的研究者提供了基础的资料或线索。

六

《四川新文学大系》由谭光辉、张义奇、曾智中、段从学、蒋林欣、付玉贞、王菱、王学东、吴媛媛、谢天开、刘云、闫现磊、吴红颖等分领各编。他们之中有作家、学者、教授、研究员、博硕导师，有文学领域的新秀，从事四川本土文学的整理有较好的基础。《大系》的执行编委张志强亦认真负责地做了较多编务和联络工作。大家勠力同心，其利断金，终成正果，令人欣慰。

这部《四川新文学大系》在审稿过程中，即获得学界的好评，这应该是对各编主编和参编者最好的褒奖。李怡、陈思广、邓经武、廖全京、妥佳宁等专家在本书的选题立意、编辑体例、作家和作品的筛选，以及提示漏选的文学家和作品诸多方面，贡献了很专业的意见。李怡认为，这套书"选题和编撰本身就是对百年四川新文学史的比较完整的呈现，这一工作极具历史价值和现实意义"。谈到《诗歌编》，认为"这是一部迄今为止最全面地展示现代时期四川诗歌面貌的选集，在完整地保留新诗史料方面做出了突出的贡献"。妥佳宁则认为《散文编》"从篇目的选择标准和范围看，编者的专业水准极高"。陈思广评《小说编》："所选作家及作品系统且具有代表性，能够全面地反映四川自新文化运动以来小说发展的基本面貌，也在总体上能够代表四川新文学小说方面的创作实绩，选目准确、系统，值得肯定。"邓经武充分肯定《报告文学编》"对早期的文白夹杂的极少数作品则视其内容重要性而定"的原则，同时，支持选取流寓四川作家所写四川故事，以"突出四川社会某个方面特征"，认为凯礼的《巴蜀见闻录》等，就选得很好。

所有这些，作为总编，秀才人情纸半张——我向他们致以深深的谢意！

七

成都市文学艺术界联合会、四川师范大学文学院、四川文艺出版社的领导和相关人员，自始至终在《四川新文学大系》的立项、资金和出版方面给予了积极的支持，在此也表示诚挚而真诚的感谢！

王嘉陵

前言

江山有巴蜀， 栋宇自齐梁

一

在中国现代文学史的疆域中，四川板块多半为小说、诗歌的强光所笼罩——李劼人的"大河三部曲"，巴金的"激流三部曲"，艾芜的《南行记》，郭沫若的《女神》……仅其大端，就耳熟能详，成为国族共同记忆。

高峰阴影既长且浓，四川现代散文几为其遮蔽。读者印象淡薄，文献零落，系统研究稀缺，几成无人打望的旷野。

问题之所以成为问题，就在于我们对四川现代散文还缺乏有学理意义的回顾与反省，而《四川新文学大系·散文编》的编选，就是我们努力的起步。

二

要做此事，首先得考虑以何为入选标准。

前贤如周作人、郁达夫所编《中国新文学大系》散文一集、二集，当然是一种高标和示范。

另一种标准，就是选编者自己的喜爱，以文学价值为首要考量——没有选家的眼光和热情的选本，就只是产品说明书或名胜导游词而已。此外，也尽量兼顾资料的珍稀性。

一般文学史的描述，自然是有价值的参考。

一般文学史忽略的，自然更有关注的理由。

时间跨度为 20 世纪上半叶，这样整个四川现代散文的潜伏、诞生、发展、高潮、衰变，有迹可循，班班可考。

以四川本土作家作品为主体（同属巴蜀文化母体的重庆的写入，自然是题中应有之义，川渝分家是时并未发生），兼顾流寓作家作品。后者情况较为复杂，大致包含其在四川创作的作品，或以四川为题材的作品，或与四川有密切关联的作品。

整个散文卷 2016 年春开始编纂，2018 年冬收尾，共收四十余位本土作家、二十余位流寓作家的作品，合计一百三十多万字。

三

掘开岁月的岩层，四川现代散文的潜河汹涌而出，河床宽阔，气韵恢弘，千脉万流，难以名状。

无论是生于斯、长于斯的本土作家，还是播迁漂泊于斯的流寓作家，伏虎手，悬河口，张扬个性于极致，恰如郁达夫在《中国新文学大系·散文二集》导言所言："这作家的世系，性格，嗜好，思想，信仰，以及生活习惯等等，无不活泼泼地显现在我们的眼前……是文学里所最可宝贵的个性的表现。"

它的丰富性，还体现在政论、史论、传记、游记、书信、日记、小品、序跋等各体裁千红万紫，内容上各吐芳华，而非抒情散文一花霸春，千人一面，万口一词。

朱自清 1926 年写的《论现代中国的小品散文》中的一些话，完全可以移来评价四川现代散文："但就散文论散文，这三四年的发展确是绚烂极了：有种种的样式，种种的流派，表现着，批评着，解释着人生的各面，迁流曼衍，日新月异；有中国名士风，有外国绅士风，有隐士，有叛徒，在思想上是如此。或描写，或讽刺，或委曲，或缜密，或劲健，或绮丽，或洗炼，或流动，或含蓄，在表现上是如此。"

四

四川现代散文本土作者中，郭沫若、李劼人、巴金、艾芜、沙汀作品持续问世，影响持久深远，为读者及论者所知，故不宜饶舌。

只是入选理由，应该交代几句。

郭沫若散文，通常会选《银杏》等短什，其实他的长篇自传，如《我的童年》《黑猫》等更能传达他如大渡河奔涛般澎湃的才情。

李劼人的《忆东乡县》《追念刘士志先生》等散文，充满小说家的深邃洞察和精细入微。单是一封《致陈晓岚》，如小说情节般恣肆曼延，几达万言。至于长篇《漫谈中国人之衣食住行》，更是对中国饮食文化的精妙梳理和总结，已入选大学教材。

巴金的《苏堤》融微妙世情于迷蒙湖景，精美沉郁，是此老的别一种笔墨，令人沉醉。

沙汀的早期散文《好吃船》《喝早茶的人》《贾汤罐》《女巫之家》阅世峻刻，笔力深重，发人长思。

艾芜的《漂泊杂记》可以说是《南行记》的展延版，脱离了情节的拘束后，漂泊者自由自在，走向了更深更广的远方。

五

以今日出版市场的一般眼光观之，唐君毅的《人生之体验》多半应归属于"心灵鸡汤"一类，顶多为教育民国少男少女的励志读物而已。可唐君毅对此书期许甚高，他对自己先前出版的书都很不满意，视 1944 年由中华书局印行的《人生之体验》为自己出版之第一本书。

当代的"心灵鸡汤"读物，多为作者教训他人之作，立意多为出版公司所策划，推心置腹、苦口婆心的后面是重重机关、道道埋伏，反观《人生之体验》，唐君毅在自序中总结此书的诸多特点：

直陈人生理趣，融裁在我，称心而谈，不征引，不论证；

无外表之形式系统，无纲目式之结论；

分许多部而彼此间似不相统属；

各部意蕴之交流互贯处不先指出；

不用最确切的语言表达真理；

许多话有意不说到尽头处；

先交亲友中"天生之真挚笃厚纯洁超脱之人"，"先经其阅读认可吾乃有自信"。

总之，此为性灵散文，重直觉，重体会，重想象力，依个人性情、人生兴感沛然流播，引发读者深心的感动。

以至于20世纪50年代唐君毅写作《人生之体验》续编时，还在序言中评价此书："偏在说人生之正面，而思想较单纯，多意在自勉，而无心于说教，行文之情趣，亦较清新活泼。虽时露人生之感叹，亦如诗人之怀感于暮春，仍与人之青年心境互相应合。"

六

现代四川，有两大怪人（川话干脆说成"怪物"）：一曰李宗吾；二曰刘师亮。

但正统的思想史和文学史从来没有给二人一个位置，他们的身影模糊于岁月的尘埃之中。今日这种局面有所改观，但学理上的深度探讨还乏善可陈，特别是从文学角度的切入。

本卷编入李宗吾有代表性的《怕老婆的哲学》，他的文章大体可以归入学理散文一类。

李宗吾的文字，承先秦诸子散文雄辩之遗绪，扬一己之快意，吃铁吐火，撒豆成兵，有相当的文学裹挟力，在华语圈内至今不乏读者。

刘师亮指天恨地，嬉笑怒骂，"谐庐主人"把偌大的四川变成了他的大"谐庐"，他的谐联堪称独步，其幽默小品文也独具一格，往往以他特别钟爱的"主客对答"的经典结构展开，短小精干，讽刺当局，挖苦官绅，本编选了《大家滚蛋》《马上发财》等九篇，以其中的《墙打倒人》为例——

甲：亲家，听说省城在办双十节，你去看么。/乙：昨日去来。/甲：闹不闹热。/乙：闹倒闹热，只是有一件事情我很不懂。/甲：有啥子事你不懂。/乙：昨日我进城，见条条街墙上，贴了许多纸条条，上面写打倒什么一切不平等主义，打倒什么新闻，打倒什么苛捐杂税，打倒什么×××，记得那几年我去看来，也是那个样儿，自那年到今年，究竟把哪样打倒。/甲：亲家，他们倒打不倒哪样，只怕要打倒人了。/乙：亲家，怎么墙会打倒人。/甲：你不晓得么，那标语，那年也在贴，今年也在贴，那个学堂在贴，这个学堂也在贴，那界在贴，这界也在贴，贴来贴去，纸比墙厚，墙就负担不起了，担负不起，他就会垮墙砖，那砖就要打倒人了。/乙：照你这说，省城就危险了。/甲：又有什么危险，你晓得知命者不立乎危墙之下，也就无事了。

这是刘师亮独创的谐文，似相声又不是相声，似寓言又不是寓言，似杂文又不是杂文，似三者的叠加？倒像极了今日网络段子，难怪有如此强的传播力。想想作者以一介白丁，对于权贵，竟有"待我一个个骂将过去"之气概，思之令人神往。

七

四川现代散文中，政论散文成绩斐然，可以卢作孚为例。

卢作孚创办民生实业公司，成为一代"船王"，其中的艰辛沧桑，使他非凡睿智——因公出差考察，他的日记游记往往备载其对世事国运的深刻思考；公司朝会演讲，往往能够见出此公人情之练达，试观《麻雀牌的哲理》：

几块麻雀牌儿，何以会使乡村以至都市的人，下层社会以至上层社会的人，无论男女老幼皆喜欢它，亲近它？这有一个很简单的答复，便是搓麻雀已经形成了一个坚强的社会组织，在这个社会的组织当中，有它的中心兴趣，足以吸引人群，足以维持久远而不致于崩溃。

搓麻雀是在一个社会组织当中作四个运动：用编制和选择的方法，合于秩序的录用，不合于秩序的淘汰。把一手七零八落漫无头绪的麻雀局面，建设成功一种秩序，是第一个运动。全社会的人总动员加入比赛，看谁先建设成功，看谁建设得最好，是第二个运动。到一个人先将秩序建设成功时，失败者全体奖励成功者，是第三个运动。去年偶同黄任之先生谈到此段哲理，他还补充了一点，就是：失败了不灰心，重整旗鼓再来，这是第四个运动。这样的哲理，实质得①介绍与国人，移用到建设社会、建设国家的秩序上去，也许一样可以吸引整个社会、整个国家的人的兴趣于社会秩序和国家秩序的建设上去。②

不是胼手胝足的墨子似的实干家不会把"打麻将"和"建设社会、建设国家的秩序"联系起来；而不是"打麻将"这样熟悉而又平常的比喻，又不能把"建设社会、建设国家的秩序"这样的大道理说明白说透彻。难怪民生公司的员工非常欢迎卢作孚这样的讲演；难怪有人戏称这篇《麻雀牌的哲理》是对打麻将最好的辩护词、是麻将馆最好的广告词。

卢作孚的政论散文这种手法不乏其例，又比如《打擂与世界运动会》，将中国窝里斗比喻成只有"擂主"才有资格活的"打擂"，

---

① 原版如此。
② 卢作孚：《麻雀牌的哲理》，1934 年 7 月 16 日《新世界》第 50 期。

将全球竞争比喻成争破纪录的"世界运动会",而中国之正道在于停止"打擂",参加"世界运动会",简明恳切,发人深省。

<h1 style="text-align:center">八</h1>

全国抗战爆发后,张恨水入川,在大后方创作了七百万字,其中小说十九部,散文却只有一集《山窗小品》。前者喧腾众口,妇孺所知,被论者誉为"浩繁而通俗的国难史"①,后者相形见绌,影响多为小众。

而作者本人却十分看重自己的散文,认为好过自己的小说。粗约估算,张恨水散文总数约在六百万字上下,半数是新闻性散文,文艺性散文约二百万字,后者之中的翘楚非《山窗小品》莫属。

《山窗小品》有一自序,道出出版过程和个中心思——事情的起因是:"三十三年夏,《新民报》出成都晚刊版,副刊《出师表》,既连载予之小说矣,同文复嘱予多撰短文以充篇幅。"

张恨水苦恼:"在予拉杂补白,虽记者生活已习惯之,而苦佳题无出,即有佳题,亦恐言之而未能适当。"揣摩这里的"适当",似指"适"社会氛围、主流话语之"当"。

思量再三,张恨水的对策是:"无已,乃时就眼前小事物,随感随书,题之曰山窗小品。"细细辨析,"眼前",非四海之内;"小事物",非宏大叙事;"随感随书",情动于中,有感而发。

自许:"山窗,措大家事也,小品,则不复欲登大雅之堂。言者无罪。"酸语中透出此公的倔强。

以集中《果盘》为例,文不长,姑全引:

---

① 康鑫:《浩繁而通俗的国难史:张恨水抗战文学论》,2015 年《中华文化论坛》第 1 期。

予性不嗜水果，而酷爱供之。花瓶金鱼缸畔，随供一盘，每觉颜色调和，映带生姿。其初，夏日供桃李，冬日供橘柚，各求一律。后观学生作西洋画，填鸭鳜鱼，萝卜白菜，无不可供写生，予乃习其章法而供之。尝以杏黄彩龙大瓷盘，置天津大萝卜，斜剖之，翠皮而红瓤，置外向。其后置三雪梨，留蒂，上堆东北苹果二，红翠白三色润泽如玉，大于酒碗，尖端斜披玫瑰紫葡萄一串。水果空隙处，用指大北平红皮小萝卜，洗净使无纤尘，随意砌之，鲜红如胭脂球，色调热闹之极。又尝以深翠盘一，供雪藕半截，红嘴桃三，翠甜瓜一，黄杏四五，亦极冲淡可爱。如香柑佛手，则宜以小盘独供，盖以香取，而非以色取。至木瓜，则已十年不供。因曩有爱女名康儿，玉雪可爱，方能步行，取盘中木瓜弄之，盘旋地板上，令予狂笑。不二月，与予九岁长女慰儿，同以猩红热死，予为之老却五年，至今见木瓜辄心痛焉。

居蜀，花且少插，遑论供果；偶以水果四五，置书架碟中，群儿目灼灼如桃下之东方朔。拒予之，良不忍。则另购数枚分之。或外出，果去其一二；碟中不成章法，乃亟补之。但一疏忽，又去其一二，随补随缺，供辄不能终日。予或脸带愠色，内子即在旁强笑。予深知果之所以缺，必严令群儿勿动，非难行，山居固少糕饵，置此以诱之，又不令亲近，是虐政也，于是摒水果不供。

斯文也，文言散文的面目最为打眼——这种现代文学中可观的文学派别，被先前的权威叙述者有意无意按了删除键，但它却倔强地存在，《山窗小品》就是其峥嵘峰峦，传统散文神韵赖此公之笔

"还魂"，新旧杂陈而又五味俱全。

至于思亡女而不供木瓜，惜邻儿而摒水果，推一己之创剧痛深，及族群之艰难苦恨，无语之中，见出悲天悯人的深广心绪。

九

朱偰，1949 年后拆毁南京明城墙飞烟狂尘中罕见的抗议者，因为他的声音和行动，中华门和瓮城才得以保全；但"文化大革命"初期，先生因此罹罪，不甘其辱而自尽；近来南京拟建城墙博物馆，已经决定在馆前广场上为其塑像。而在 1949 年前，先生是著名的财经专家、文物专家、文学家，更是一位出色的旅行家，足迹遍及海外二十国和国内十七个省。

他的回忆录第十二卷《浮生哀乐》，一开头就自述："余平生无他好，惟愿读万卷书，行万里路。读万卷书是为尽阅天地间秘籍，尽发宇宙间真理；行万里路是为尽览天地间奇景，尽交海内外异人。"

他的文学性的游记散文结集为《汗漫集》《漂泊西南天地间》等七部，是其一生文字著述的重要组成部分。本编从《漂泊西南天地间》选出其有关蜀地的游记四篇，大体可见此公面目。

朱偰观山水，桃花之潭，一往情深，首游峨眉后："七月二十九日，发报国寺，径回嘉州，青衣江上，回首峨眉，见云鬟凝翠，烟岚横黛。此中有余衣履迹，将永不相忘。他年有便，当再来名山。'期君再会，不敢寒盟，丹崖翠壑，尚其鉴之！'民国二十五年（1936）八月十三日，记于归航楚江之上。云影山光，犹依稀梦寐间也。"（《峨眉纪游》）

朱偰观山水，犹如太白面敬亭，物我相化，其忆及民国二十五年（1936）夏入蜀之游后："归航十日，途次岑寂，橹声帆影之中，默忆山中景象，岚光云影，历历在目，鸟语泉流，泠泠绕耳……山灵之化人深矣哉！因掇拾印象，写为纪游，非谓文辞足取，亦聊以有对名山云尔。"其后又云："山灵之惠我实深，又安可不有所记，以酬名山耶。"（《峨眉纪游》）

朱偰观山水，家国之思，如影随形，其五年后再访九老洞："盖五年前万里云游，孑身至此，时两京未陷，全家安居玄武湖上，家中藏书万卷，讲学卒岁；今则尽家流离，迁徙入蜀，藏书星散，故居灰烬，独名山无恙，而荒凉益甚，再度登临，不禁感慨系之。夜宿仙峰寺，山高气肃，夹被已不耐寒矣。"（《峨眉纪游》）想朱公当年，巴山夜雨，寒灯青卷，写此酸语，能不酸鼻？

朱偰观山水，时有现代学者之理趣，其写峨眉冷杉："峨眉绝顶，遍山尽冷杉，霜干临云，直上霄汉，而层层翠枝，亭亭如盖。川康边境丛山中，三四千公尺上下，类多产之；若乃三千公尺以下，则为云杉、铁杉，叶作针状，不若冷杉之作椭圆形，亦无冷杉之苍翠矣。"（《峨眉重游》）

朱偰观山水，更有崇高人格之寄寓："由金顶而下，雾重雨甚，霜风怒号，雨挟风势，砭人肌肤作针刺状，遥见风霜之中，冷杉数株，临空独立。更远危崖之上，犹有百丈杉木，矗立云雾之中，枝头尽北向，叶尽脱落，干亦枯槁，虽龙鳞尽退，犹不改凌云本色；再后数丛山树，没入寒烟丛中，益显冷杉崇高，不可几及。唐人诗云'百尺无寸枝，一生自孤直'；又云'疏阴不自覆，修干欲何施'，均描摹人格之伟大，令人心向往之。"（《峨眉重游》）

朱偰游记语言，时而文白相杂，时而本色白话："想不到西昌的天色，是如此之蓝蔚，是如此之透明！更想不到西昌的云态，是如此之鲜明，是如此之'流光耀彩'。初到西昌的人，早晨起来，对着晴空一碧的长天，望着天际朵朵的白云，宛如重回到北平。记得初渡小相岭山脉时，攀登一片高原，丽日当空，了无暑气，浅草似海，青山似屏，间以嫣红之荞麦，衬以蓝蔚之青天，缀以澹荡之白云，风吹草动，惟见牛羊，简直是一幅极妙的油画！"（《蜀道看云》）

这是典型的学者散文，以渊深海阔的学识为支撑，宗《徐霞客游记》之风韵，穿梭往史丛莽，打望故国乔木，文白相杂，意象繁复，是现代游记文学中颇具特色的作品，难怪被人誉为"民国游记第一人"。

读此种游记，方悟先生如斯怀抱："宇宙至宽，人生至乐，自然至美。如能抱遨游之心情，怀逍遥之雅兴，游名山大川，涉三江五湖，固能开畅胸襟，娱目赏怀；即或小住田园，息影林泉，与木石通情，猿鹤同梦，明月浮云，不足以喻其闲，飞花溪水，莫能以状其适；则处处皆可流连，物物皆可寄兴。王摩诘诗云：'行到水穷处，坐看云起时'；又云：'悠然远山暮，独向白云归'，深得此中乐趣。"（《浮生哀乐》）

十

四川现代散文中的巴蜀记忆，令人印象深刻。

本土作家的巴蜀记忆，是树叶对根系的感恩，是子孙对先人墓庐的顶礼，是天涯游子对故园乔木的回望。这种出自肺腑的亲切感和亲和力，是这类文字的一大本色。

这些巴蜀之子，巴蜀乡土的歌手、巴蜀历史的太史公、巴蜀日常生活的观察者与发现者，对巴蜀日常生活中一些充满艺术趣味的生活细节有精致入微的了解，有中国文人传统生活真谛，有现代理趣情韵，他们以自己的努力为中国文化留存了大量而又鲜活的巴蜀记忆。

流寓作家的巴蜀记忆，是一方水土对另一方水土的进入，一种生活方式对另一种生活方式的惊讶，一样文化对另一样文化的叩问。

巴蜀与外地的比较，是他们比较敏感的一个话题。朱自清说："据说成都是中国第四大城。城太大了，要指出它的特色倒不易。说是有些像北平，不错，有些个。既像北平，似乎就不成其为特色了？然而不然，妙处就在像而不像。"（《成都诗》）张恨水说，"到过成都的人，都有这样一句话，成都是小北平"，"但仔细观察一下，究竟有许多差别……北平壮丽，成都是纤丽；北平是端重，成都是静穆；北平是潇洒，成都是飘逸"。"成都这个城市，决不同于黄河以南任何都市。就是六朝烟水的南京，历代屡遭劫火，除了地势伟大而外，一切对成都都有愧色，苏杭二州更是绝不同调。由江南来的人，看到了这个都市，自然觉得这是别一世界。就是由北方来的人，也会一望而知这不是江南，成都之处就在此"。（均见《蓉城杂感》）张恨水强调成都与他城"绝不同调"，是国人值得珍爱的"别一世界"。老舍则认为"成都是个可爱的地方，对于我，它特别的可爱"，"我似乎已看到了它的灵魂，因为它与北平相似"，"我不喜欢上海，因为我抓不住它的性格，说不清它到底是怎么一回事。我不能与我所不明白的人交朋友"。老舍还特别地褒扬成都人的爱美性与创造力："我爱现代的手造的美的东西。北平有许多这样的好东西，如地毯，珐琅，玩具……但是北平还没有成都这样多。成都还存着我们民族的巧手。"（均见《可爱的成都》）——诸先生半个世纪前的这些智者之论，的确是地域文化比较研究史上值得重视的意见。

十一

一些有独到之处的篇什，也是本卷编者所留意的。

《四川川汉铁路公司白话广告》，这篇辛亥保路风潮中的"广而告之"，以完完全全、地地道道的"口水话"写成的白话散文，要打动的对象是贩夫走卒、樵叟渔翁，方言俚语，娓娓道来，设身处地地为他们着想，打消他们对保路的疑虑，并把公司的所有真相都公之于公众，使公司每一股民的知晓权都落到了实处，前贤这种宣传民众的功力令人叹服；同时通篇从话语到文体一直到精神实质，都充满了地道的川味，因此它既是老成都历史的实证，也是老成都文化的标本。在中国现代文学史白话散文初始阶段，树立了具有指标意义的标杆。

车耀先未完成的《自传》，来自囹圄，明冥异路之际，是最深邃的人性的坦露："我生下地时，眼睛睁不开，哭声就像小猫儿叫唤一样的微弱。外祖母和母亲，随时用舌尖来舔我的眼睛至四十日之久，才慢慢地睁开。母亲当时又无奶子，一面向人讨奶吃，一面炒些米浆喂，这样将将就就才活起来。"——一个"将将就就"足以让人子泪奔，更遑论川籍人子矣！

"我经常与呼为婆婆的外祖母一块儿睡觉。她已是六十多岁的老人了。她虽然没有奶子喂我，但她施与我的疼爱比奶子甜蜜得多。每晚我是非她不能入眠的。当她把我的衣服脱下，抱入被窝里去，搂在她那温暖的怀中以后，使用她粗皱而又柔和的手为我到处搔痒。同时以她爱我的嘴唇，不断与我接吻。虽然我已闭上眼睛，也还觉得她那慈祥的面庞，紧紧地贴着我的小脸；轻缓而颤动地发出那'乖——孙，乖——孙，睡觉觉'的怜慰呼声。在她这样爱护万分无微不至地催眠状况之下，我便下意识地握着她的乳头，顶着她的胸口，心满意足而又不知不觉地入了睡乡。"

至此，作者由衷感喟："这种被疼爱的真情实景，是人生最难得的！也是我一生最难忘的啊！因此我对她的印象，比母亲还深厚些。人子之孝思，究竟是天然生成的呢？是由感情而生的呢？"这也是读者的感喟。

抗战胜利后，国民政府召开"制宪"国民大会，李思纯作为川康代表于1946年5月和11月两度赴南京，亲历会场，记下《金陵日记》。其种种细节显示了这位历史学家的观察，可以窥探民国知识分子在20世纪40年代的一段心态史。其多种价值，近来已经引起学界瞩目。但历史大命运之下的李思纯近乎顽劣的文人"雅兴"似少人留意，以其参与昆曲会为例——

事前做足功课，请专门家介绍，专程前往苏州买笛："（五月）廿一日……赴内桥南捕厅十五号甘贡三宅，访晤溥西园（侗）于病榻。溥君为满洲帝胄……承允为余修函介绍苏州潘栋甫君买笛……"

"（五月）廿八日……午后二钟抵苏州，住阊门外苏州饭店。即赴东花桥巷四十二号访栋甫君，同至玄妙观前街凤林斋买笛四支（每支二千元）。苏州制笙笛琴弦者独此一家而已。"

国民大会结束后在杭州讲学，2月16日访谭其骧。两点钟"偕季龙伉俪及余坤珊夫人赴湖滨西湖饭店，参与昆曲会，为杭州战后第一次聚集，定名曰'西湖曲社'"。

不观此公日记，方不知处此乱世，竟有如此心态，事此不急之需，倒的确令人玩味。

湖北人朱介凡，抗战时流寓巴蜀，中夜辗转不眠，似闻武昌的一岁货声，而故乡已沦于敌手，悲从中来，作《武昌的叫卖声》，发表于四川重要人文地理刊物《风土什志》，感动了无数颠沛流离的外省人，感动了无数艰辛劳作的四川人，是令人百感交集的名篇。朱先生后来成为中国谚语歌谣研究方面的大师，他曾认为俗文学（民间文学）是民族精神所借以表现的形式，是潜沉的民族文化产物，贯注着民族精神，教育、鼓励、安慰老百姓，引起民族心性团结，形成共同爱憎。《武昌的叫卖声》也可以作如是观。

十二

前尘梦影，白云黄鹤，一个众声喧哗的时代已经远逝，归于沉寂——四川现代散文，是 20 世纪上半叶"在地"的本土作家和来自"他地"的流寓作家对这块土地以及这个世界的所感所思、所歌所哭；上接古代文心，下纳四海新声，耗移山心力，遗后人温情滋养。

"千余年来，代有变更，文化渐进，发达亦俞盛。今所论述，仅最近百年内事。盖以时代未远，思想感情多为现代人所共通，其感发吾人，更为深切。"[1] 在这散文的清明上河图徐徐合上之时，遥望先行者的背影，我们心中充满感激。

20 世纪 40 年代李劼人创办《风土什志》，用历史学家吴其昌纪念王国维先生的讲演作为创刊号的头条，有深意焉；其文结语，似可移为本序结语——

"科学的进步无止境。前人播下种子；辛勤的操作给后人预备下来日的收获。而我们亦当为自己的下一代留下更丰盛的果实。王

---

① 周作人：《近代欧洲文学史·绪论》，北京：团结出版社，2011 年，第 3 页。

先生的贡献是永远的，值得尊敬的；但在理论上讲起来，我们应该超越他，再让我们的后辈再来超越我们。——这才是学术进步的征象。"①

曾智中　吴媛媛

---

① 吴其昌：《王国维先生生平及其学说》，民国三十二年（1943）八月《风土什志》创刊号。

编选凡例

一、本编所收作品时间跨度起止为 20 世纪初年至 40 年代晚期。

二、注意到四川新文学中散文作品体裁的丰富性，本编涵盖政论、史传、游记、书信、日记、小品、序跋等各体散文。

三、尽量采用早期版本，除将原版的繁体、竖排改为简体、横排外，不做其他变动。一时找不到早期版本的，采用后期比较权威可靠的版本。

四、先列四川（含当时重庆）本土作家作品；次列流寓作家作品，即其在四川创作的作品，或以四川为题材的作品，或与四川有密切关联的作品。

五、所有作品以作家出生时间排序，早者为先。出生年份相同者，按月份排序。出生月份资料不全者，以卒年之先后排序。

六、整理时忠实其原貌，辨识不清者不臆断，或以"□"示之，或加注释。

七、作者对其用法特别加以强调但又与今日相异的字、词，均依原字、原词。如"那""哪"不分，"的""地""底""得"用法与如今不同，"他""她"不分，"牠""它"间有使用，等等，均依原版，不照当前现代汉语标准修订。

八、标点与今日相异者，一如其旧。

九、外语词汇翻译与今译不合者，一律保留原貌，以存其真。

十、原版有误，以注释加以说明；原版明显排误处，径直改正。

十一、作者自己所加注释，称作者注；原版编者所加注释，称原编者注；本编编者所加注释，称编者注。

十二、作者行文广征博引，对先前文献往往以已意略事删节以突出本意，又其时所用版本与今本之通行者也容有不同，故整理时略有说明，但不以今本绳墨之。

十三、每一作者先列小传；在作品篇名下注明相关事由；在作品后标明出处。

十四、所收作品，系当时时代产物，为存真计，均保留文献原貌；其中与今日语境有别者，读者当能明鉴。

目录

本土作家

川汉铁路公司

|作者简介| 川汉铁路公司：清末拟修川汉铁路，由成都经内江、重庆、夔州到湖北汉口，全长约 1980 公里，1904 年 1 月商办的川汉铁路总公司正式设立。1911 年 5 月，清政府借铁路国有之名，向英、法、德、美四国银行团借款筑路，激起民愤，爆发了以四川省会成都为中心的全川保路风潮，成为辛亥革命的导火线，川汉铁路公司在其中起了重大作用。

四川川汉铁路公司白话广告①

列位：我们四川说修铁路，已经三四年了。不消说列位第一个疑心，就是问怎么年年光是收钱，尽不见开工，这个话愚下在前不晓得，也是这么说。如今明白了，这才有个原故。什么原故？讲修路是有个一定的次序，错不得的。要修这条路，就得先把工程师请

---

① 据《四川川汉铁路公司大事纪略》光绪三十四年十月记载："派委铁道毕业生，分往各地演说《铁路白话广告》，并催成股东分会。"此件当系当时川汉铁路公司所发演说的原稿，后又经铅印成册，作宣传者，比较全面地反映了川汉铁路公司的情况，很有史料价值。——原编者注

起来，把这条路从那里起，到那里止，中间走那些地方过，那塔要修桥，那塔要打洞，某处好高，某处好低，挨一挨二，都要细细地勘过，然后才能说买地段，买材料，动手开工的话。好比我们要新修一所房子，也一定是先把掌墨师找来，把地基算过，好长好宽，要多少梁柱，好多板子，好多砖瓦，才能动工。何况这么长的一段路呢！我们这个公司，虽是三十一年就开办的，然而那时还莫得工程师。直到那年的八月，就是我们现在这位胡经理①，那时还是一个总董，才同制台②商量定规，才到日本，又由日本到美国，在美国专操修修路的一个大学堂里头，请了两位学卒业，又考上工学博士的，来当我们的工程师。这两位都是广东人，一个叫胡栋朝，一个叫陆耀廷。两位都是顶好的本事，又在美国路工上历练过的。这又直到三十二年四月间，姓陆的这一位，才到成都，才从成都起头勘路勘到宜昌。那位姓胡的，因为丁了忧回广东一趟，到了冬月，才拢宜昌，跟倒由宜昌勘上来，到去年四月，才勘到成都。两个一来一去，算勘了两道。那不过是有个大概，还算不得详细，要动手还不行。既说不能动手，为什么去年八月间又请起众人来议路线？打电报到重庆，到北京城，到日本去，请我们那些同乡人大家议。也是因为开办的日子久了，路既勘得有个大概，请众人议定从哪里动手，就再下细勘那一段，好早点开工哩意思。后来说先修宜万的，赶说先修成渝的人多，才有了从宜昌动工的话。那时宜昌管事的总理，是我们阆中县人，河南的道台姓费③的。他正在省上，这话一定了，赶倒就回宜昌。姓胡的这位工程师，跟倒也下重庆，一直又从万县细细的勘下去。勘到巫山，姓陆的那一位，也从宜昌细细地勘上来勘到巫山。两位会拢了，才一齐下宜昌去，这就是今年

---

① 指胡峻。——原编者注
② 指锡良。——原编者注
③ 指费道纯。——原编者注

正月咧话了。我们这位费经①理，打电报来，又写信来，说是三四月间，就可以赶到开工。那晓得到二月间，邮传部又派了京汉铁路的副工程师姓李②的来勘我们这条路。为什么我们已经勘了几道，部里又要派人来勘？也是因为这条路，山太大，难得修的地方太多，越下细越好哩意思。修路譬比做文章一样，勘路算是在起草稿，动工就是誊真了。稿子莫有弄好，是写不起走的，假如莫有勘得好，到修倒不对又来改，那就吃亏大了。所以这个勘路的道数，是越多越好的。部里既派了人来，不能不尽他再勘。姓李的又要先到湖南，一直等到四月，才到汉口。我们费总理，才同他一路到宜昌，五月初一又才同他一路出去勘路。十二咧这天，刚刚勘到兴山县的两河口，费总理忽然病死了。幸而好我们原先的两位工程师，预前一步，就分路的在勘，又还有几位委员，同到这位姓李的一路在。公司当时就打电报，请他们仍然照常的勘起走。只算耽搁了一天，又动手，这一直到六月底才勘拢万县。据姓李的说，原头勘的路，都要得，也莫得什么顶难修的。中间他又改了一节，算起来要减省一百多里，而且又把难修一两处躲过了。头回他这个电报不是登过报吗？想来各位总有些看到来的。这个事可惜费总理死了，不然这个时候早动手了。因为他这一死，莫得个作篡的人，一开工事情就多得很，怎么行啦？急忙的又找不到人，所以就一直的耽搁下来，这就是久不开工的缘故。大家可以明白了。话虽如此，这工未必就尽他不开吗？如今却好了，找到一位姓王的，做过广东钦廉道，名字叫秉恩，号叫雪澄。这个人从前在湖北也住过多年，在这两省很办过些大事，极能干的。这回由两湖同乡公举出来，又由公司通报众人，才请制台③奏派的。但是这个人，因为年纪大了，还

---

① 疑"总"字之误。——原编者注
② 指李大受。——原编者注
③ 指岑春煊。——原编者注

在推不肯来，公司又拿信去劝他去了。另外还找了两个帮手，一位姓洪的，名字叫子祁，号叫少韩，成都县的举人，从前做过几任热河咧知县，如今是直隶候补知府。官是做得顶好的，办事是结实可靠的。又一位姓杜的，名字叫成章，号叫绍姚，巴县的举人，现任湖南麻阳县，也是顶能干，顶光明的。这两位凡是我们同乡京官外官，晓得他的，莫一个不佩服，所以才举出来，由制台奏调的。从前费总理是连银钱一下管，将来这位姓洪的，专管工程，驻宜昌；姓杜的，专管银钱，驻汉口。还有一位总管银钱姓施①的，驻在上海。这个人是多年咧老翰林，在广东做过几任知府，是个顶过硬，一毫不苟且的人。从前锡制台手里就奏调的，去年众人又请他才出来的。自从费总理一死，汉口的事，就请他在监管。将来姓杜的到了，要紧的事，还是要同他商量的。这些话都是讲明白的。现在虽是王道台一时不能来，只等姓洪的一到，我们上海有人，买机器办材料，是很容易的，汉口有人，用钱是顶方便的。至于派人买地，派人弹压，这一切事情，有了专管工程的，就好办了。姓洪的这一位，现在天津有差使，把经手交清楚就来的。姓杜的交了卸也就来的，都接到回信的。天津到汉口有火车，湖南到汉口有轮船，都快当得很，依愚下算起来，至迟至迟在三五个月里头，一准就可以开工的了。

说到这个地方，列位定要问我，你说开工是从宜昌动手的话，怎么他们日本留学生，又说先修宜万要不得，定要先修成渝才好，还是印板子印的一长篇呀！我们都看见来，这个话又怎么讲呢？列位这个话的道理就长得很，讲一天也讲不完，如今我们赶简捷的说。

要先修宜万的，是因为这条路，就只这一段最要紧，好比四川

①　指施典章。——原编者注

的咽喉一样。假如我们不先动手，设或三年五载有个什么变动，仅外人来占起去，就是我们成渝修起，也不中用了。那时候来失悔就迟了。况且修铁路，一定少不得机器的，别的不忙说，单是车头上这个汽罐，据陆工程师说，至少也要二十吨的。每吨一千六百余斤，二十吨就是三万多斤。这个东西是走不得一丝气的，又拆不开的。我们川河的滩又多又险，请教拿什么法子运得到？就让说是把成渝的路修起了，莫得这样东西，能够开车吗？所以别的铁路，都可以随便从哪头起，独于川汉铁路，定要先从宜昌动手，不能随便的。若果不信，这些笨重机器，运起来谁个保得不失事？万一失一回事又一回的，又该怎么办呢？所以说是成渝不能先修。要说是这一年二百万，修宜万不够，修成渝还是不够。成渝来往的货物，总莫得宜万进出的多。就算成渝修起了，因为船上失事背了本，装运货物又有限，投不起利钱，众人看见莫得什么利，不肯再出钱，岂不是把紧要的一段剩下，终久给人家占起去吗？这是他们最著重的道理。

要修成渝的，是因为宜万这一段工程太难，照工程师算的要三千多万银子，要七八年才修得起，而且定要修到万县或是夔府，才有生意。现在我们只有七八百万，只销两三年就莫得钱了。那阵修到半中腰，又不能开车，一个钱莫得进的。众人看见丢了这么多钱，一点影响都莫有，大家不肯再出钱，那还了得吗？若是修成渝，钱固然是不够，然而只差得一千多万。就是这七八百万，要修三四百里，一路都是些热闹地方，修起一节，就可以开一节车，众人看见开了车，也就愿意出钱了。再作算众人不再出钱，就是一年二百万，一面车上又有赚项，也不愁修不起了。说是滩险难运，哪个不知道，却是在人办，办得好的失事也就很少。要说成渝货少，总还有些货，况且人就多得很。火车载人，比载货的运脚更多。假如在宜万那些山里头，不但莫得货，并且连人都莫有。那不是拿个由头，给人家擒住，估倒来借钱吗？你倒想不要外人占，只怕反转到引他来占了呵！这又是他们最著重的道理。

　　拿这两边话来说，各有各的见解，都不错，不能说哪个要得，哪个要不得。却是据愚下看起来，修宜万的不是得不修成渝，修成渝的也还是要修宜万。不过两下都因为怕钱不够，才争论这个先后。论讲修路的规矩，一定要算机器的来路。轮船只通得到宜昌，自然非从宜昌起不可，所以上年众人主先修宜万的多。但是钱不够该怎么办呢？据愚下说我们这条路，一准要满盘修起才算事，不能单打这个修一段的主意。如今我们只要靠得住一年有一千万八百万，那就这尽管先从宜昌动倒工，将来我们还可以两头一齐修，也就用不着他们耽这么大的心了。既说是机器运不进来，怎么又说是可以两头修呢？这有个办法，比如此时宜昌动工一面修，将来这些笨东西，从这头运起去。我们万县这一头，虽说是大机器来不了，如像开山坛填地基打山洞，这种小件头东西尽运得到的。我们一面又从万县开工做起下去，把从宜昌修上来的路接通，这段就算修起了。将来万县到重庆，重庆到成都俱照样做起去，那不就快多了么。

　　但是这个钱从哪里来呢？自然是要我们大家凑。既是要大家出钱，就得把我们公司是个什么办法，铁路有些什么好处，说明白尽大家知道知道。愚下今天走到你们贵处，就专为这件事来的。列位不必心慌，权当听评书，听劝世文，听愚下慢慢的说起来。说四川人出钱，修四川的路，怎么又要修到宜昌，怎么又叫川汉？因为我们这条路，过了巫山，就归湖北管。若专修我们管的地方，通不出去，那就不中用。当初同湖北讲明白的，宜昌以上归我们修，宜昌以下归湖北修。我们修到宜昌，湖北的还莫有修起，有轮船接得起走。湖北的路也修起了，就可以一直通到汉口，所以叫川汉铁路，所以要修到宜昌。

铁路是怎么个情景，列位想来莫见过的很多。是先把一路的地基筑稳当填平整，用五六尺长，五六寸见方的木头，离三四尺远横起一根一根的铺起作枕子，这叫作枕木；然后把这五六尺长的铁条，一边一根的钉在枕木上，这就叫铁轨。这个铁条同车轮子的宽窄，刚刚合式，一丝不错的。这个车子有六尺多高，一丈多长，两面是窗子，中间是座位，底下一边两个铁轮子，两头一头一个大铁钩一头一个大铁环，一轴一轴都挂得起退得脱的。无论你多少货多少人，可以三十辆五十辆挂起，一齐在这铁轨上来回的走；这走起来，不要人拉也不要牛拖，是用一个火轮车带起走的。怎么叫做火轮车呢？因为这个车子比寻常的车子不同，里头装得有许多机器。最要紧的是用顶大的火力，将水烧得极热的，那些热气就把机器冲动起来，弄得车轮活溜溜的转。只要一个火轮车，就能够拖着许多载货的车子载行人的车子在铁路上飞跑。去年和今年成都劝工会场上，机器局做的铁道模型，那就是铁路的大概样子。

我们四川何以定要修这铁路呢？因为修起这条铁路，我们四川的人就可以得莫大的利益了。怎么呢？因为那火轮车每天可以走一千多里的路程，就是搬运的费要比我们请人工挑抬的工钱更少。搭载的费，要比我们坐轿骑马的工钱更少，而且往返的时候要快几十倍。所以有这条铁路，你们做庄稼的人，遇着丰收的年岁，就可把这米粮运至外省去卖，价钱就不至于十分贱了；遇着干旱的年岁，也可以从外省把米粮运进来，价钱就不至于十分贵了。这岂不是你们为农的最大一个利益吗？不但只有这一个利益，就是你们家常所用油、盐、柴、炭、烟、酒、糖、棉、布疋等物，也有出的地方，也有不出的地方。若是修起铁路，这些货物也就容易从出的地方运到不出的地方去卖，于是出这些货物的地方，不至于十分贱；不出这些货物的地方，不至于十分贵。大家这么一掉换，过日子也就不艰难了。这又不是你们的利益吗？你们做生意的人，靠着这条铁路，就有许多的利益，那更是不消说了。怎样呢？我们川省的山是很大很高的，川省的河是很长很险的，你们做生意的人要把这川省的货物，搬到各省去卖，或是把外省的货物，运到川省来卖，都是很不便的。若是从旱路搬运，这挑抬的钱也就多得了不得。运到的货物，也就赚钱不多。况且有些货物是不能挑得走的，这岂不是看着钱拿不到手吗？若是从水路搬运，虽是可以省些钱，都是很不稳当的。你看他们从河道去来做生意的人，不是扎风几十天，就是扎水几十天；不是打烂了船把货物落在河里，就是船底擦擦把货物潮湿了。你们想想，这个还望赚钱吗？还有一层，就让你们的运气好，船上也莫有失事，旱路上也莫有阻雨阻水，试问你们到上海、广东、京城各处做生意的，一年能打几个来回？这因为路太难了，打不到两个周转，就是赚钱也有限了。若是有了铁路，这水路旱路的危险，都可以不必担忧。货物运去运来也就快当得很，那就莫有亏本生意了。岂不是你们为商的大利益吗？至于你们工匠们，一有了铁路，就可以把川省所出的材料，制成各种器具，运到外省外国去卖，这岂不是一个大利源吗？还有我们四川地下的金矿银矿煤炭矿，以及各样矿产，是很多的。因为莫有铁路，所以挖矿的机器不便搬进来，要开一个矿坛子实在的艰难。就是千辛万苦的开到里头去了，若遇着有水，都没得扯水机；遇着闭气，都没得打风机器。分明见着好矿，也是没法子取出来的；就是挖出来的矿物，也难搬运到别处去。若是有了铁路，这些事就很容易了，我们还愁不发财吗？就是他们读书的人，有了这个铁路，要想到别处去从明师访益友，造点子学问，也不至于因为道路艰难，阻了志向，他们的见闻，也就日广一日了，知识也就日进一日了，学问也就日深一日了，岂不好吗？照这样说来，你们为农的有了铁路，生计就不艰难；为商的有了铁路，就没有折本的生意；为工的有了铁路，就不愁没有销路；为士的有了铁路，就不愁莫阅历。庄稼一天比一天好，生意一天比一天盛，物品一天比一天多，我们川省的人，岂不是个个都要渐渐发财起来了吗？那我们四川这个地方就富足了。又加以读书的人多，各样都有人去学，将来就各样都自己做，还怕比不赢他们外国吗？你们说这川汉铁路该修不该修呢？

但是这条铁路长有三千多里，要七八千万银子才修得起。我们四川省，任凭那个富翁，任凭那样公款，一下是拿不出来的，所以才想了四个凑银子的办法。一个叫做官股，一个叫做租股，一个叫做购股，一个叫做土药盐茶股。这官股是做官的人出的股本，照他缺份好歹，派定了的。土药盐茶股是比照厘金，从土商、盐商、茶商手头抽起来，也算是派定了的，都可以不必说他。

现在单把这购股、租股的法子，说与你们听听。什么叫做购股？购字当买字讲。从前公司的章程，购股的办法，就是以五十两银子为一股，凡是我们中国人，都可以买的。买的时候，就给你一张票子，一个折子；这个票子就叫做股票，这个折子就叫做息折。息折是拿来取利的凭据。若是本人要钱用，把这个票子卖与一个人的时候，可以到原来买股票的分局去说明，另自填给一张股票。如有失落股票的，也可以请个保人，到卖股票的分局去说明，另自填给一张股票。换票子补票子，都是不要股的。至于利息一层，从出银子的下月初一起算，到满了一年的时候，就拿这个息折，到租股局去收到这个利益①。前头每年是四厘行息，自去年公司改归商办，大家商量，把利钱加起来，所以从三十三年五月初一起，尽加成六厘行息了。但是前几年你们领得的股票息折，上头都写的每年四厘行息，如今改为六厘行息，还是全莫有凭据的，所以公司现在要将四厘行息的股票息折，概行撤回，另给你们六厘行息的新股票息单。这领息的日子，定在每年三月间，那是莫趱移的。又想到五十

---

① 应为"息"字。——原编者注

两一股，买的人不容易，所又添了一种五两一张的小票，利钱一样的六厘。从前起息是从下月初一算，如今是从买票的第二天起算。其余换票补票，都与从前一样。这便是购股的办法，比从前更便宜了呵！

那租股的办法，是从你们收租石的人户，依章程百分抽三。譬如你们收租有十石的，要抽谷三斗，收租有百石的，就抽谷三石；收租有不满十石的，就不抽了。若著遇年岁不好，收成不满三四分的地方，就可以把本年的税股，暂且停抽。至于租股的银子，仍是满了五十两就给你们一张大股票；满了五两的就给你们一张小股票；若不满五两的，就给你们一个零数的息折，息折上若凑够了五两，又可以换一张五两的小股票。这小股票是公司现在才出的，那大股票是如今又重做过的。因为这租股已改成六厘行息，所以你们前头所有的股票息折，现在定要去租股局换这新做的股票息单才好。其收息的时候，就在你们第二年上租股的时候各自坐扣。譬如你们头一年上了一两银子，第二年因该得六分息，便自己扣起来只上九钱四分就够了。第三年应该得一钱二分利息，便自己扣起来只上八钱八分就够了。但是租股局给你们的凭据，每年还是要写一两，将来你们换股票的时候才不吃亏。但是你们完纳租股的时候，必定要依着章程，收成早的地方不过十月底，收成迟的地方不过十二月底，若迟到第二年正月完纳的，就将你们头一年本年应得的息银扣除一个月；迟到二月完纳的，就要扣除两个月。不是得把你们历年应得息银合总来扣一月两月，大家请记清楚。这原是个限制的法子，比从前加价要公平些，但是总望你们大家不要拖欠的好，有了拖欠，总是你们吃亏的呵！

至于收银的平，公司只有一架库平，外州县平，有九七的，九八的，九九的，不能一律。公司恐怕放银子的人作弊，才把各样平合成库平该补的银数，算得清清楚楚。另外开了一个单子，到处张贴，你们看了记着，将来就不上当吃亏了。所以你们出了好多银子，就有好多银子的股票，到了一年，就有一年的利息，路修成了还要分红。这么算起来，上这铁路的租股，买这铁路的股票，同自己攒钱放利一样，不像津贴捐输，是有去无回的呵！有多少不晓得的，总把租股购股当成捐款，以为出了钱就算了，平时把租股的收单，购股的股票，有拿来减价卖了的，有拿来随便丢了的，更有因自己出的租股银子少，以为每年的利息不多几个钱，进城的路又远，不去领的。这都是不知道铁路的利益，股票贵重。殊不知利息虽说是少，只要凑起来积少成多，能够换一张小股票，将来就有这一张小股票的利益。况且一有了这个东西放在手里，铁路未成的时候，可以收利钱；路修成了，还要分红的。并且这个股票，将来铁路兴旺的时候，还要大涨价的。比如你们现在买的五十两的股票，以后涨到八九十两，或数百两，都是不晓得的。你们打听下子，京汉铁路的股票，原来卖五十两的，现在已涨到一百两了，你们切莫要受人愚弄，把这个看轻了哟！

又有多少不晓得铁路好处的人，都说是修了这条铁路，岂不叫肩挑背负的人，莫有事干了吗？殊不知铁路上做事情的人，是很要用得多的。即如修的时候，要用多少做工的人；修成了的时候，打扫的人，照料的人，上车下车搬运货物的人，各段各段的更不晓得要几千几万，只怕这些下力的人还不够用咧！怎么说莫得事做呢？你们打听打听，现今西洋各国，铁路好像蛛丝网一样，再莫有听见说穷人莫处挣钱的话。又有说有了这条铁路，那岂不把我们四川的紧要关口都断送了吗？不知这条铁路，如像一把快刀，拿在我们手头，我就可以杀人；拿在别人的手里，别人就可以杀我。现在这条铁路，即是我们自己修的，凡事都由我们自己作主。假如我们自己不修，落在外人手里修起来，那就真真的把刀把子给人家拿住，我们只有受死的一条路了。又有信风水的人，说修这条铁路，必要逢山开路，遇水造桥，岂不是坏了风水吗？列位这个风水的话，是莫凭据的，不过讲地理的有那么一说罢了，其实是靠不住的。你看他们外国，开矿修路立电杆，那里计较风水，可是他们偏偏强盛。我们中国，无论造屋修坟，都是讲风水，何以反转危弱？还有一个最近的考较，北京城的后面，一匹大山，名叫西山，离京只有三四十里，自来都说是北京的脉气，照讲风水的说法，龙脉是挖不得的。然而这个西山里的煤炭，从明朝成祖手里，就挖到如今，莫有见把京城的什么龙脉挖断，可见这风水是毫不足信的了。但是又有些人说，股票虽是有利，哪里有我的田地稳当。租股是莫法不能上的，就是那点利，也背不住我们管事的算盘。可是你们要晓得讲稳当，再莫有赶铁路稳当的了；只要把这个路修起，任凭你过多少年代，这路总是在的。列位想想，我们乡沟边河边，遇到爱便宜的人，打人家田地口走截路，走来走去，就成了路了。人家拿铁篱笆来挡都挡不住，何况这极稳当极快当的铁路，还有哪天不兴了的话吗？这个路在，我们股票的利益自然不会不在。这就是去年制台①的告示上说的，不怕天干，不怕水患，比你们买田尤为合算的讲法了。

至于出租股的，无论多寡，合买股的人，都是股东，公司都是一样地看待。比如租股的利息，哪怕就是些微一点零数，却是要在息折上填写明白的，不能含含糊糊，使你们吃亏的。假如经手的有了毛病，只要一查出来，或是有人告出来，那是决不放松的。今年不是办了好几处吗？各位多少总听见些吗。拿这么看来，股东只有占便宜的，断断莫有吃亏的了。为什么现在的股东，还有多少未得便宜的呢？这也有个缘故，因为各州县的股东，大半都是居乡的人，一个在东，一个在西，不能团结一处大家商量，就是有些明知道是吃了亏，也希图省事不出来说的。所以这股东的权力，也就有

---

① 指岑春煊。——原编者注

好多莫有得倒了。因为这个缘故，公司才替你们想出一个最好最妙的方法，这方法就是要在你们各州县中，各立一个股东分会。什么叫做股东分会？就是在你们州县城内，寻一块地方作为会所，然后邀集合邑的股东，择其不嫖不赌不吃鸦片烟，无劣迹，又公正又通达的人，选举一位正会长，一位副会长，一位庶务员。各场各镇，举一两位评议员，常时开个会议，替公司发布报告条件，替股东保护利益，这就叫做股东分会。只要股东分会一成，这租股购股有了弊病，他就可以指出来改过；股东有吃亏的事，他也可以代管；就是与公司要商量改变的事，他也可以知会请改。所以我们现在急急要催成股东分会，也就为这些事起见。况且你们股东分会一成，明年公司就要开股东总会了；这股东总会，就是由你们各州县股东分会，各举一两位能干的人，由公司定一个时期，请各州县所举的人，大家来在省城会议。那个时候，公司这几年收入付出的账目，你们也可以查；你们要公司改良的事件，你们也可以说。像这样办法，公司的实情，你们也了然，你们的实情，公司也知道；就是各州县租股局，也莫有弊病能瞒你们了。你们说这个股东分会好不好呢？于你们有股本的人有利益吗莫利益呢？依我们公司想来，这就很好了，你们凡有股票的人，都可以出头来约这个会，后来你们才占得倒大利益。不怕只有一张小股票，也要去入这个会才好。但是这股东分会的详细办法，你们可到租股局去看公司所定的章程就明白了。

列位还有句话，这购买股票，不单为利益上起见。怎么说呢？这条川汉铁路，与各行人的关系，前头不是已经说明白了么。要晓得既是与各行人都有关系，那就是我们四川人的死生命脉所在。有了这条铁路，然后可以生；莫有这条铁路，那就只有死。我们四川的人，个个都是有责任的。要想保全我们的生命，保全我们的财产，除了我们四川人自己修这条铁路，再莫有第二个办法了。说到这里，列位不免有点疑心，想来不过是一条路罢了，哪里就说得上生死。中国这么几千年莫得铁路也过了，本朝已经二三百年莫得铁路，也莫有哪个不能过日子。你这个话，不是欺人吗？可是列位要晓得如今比不得从前了。隔年皇历是看不得的，论说在百年前，全地球上莫有铁路；八十年前，英国莫有铁路；四十年前，日本也莫有铁路。铁路这件东西，本不是得从古就有的。也是前八十年的光景，从英国才兴起来的。自从有了这件东西，各国不遗余力，日明昼夜的赶造。不但自己修自己的地方，并且只要看见哪一国自己不修，他们就要来修，仿佛成了规矩是①的。前几年我们东三省的铁路，不是俄国修的吗？现在云南通越南的铁路，不是法国在修吗？俄国那几年在东三省欺负我们，想各位也大概听到说过。法国将来在云南如何待我们，那也是说不清的。愚下有个比方，譬如一家人的家务，到得别人来把你生财的事拿在手里，你想这一家人，还有什么好日子过？所以说是有了这条路，我们就可以生；莫有这条路，我们只有死了。照这么说来，这条路我们还能够不修吗？

但是铁路的款项，全要靠我们四川人大家担起来。那款项的数目，上年工程师大概估过，要七千多万，说起来骇人，似乎像难得很，依愚下算起来，却是不难。怎么说是不难哪？我们四川一百二三十州县，每年各州县田房税款这一项，大地方七八十万的价值，中等州县五六十万，三四十万不等，偏僻苦州县，也有几万几十万的。通体一拉，每年一州县二十万，一年也就是二千多万。只要我们各位有钱的，把这笔钱不消买田买房子，大家拿来买股票，只要三年，这个钱也就够了。但是这个话必有人驳的，说是你倒会算，只是那里靠得住有钱的都不买田买房子，他买不买，你能够估得住么？这话一点不错，那吗这个就不上算，愚下另外还有一个算盘。

---

① 应为"似"之误。——原编者注

我们四川的人，据户口册算起来，七千万人有多莫少。拿六千万人不上算，只要这一千万人，每人买一张五两小票，就够五千万了。再说一齐拿出五两银子来，也还不容易，我们可以照江苏、浙江的办法，把五两银子分做五年缴。认买一张的，一年只消缴银一两，拿个收单。到五年五两缴齐了，把收单来换股票，并且就把这四年的利钱一下扣回去，这就很容易了。就让说我们四川的苦朋友多，依愚下想来，只要大家发个狠，要买这股票也就不难。譬如我们这些做工的帮人的苦朋友，一年多的不过挣三几十串钱，少的不过挣一、二十串。说是骤然要拿出五两银子来买票，那却艰难。若一年一两银子，只消各位每天少吃碗茶，少买匹叶子烟，存上五、六文钱，不消一年也就够了。列位还有句话要紧，切莫说是这么大件事，只好望他们有钱的人出钱，哪里在我们这张把票子，拿出来也不济事。这么一说，那就错了。要晓得这个路是大家有关系的，全要大家鼓劲。一个巴掌是拍不响的，哪管他有钱莫钱，只要我们一年余得出一两，我们就去认买他一张；余得出二两，就去认买两张，钱多的多买，钱少的少买。把他当成一件买田置地切己的事一样，那就好了。若是你推我推，那就不成功了。我们中国的人，自来就是一个推诿的毛病，所以事事吃亏。况且这个事同攒钱一样，莫有什么推头，有钱人图稳当的，无非是买田地置房屋，可是如今的田房，顶好的不过六厘，不好还投不起。况且年成的好歹拿不定，有了什么筹款的事出来，总是要从田地上派的。所以这些年来，粮户很难当咧！大家算算，这个股票，当不得你买田地么？就是我们这些苦朋友，一年辛辛苦苦的，攒几个钱，要拿去买田地当房子又不够，要想拿来借出去生利，又怕烂帐。再不是就去上个会，却是会事完完全全终局的很少。所以俗话说的是十会九烂。再有一起打老实算盘的，存得几吊钱，也不上会，也不借人，把他拿来粗粗的打一个银圈子带在手上，真实稳当，却是呆子，一个钱的利也不能生。所以说是苦朋友不容易存钱，如今有了这么靠得住的股票，为什么不大家发个狠攒几个钱去买呢？这还不比你放帐上会打圈子好吗？这也怪不得各位，虽说是公司开办四年了，究竟这个铁路有些什么好处？有多大的关系？到底修得成修不成？大家都不能了然，所以还不免观望观望。如今愚下把这个路的好处，这个路的关系，都说明白了，定要修的话也说了，工也要开了，这还有什么疑心的。列位尽管请买票子罢。

说到这里，各位粮户又有话问我了，说是我们一年又要上租股，又要叫我们买股票，重重叠叠的，也有点讲不得罢。这话不错，愚下也正有句要紧话，对各位说。我们公司去年改归商办的时候，重新订得有个章程，第十条上说得明白，"租股系为补助股份而设，其数目最多不得过股本全额五分之二，若股份畅旺，即不达五分之二，亦行停止"。怎么叫补助股份，说是买股票才是正票，租股不过是抽来帮助的。怎么叫全额五分之二，譬如修这条路的费要七千万，把这七千万作成五分，租股占二分，只要二千八百万，所以这章程底下还注得有两行小字，说"如全额五千万两，收至两千万两，即行停止"，就是这个讲法。怎么叫股份畅旺，说是只要买股票的多，那怕租股还莫有收到五分之二，也可以停止。如今只要大家肯买这个票子，一年算来真是能有几百万一千万，租股立地就可以停了。但是话虽如此，各位总还有点疑心，说这一年买票子的，怎么晓得有好多？我们尽管买了，公司说是还不算旺，租股依然不能停，那还不是无凭查考的吗？这一层虑得很是，却是要晓得，这件事有个办法，不是得这么空空洞洞一说就行的。怎么个办法呢？刚才愚下不是说过各州县都要立个股东分会吗，公司也有公事到各州县催这件事，只要各处有了这个会，那各处都有个作算的地方，这话就容易商量了。只要大家到会上一说，我们情肯大家认起股来，把这个租股请停他，免得年年噜苏。到得明年，公司开股东总会的时候，各州县的股东分会都有人来了，大家把这件事商量定了，各州县分头去办。尽明年一年汇拢来一算，那就有个准数了。真是买票的人多，租股登时可以议停，绝不会含糊。却是还有句话，各位有租股的粮户，莫要算倒我每年要上好多租股，将来就尽那几个钱买股票，那还不是朝三暮四，暮四朝三的话，算拢来还不是那么几个钱，这事就依然办不动。这个事全要在大家多出几个钱，一年把正经用度除了，有余的都拿来买股票，那才得行。这就是俗话说的，长疼不如短疼了。这阵我们大家多拿出几个钱来，鼓个劲，一口气不过是五六年的工夫，就把这个路修成了，大家就要分红息，见大利，岂不好吗？若是不这么办，仍然照现在的样子行起去，就拿七千万来算，租股是要抽二千八百万的。如今每年租股只好二百万，现今抽了四年，不是还要抽十年才够吗？而且余外的四千二百万，归那个出呢？还不是要我们四川人慢慢的凑。可是还有个很不合算的道理在里头，比如七千万银子，拖到十七八年，才凑得起，这个路自然也要二十年才修得起，款项多拖几年，就要多背几年利钱。而且这个路，无论大段小段，差一天莫有修起，一天就不得开车。不能开车，就不得见钱，这头又要多背利，那头又迟见钱，这个来回算盘，我们吃亏还了得吗！况且工程师的薪水，有一个月就要算一个月的，这也不晓得要背多少。各位请算算，到底是大家鼓劲凑的好吗？还是尽拖的好呢？

说到这里，这话又有议头了。去年工程师算的，宜昌到万县，要修七八年，万县到重庆要四年，重庆到成都要三年，这明明要十四五年才修得起，愚下如今说不过五六年的工夫就修得成功，好像在哄人出钱的样。殊不知工程师说的是挨段挨段修起来的话。要是我们的钱多了，就可以两头一齐动手，要七年才修得起的，只要三年半就行了，要修四年的只消两年，要修三年的只消一年半。况且真是要我们买票子的人多得很，一年甚至有不止一千万的时候，我们还可以分段的三面并举，那就更快得很，愚下说五六年修得起的话，是一点不含糊的。去年制台①告示说得有钱多便快，钱少则慢的话，就是这个意思了。据愚下想来，总是越快越好哟！有许多老先生总说是这条路修是要修，不晓得我们还看得见么，那都是老先生们看见款项太大，难得凑起，却莫有算这一篇大帐的缘故。若是列位相信愚下这篇话，就照这么样办起去，不消说是五六十岁的老先生不要愁看不见，就是七八十岁的老人，只要再活七八年，我们都包他有车坐。这是照人算钱，照钱算工，明明白白极好算的帐，不是得徒说大话的哟！假如我们四川的地方小，人口莫得这么多，那愚下也就不敢说这个话了。列位评评，愚下这篇帐算的错不错？却是也有好些朋友说我这个话不对，他说是虽然七千万人，哪里派得定七个人里头就有一个出一两银子的，望苦朋友出钱，那就更难了。殊不知拿一千万人来算，不过是个估计的方法，要晓得有钱的人一年出一千银子的，就抵去了一千人，出五百的就抵去了五百人，出一百八十的就抵了一百八十个人。牵高补低，只要大家齐心，这一年一千万，只怕还有多呢，说到苦朋友怕难出钱，那却不然，这有一段故事，可以作证据的，说与各位听听。前十多年的时候，我们广东达汉口这条铁路，是美国人包办的。后来广东的人、湖南的人、湖北的人，大家要争回来自己办，中间淘了多大的神费了许多的力，好容易才争回来。虽然争是争回来了，却是美国人勘这条路就勘了三四年，又修起了一段，费了八百万银子，这笔钱是要给人家赔出来的。说起来这么大的一笔数，那里一下就拿得出来。你看广东人好不齐心，出传单，打电报，三五天的功夫，一口气就凑了八百万，后来湖南也出些，湖北也出些，就把这个路拿回来了。如今不是正在修吗？当初我们听见，总说是广东富足，有钱

---

① 指岑春煊。——原编者注

人多，所以那么容易；后来看见报上载起他们股东的名字，内中才有许多轮船上当水手的，机器厂当工匠的，还有许多做小买卖的，帮人的，都在出钱，可见我们苦朋友都是顶肯鼓劲的。不过没人提醒他，他不晓得罢了。还有一段更近的公案，是去年八九月间江苏合浙江修的铁路，从江苏通到浙江，又从浙江通到宁波，这条铁路叫做苏杭甬铁路。光绪二十五六年的时候，英国人同我们管铁路的大臣，立了个草约，他们来包修，却是草约上立得有期限的，过了期限不修，这个话就不算事。后来英国人简直的是逾了限都不来，我们江浙两省的人，才出来立起公司自己修，并且又先问过他，又请我们的管路大臣奏明皇上，把从前那个草约拿来废了。这两省的路，不是已经修了好些吗？而且有两段路已经开车了。那里晓得这个英国人到了去年，他忽然的跑起来要修这个路，说是先立得有约的。你想我们江浙的人，答应他吗？他就搬起他们的公使，在京城里同我们讲话，我们江浙的人，一点也不让手他。一面在抚台合制台那里递公呈；一面打电报请王公大臣代奏皇上；一面又举出人来进京同他讲。他总说是我们的钱不够，要估住借几百万。你想我们江浙的人管多少明白，肯上他这个当么？所以大家立了一个拒款公会，什么叫拒款公会？就是拒绝他，不借他咧钱的意思。但是空口说不借怎么行嗬！所以又打了一个结实主意，把五元钱一张的股票，拿来分成五年缴。简简切切订了一个章程。这个章程一出来，你看我们这两省人，好齐心呵！有钱的不消说，最难得是那些丫头老妈，当雇工的，当跟役的，当差的，挑葱卖蒜的，甚至唱戏、当娼的，莫有一个不拿钱来买股票，几天的工夫，就凑了好几百万，硬把外国人抵住了。你说这两省的人有多大的能耐。算起来这两桩事还是苦朋友顶多，哪里能够说苦朋友是靠不住出钱的呢！为什么广东的人、江浙的人，这么样齐心？也是他们个个都明白铁路这件事，是有绝大绝大咧利益的，搁在地上是一千年也不会变动的。这个刀把子是让别人拿不得的，所以大家拼起命的干；不然哪个不晓得把个人的钱放倒屋里睡觉，不稳当么！

说到这里，又有朋友要驳我，说广东是他们要争回来自己修，江浙是人家估住要借钱，莫奈何不能不拿出钱来。我们四川又莫得那个来争，又莫得那个估住，忙什么？噫，这话说不得呀！我们这个路的原委，朋友不晓得的很多，列位不要心慌，尽愚下慢慢说来，大家听听。那些年他们外国人包揽我们中国的铁路，尽在东南沿江沿海一带的地方，因为我们四川在边边上，所以总没有说起。到得京城达汉口这条路将要修通的时候，算倒四川的路可以接得出去，就在打我们的主意了。光绪二十九年，锡制台①一放了四川，就看到这一着，一心一意的要替我们四川人把这条生死相关咧铁路保住，不要让外人拿去才好；所以走到湖北，同湖北从前的制台张宫保②就是现在拜相的这位张中堂一商量，还等不得到四川，赶到在路上就发了个折子，奏请自办。后来我们皇上批准了，那些外国人就长行来讲话，又说是借钱把我们啊！又说是荐工程师啊！又问我们到底修得起修不起啊？又问我们到底什么时候动手啊？咧咧拉拉的就闹了一年多。我们锡制台拿定主意，也不得罪他，也不招惹他，把我们大绅粮请了些出来，大家商量，才定要前头说的几个集股的法子。所以三十一年才算开办起来，当日要是没得我们这位锡制台这么一做，只怕这个路早就落在人家手里了，我们还想修吗！就是要学广东人去争，只怕也争不回来了。这真算是我们锡制台替我们四川人造了天大的福，我们是感激不尽的呀！不晓得的还说是想些方子害我们出钱，那就错远了。说到借钱不借钱这一层，那就要看我们四川人的能耐了。假如各位不信愚下的话，舍不得拿钱买

①　指当时四川总督锡良，下同。——原编者注
②　指前湖北总督张之洞。——原编者注

票子，尽这么拖起去，现在公司存的钱还不上一千万，一开了工，一年再少总要五百万。好修的路，要一万银子一里；难修的就要三四万两银子一里；还有架桥打洞，动辄就要十万八万。请教我们这点钱，能够用几年？能修好远？到得哪阵修得半残不落的，款项不接济，你想他们外国人还不来插脚吗？就拿江浙的事来看，你想人家都在开车了，并不是修不起，他们还要估住干；何况你明明是钱不够，还推得脱吗？等得外人插进脚来，那我们这个四川就算送给人家了。所以愚下说是要大家鼓劲，越快越好。这个莫有什么难处，只要我们人人齐心，都认起股来。现在已约略有一千万，随后一年再有一千万，两头动手到得五年，路也修起一大半了，车已一面开了，一面又有钱进了，就作算还差一点，也有限了，还愁弄不好吗？若是大家拖起，那□□怕得很。列位上紧的在心，莫要说是不忙哟！

　　却是还有许多朋友，他总说是人家江浙办得好，所以大家肯出钱；我们这个公司办了几年，却是懵懵统统的。是事众□都不得明白，出了钱的尚且糊里糊涂，还望莫有出钱的再出钱吗？所以说是不□□这也难怪朋友这么说，本来我们这个公司与人家的有点不同。为什么人家的公司都是几个创首的人先垫出钱来，请起工程师，把要修的路通通勘过，算归□铁路有好长，要用好多钱，从那里起那里止，共总要几年修起，都弄得明明白白的，然后才订起章程，招好多股，所以看起来是个清爽的。我们这个公司，讲创首□□就算是锡制台。当初外人大家都要挤进来那宗光景，还等得我们把事情弄明白才动手吗？所以莫奈何，先商量定了几个集股的法子，就开办起来。想倒总是钱要紧，一面筹款，一面勘路也未尝不可。不过我们四川人连铁路都莫有看见过的，就多得很，朦头盖面的说是出钱修铁路，要问这个路好长？要好多钱？几年得成功？谁也说不出准数来，所以大家疑心，出钱的总说是捐。这并不是官办得不好，故意颠倒次序，实在是逼住莫有法子。这点苦心，大家要晓得哟！假如当初官不办，就尽我们绅粮自己办，外人也不来争，也是仿照人家把路勘好，算清楚再招股，不说是开头就莫得人肯垫钱，只怕办到如今，未必就能够有这个样子罢！如今总算有了这么一个根基，我们鼓劲朝前头做起去。要说是租股不好，我们想个出钱法子替换他；要说是工该开了，我们赶紧开工。公司好比众人开的一个铺子样，里头办事的人，好比众人请的管事样，众人就是东家，生意是管事做，本钱却是要东家出。只要东家拿出本钱来，叫管事怎么样做，他就得怎么样做，一点不敢错的。斫以我们皇上为这件事还钦定了一种法律，名叫《公司律》，无论哪个公司，办事的舞了弊，是要罚钱的，情节重的还要监禁，无论什么人都是一样的办。我们当股东的，尽管放心出钱，不会受欺哄的。这么算起来，生意是好做，就是怕莫本钱；铁路是好修，就怕的东家不出钱。所以愚下说是只要大家齐心，修起来是很容易的，怎么能说哪个公司好，哪个公司不好呢？

再有一起朋友，说是以前哩不说了，从去年改成商办也有一年多了，怎么还是莫眉莫眼的，只怕办事的不行罢？说到这里，愚下也就不好辩驳了。要说是办事的好，必定说我是公司派出来的，自然要为向他们；要说不好，愚下也不能昧那宗良心。如今我们只拿事情来算，大家就明白了。去年二月改商办，劈头一件就是算帐，公司又不停倒门，把以前的事不要了另自来过。一面天天要办公事，一面同倒众人举出来的十几位绅粮算帐，整整就算了两个月，才弄清楚。正在这个时候，勘路的胡工程师也勘拢省了，邮传部又奏派□□事费道台①来查账了，这两位查帐的把众人先算的一概不看，挨一挨二重新来□□，又算了两个多月，这就甩到七月间才完事。这篇帐是扎齐五月底止，算是已□□旧帐。公司是从六月初一

---

① 指费道纯。——原编者注

起才算是接管。中间因为各票号前年冬下存在他们□□的一百多万银子不认利，公司把这些一齐提回来，跟倒又才放出去，这□□□一两个月订购地章程，订办事章程，订股东分会纲要，改租购股章程，凡是有□病的事，莫一样不整顿；凡是可以省钱的事莫一样不裁减。到了今年，又把□□的事情分成几部，银钱出入归一部，文书案卷一部，股票带一切杂项归一部，每部设一个监督，各管各事，各有专责。这一部一部的要详细说，话太长了，耽搁列位的工夫，就单说银钱这一部。监督举的是现任湖北藩台，我们安县李少东先生的少爷叫李伯贞的，本人是个拔贡，做过一任岳州府知府，总算得一位大绅粮，想来晓得的很多。因为他老太太还莫有安葬，一时不得来，又才举出马正泰的老掌柜号绍相的来代理，本人是个举人，从前做过一任江北厅教官，如今改官郎中，是京官了。他汉口重庆都立得有号口，生意做得很大的，他这些生意，都是他一手兴起来的，算计是顶好的，要算是个兴家立业的人，很发几个钱财，想来各位也是信得过的哟！自从去年到如今，算起来一年多点，大大小小不知道办了许多事，别的各位不晓得，就如像租股零数息折，各州县派人去查，这些事都不是一天两天就做得出来的。况且公司的事，还有许多快不起走的，寻常事不说，比如事情大一点就得要请众人来议，议定了然后才行；所以看倒像很疲，依说起来要算是快的。为什么呢？每天这些人都是一早就到，大家抵到脑壳一堆办事，要做够五点钟的时候才散，又不兴星期，又不兴暑假，有事当时就做，莫得一样压起的，所以说是要算是快的。这些行不行，列位久久自然会明白的。却是有句话愚下敢说，里头无论那一部的人，莫得一个不是清清白白的，实心实意做事的，要说是还嫌不好，只怕也就难找到了呵！

还有件事，列位很疑心的，说公司房子那么大，听见说还修有花园楼台亭阁的，许多家具摆设都是金碧辉煌的；不消说这些人来去都是人夫轿马，饮食都是珍馐美味。又听见说一年的学①费要好几万，又有重庆、宜昌、汉口、上海几处，也不晓得要使好多，拿住别人不心疼的钱，好阔呀！路尽不修起，只怕用都会用完了。这话也难怪各位，本来公司房子是很大，觉得里头自然总是很讲究，殊不知这个房子，从前是官书局修的，因为太大了，才划一半来做公司，里头也有两个花厅，有一座楼，小小一个池子，有点假山，有个船房却算不得什么花园。里头的家具，不过赶我们平常人家的好些，却算不得那么阔。共总花了四万银子的光□□□初这笔钱是烟灯捐里头拨的，就是以前的薪水伙食也是灯捐项下开支，□□□是全莫有动的。这篇帐是扎齐去年五月三十，算得清清白白，不是还出得有□□□？各位想来都看见的。从去年六月初一起，灯捐这一项莫有了，这用的就是□□□，但是虽在用股本却有限。怎么会有限？尽愚下一层一层的说来大家听听。□□□坐轿子的有几位，却是各人自己出钱，也莫得那个乌烟瘴气的。两个花厅，□□□会客，拿一个做了公共办事的地方，船房做一堆吃饭的地方，楼上楼下拿□□□□的填股票的，其余那些房子，或是堆案卷、检票子，或是住人，莫有哪一处□□□闲耍的。

说伙食么，每人一百钱一天，杂役小工六十个，连炭连米一下包，自□□以至写生都一样的在一堆吃，不兴喝酒，不兴添菜，自来就是如此。不过自来莫有一堆吃，或许那个还私下弄点好伙食；如今是连这个都莫有了。

至于薪水，顶多的只有总理，薪水二百两，夫马一百两。共总三百两，却是去年以前，总理合那几位总董副董，都是一个莫有用过钱的，今年正月，众人才议定的。虽是议定，总理因为他管的高等学堂还莫有交出去，那边有薪水，公司这面只用夫马；以外至多

---

① 疑"用"或"经"字之误。——原编者注

的连薪水夫马不得过一百，有四五十两的，有二三十两的，十两八两三两五两的，多寡不等。去年人少，薪水伙食，一个月七百来往银子。今年人多些，一个月一千带，宜昌一个月七百多点，重庆、汉口、上海三处，一个都是四百两上下，几处合拢算起来，一年四万两银子的光景。觉得像很多，其实拿别处公司比起来，要算是很少。不过别的路没得这么长，办事的只有一两处，薪水就厚点不觉得，我们有这么四五处，所以凑拢来就很多了。还有一层，薪水太少了，找不到能办事的，就说是尽义务也要使他不打饥荒。譬如做庄稼、作买卖，工钱不出够，一定是请不倒长年，请不倒管事的哟！

至于公司办的铁道学堂，一年将近要三万。英国、美国、日本、比国这几处，派出去的学生，一年也要三万几，这真是不少，却不算耗费，要算是做庄稼下的种子，做买卖办的货样。这是怎么说法呢？我们这条路，不是一天修得起的，修的时候固然要请人，就是修起了，驾车管路的还是要请人。工程师要六七百两银子一个月的身工，少了是请不倒的，况且还不容易请。就是那些帮手，一月也要三百二百、一百八十，莫得什么便宜的。这阵我们一面请人修，一面造成这些学生，到得几年后学成了，有能当工程师的，就可以不请别的工程师了，有能当帮手的也可以少请帮手了。驾车管路也就不必另找人了，将来要添修支路，也就不难请人了。学生虽然还是一样要身工，可是既由公司培植出来的，也该尽一半义务，这就减省不少了。况且学生都是本省人，四川人挣四川的钱，那不是俗话说的肥水不落外人田么？所以这笔钱虽多，是不能省的。

列位，还有句话，我们这个钱，不是净净的搁倒吃，是通通放出去在生利，还有点赚余贴补。从前汉口、上海两处，没有设局，我们的钱，大半都放成都、重庆两处各票号；然而成都、重庆的生意小，莫得汉口、上海那么大，所以利钱也就赶上海、汉口的小，每月才四厘钱。从前还敷得住股息，如今拿六厘来比较，每万银子，公司一年要贴一百二十两，这么几百万，算拢来还了得吗！所以去年把上海、汉口两处设局，有了妥当经理人，就把我们的钱陆续往底下汇。这两处的利钱，长期短期一拉，总够按月六厘的光景，掉转来一算，一万银子一年要赚一百二十两了。如今上海的存款有三百多万，汉口也是三百多万，成都、重庆的也慢慢的涨成五厘了；拿满盘合算起来，一年就有六七万银子的赚款，所以说是用股本有限啊！但是这不过是暂时的经营，使股本不大亏罢了，不能说这么就算办得好。要晓得各位出钱是拿来修路，不是拿来放利，所以说总要大家齐心，多出几个本钱，赶快把路修起，那才是我们真正赚钱的时候哩。

还有些高明有见识的朋友，他说你这些话我都明白，就有一件不放心的事，今年报上载的，邮传部收回电报股份，当初电报还不是集股办的，这几年电报生意很赚钱的呀！股东一年分红，很投得起利，如今国家通通拿钱来买回去了，一百元的股本，拿一百八十元给你算完事。将来我们这个铁路修起，自然也是大利，万一十年八年，国家要拿钱来买起去，我们又有什么法子，那不是白淘神，看见大利得不到么？这层虑得很远，却是见到一半，见不到一半。怎么说见不到呢？电局招商，是官督商办，不是得完全商办，电报这件事于军务机密上很要紧，论理是应该国家办的，所以要收回去，也不是得单为利大的话；况且成本也不很多，所以这阵才办得动。至于我们这个铁路是完完全全的商办，与官督商办迥不相同，国家对我们公司有保护无干预的；我们公司对于国家，有报效又有义务的。怎么叫有保护无干预？即如邮传部派人查帐；现在这位制台，凡关于公司的公事，非常认真，又极力替公司想法子扩充股本，催助成功，都是维持保护的意思。至于管理银钱，筹办工程，那全凭公司自己作主了。怎么叫有报效又有义务？铁路将来赚了钱，要提一成来报效皇上；这是我们章程上都订得有的，设或有事，铁路上要运兵、运饷，那是另外有规定，不能照载客载货算的，这就是义务了。今年不是有谣言说邮传部要把各省商办的铁路收回去，又有说要改成官督商办的，后来部里不是还有个电报来，说这些谣言听不得的，本部于商办各路，只有维持保护，绝不干预你们办事的。这个电报公司登过广告的，想来列位也都看见，这尽可以了然了。况且这个铁路管多大的成本，谈何容易就买回去了。这阵原是国家莫得钱来修，才尽我们自己修，自己国里百姓修的路，就算是自己的路了，国家何必一定要据为己有呢？譬如一个大户人家，十几房人，当家的因为带了帐，把应该做的生意办不动，房分中的人，才各□的凑起私房钱来做这桩生意，讲明白赚了钱提几成归公，自然各房生意都做得好□这老家也就好了。未必那当家的人，定要把各房的生意拿在手里，才算是他那家人的么？拿这么来一比，就明白了。再说我们这个路修起，要七八千万，照电报股加八成，就要一万四五千万；这阵我们国家单算赔款一宗，一年三千多万要还到光绪六十五年才还得清。况且还有许多应办的事都腾不出钱来办，哪里说得到买路呢？列位尽管放心大胆买股票罢！

有些人说与其买股票，不如买彩票，利又大，又快当。不错，彩票利是顶大的，又是极快的，但是靠不住得［很］，就得了也只你一个人好，别人不相干。股票虽是见大利迟，却是顶稳当，一好大家都好。这全在各位自己斟酌去了，也就不必深说。

今天愚下说的话很长，头绪也太多，列位有说不清楚的尽管拿一本回去慢慢看，看愚下这话错不错？如今愚下还要到别处去，请了请了，二回有事再会罢。

成都印术馆铅印本《四川川汉铁路公司白话广告》，原件藏四川大学图书馆
选自隗瀛涛等编辑：《四川辛亥革命史料》上册，四川人民出版社，
1981年，第403—427页

张　澜

│作者简介│　　张澜（1872—1955），字表方，四川南充人，政治家，中国民主同盟的创建者和领导者，曾任民盟主席。著有《说仁说义》《四勉一戒》和《墨子贵义》等。

在川汉铁路股东特别大会上的演说①

（1911 年 8 月 5 日）

适才赵大帅②演说，大致谓朝廷因川人筹款困难，故借外债来修路；今日川人只要筹款来修川路，便能保路，不必说破约。赵大帅的话我们股东是很明白很感激的。但是大帅所说，我们股东究有不解之处。

---

① 根据《四川保路同志会报告》第三十号整理。1911 年 8 月 5 日，川汉铁路股东特别大会在成都召开。会上，请新任四川总督赵尔丰训话，对保路风潮颇多指责。张澜当即发表这篇演说，针锋相对予以驳斥。——原编者注

② 赵大帅，即赵尔丰（1845—1911），字季和，汉军正蓝旗人。清末曾任驻藏大臣兼川滇边务大臣。1911 年任四川总督，镇压保路运动，屠杀请愿群众，激起四川各县人民的武装反抗。武昌起义后，成都宣布独立，建立大汉四川军政府，蒲殿俊任都督，赵尔丰仍以办理边务名义从中操纵，煽动兵变。后民乞入城，赵尔丰被杀。——原编者注

如说川人筹款来修川路，便能保路，不必说破约。试问所谓川路的界限若何？川人所修的路本自宜昌起手，即谕旨收路为国有亦只言鄂境。何以盛宣怀定约将我们夔府数百里的路凭空攘去，抵补与四国？所谓川人筹款来修川路，如只修成夔的路，则我们四川的路算得是完全的川路吗？如仍照川人从前所修的路来修，则当兼修宜夔。宜夔已被盛宣怀卖与四国，既要保路，安得不说破约（拍掌）！

又谓因民间筹款困难，故借外债来修路。此回因收路国有而借外债，因借外债而有用人用钱查账悉归外人之约。在朝廷一面不可谓无深意苦心，但其停止租股①而借外债以为是深恤民艰似矣。然试问：朝廷于租税之外取于百姓的如新常捐输、肉厘、酒捐、油捐、糖捐种种，皆有加无已，何不一恤民艰（众大拍掌，声震瓦屋）？独于租股一项要恤民艰（众大拍掌，声震瓦屋）？明明夺我们百姓的权利，反以为恤我们百姓的艰难，有此谓吗（大拍掌）？至将修路的用人用钱查账之权悉交外人，此策我从前曾闻某巨公说过：今日修路定要借外债，且中国官绅对于公款多半侵蚀虚糜，既借外债，便要把用人用钱查账之权悉交外人，方免侵蚀虚糜诸蔽。不料今日竟实行其言！我们中国官绅之坏，诚多侵蚀虚糜。试问朝廷操用人大权，何不选任贤者（大拍掌）？今乃不信中国人而信外国人（大拍掌）。譬如有肉于此，因防鼠子窃食而使老虎守之，此肉有能存在的理莫有（大拍掌，声震瓦屋）？以这样失败的约都叫我们不说！假使明年我们股东为朝鲜的人，如朝鲜与日本结的约，我们大家也可以贪生忍辱的不说吗（众大号哭，掌声震屋）？

至谓川人筹款困难，此语尤不然。如湖北路款，竭鄂人数年之

---

① 租股系当时商办川汉铁路公司凭借官府、依靠士绅强制性按租抽谷之股，当时人们称为"铁路捐"。租股从 1905 年开始征收，是川汉铁路股本的主要来源。——原编者注

力，只筹得一百余万，这才叫做困难。我们四川股款现已筹有一千五六百万，安得说筹款困难（拍掌）！况我们川人并不是莫有钱，并不是不出钱，请以一普通的事明之：如我们四川各府厅州县的百姓一有词讼，虽极贫之家，必费钱三四十串或六七十串不等，至一般官吏之明罚暗拿，少则数百金，多则数千金，百姓不敢少一分文。犹说我们川人不出钱吗（众大拍掌，声震瓦屋）？总之，我们四川筹款并不困难。只要朝廷以至诚之心待百姓（大拍掌），一般官吏不掊克人民（大拍掌），我们的公司总理举得其人（大拍掌），信用能立（大拍掌），则莫说七千万修路之款，即使再筹七千万，亦莫有筹不到的（众大拍掌，声震瓦屋）。

但是现在又有人说，川人能筹款，川人能保再不倒款不？这话尤无见识。这回政府收我们的路，固以倒款为我们川人的罪。殊不知川路倒款由于总理不得人。使总理为我们股东所公推，倒款我们任咎。倒款的总理为奏派，安得归过于我们川人（大拍掌）？且倒款之害比较盛宣怀所定的约丧失国权之害，孰为重大？倒款之罪便以归诸川人，丧失国权又是谁人的罪（大拍掌）？总之，我们股东只知道路当保，约当破，纵使将来不幸路款再有亏倒，我们四川的股东宁肯含辛茹苦，再吃倒款的亏，断断断断不能附和卖国邮传部卖国奴盛宣怀，来吃亡国民的苦（众大叫拍掌）！

我们四川股东，我们四川人民，大帅的话了解不了解？古人说，哀莫大于心死，又说陈叔宝全无心肝。如使我们四川的股东，四川的人民，尽是心死，尽是全无心肝，大家可以回去对孺人，弄稚子，享安逸的福罢了。如若我们四川的股东，四川的人民并未心死，并不是全无心肝，大家起来，争争争保路呀！破约呀（众大拍掌）！

选自龙显昭主编：《张澜文集》，四川教育出版社，1991 年

吴　虞

|作者简介|　　吴虞（1872—1949），原名姬传，字又陵，四川新繁（今四川成都新都区）人。近现代思想家、学者，在五四时期影响较大。胡适称他为"中国思想界的清道夫"，"四川只手打倒孔家店的老英雄"。

吃人与礼教

我读《新青年》里鲁迅君的《狂人日记》，不觉得发了许多感想。我们中国人，最妙是一面会吃人，一面又能够讲礼教。吃人与礼教，本来是极相矛盾的事，然而他们在当时历史上，却认为并行不悖的，这真正是奇怪了！

《狂人日记》内说：我翻开历史一查，这历史每叶上都写着"仁义道德"几个字。我仔细看了半夜，才从字缝里看出字来，满本都写着两个字是"吃人"。我觉得他这《日记》，把吃人的内容和仁义道德的表面看得清清楚楚。那些戴着礼教假面具吃人的滑头伎俩，都被他把黑幕揭破了。我现在试举几个例来证明他的说法：

（一）《左传》僖公九年，（周襄）王使宰孔赐齐侯胙，曰："天子有事于文、武，使孔赐伯舅胙。"齐侯将下拜，孔曰："且有后命：天子使孔曰，'以伯舅耋老，加劳赐一级，无下拜。'"对曰："天威不违颜咫尺，小白余敢贪天子之命，无下拜？恐陨越于下，以遗天子羞。敢不下拜？"下拜，登受。这是记襄王祭文王、武王之后，拿祭肉分给齐侯，说，"齐侯年老，可以不必下拜"，讲君臣的礼节。齐侯听得襄王如此分付，便同管子商量。管子答道，照着襄王分付的话做去，不行旧礼，便成了为君不君，为臣不臣，那就是大乱的根本了（《齐语》）。于是齐侯出去见客，便说道："天子如天，鉴察不远，威严常在颜面之前，不敢不拜。"据这样看来，齐侯是很讲礼教的，君君臣臣的纲常名教，就是关于小小的一块祭肉，也不能苟且。讲礼教的人到这步田地，也就尽够了。就是如今刻《近思录》《传习录》的老先生讲起礼教来，未必有这样的认真；齐侯真不愧为五霸之首了！然而我又考《韩非子》说道：易牙为君主味，君之所未尝食，唯人肉耳。易牙蒸其首子而进之。管子说道：易牙以调和事公，公曰："惟蒸婴儿之未尝。"于是蒸其首子而献之公。（戴子高《管子校正治要》，"首子"作"子首"，《韩子·难》篇同，今本误倒。）你看齐侯一面讲礼教，尊周室，九合诸侯，不以兵车，葵丘大会说了多少"诛不孝，无以妾为妻，敬老慈幼"等等道德仁义的门面话；却是他不但是姑姊妹不嫁的就有七个人，而且是一位吃人肉的。岂不是怪事！好像如今讲礼学的人，家中淫盗都有，他反骂家庭不应该讲改革。表里相差，未免太远。然而他们这类人，在历史上、在社会上，都占了好位置，得了好名誉去了。所以奖励得历史上和社会上表面讲礼教、内容吃人肉的，一天比一天越发多了。

（二）就是汉高帝。《汉书》：高帝二年，汉王为义帝发丧，袒而大哭，哀临三日。发使告诸侯曰："天下共立义帝，北面事之。今项羽放杀义帝江南，大逆无道。寡人亲为发丧，兵皆缟素，愿从诸侯王击楚之杀义帝者。"高帝虽是大流氓出身，但他这样举动，是确守名教纲常，最重礼教的了。十二年，过鲁，以太牢祀孔子。孔二先生背时多年，自高帝用太牢加礼以后，后世祀孔的典礼，便成了极重大的定例。武帝以后，用他传下这个方法，越发尊崇孔学，罢黜百家，儒教遂统一中国。这崇儒尊孔的发起人，是要推高帝；儒教在中国专制了二千多年，也要推高帝为首功了。班固又恭维高帝道：天下既定，命萧何次律令，韩信申军法，张苍定章程，叔孙通制礼仪，陆贾造《新语》；虽日不暇给，规摹弘远矣。据这样看来，汉高帝哭义帝、斩丁公，他把名教纲常看得非常重要。他晓得三纲之中，君臣一纲，关系自己的利害尤其吃紧，所以见得孔二先生说"君臣之义不可废"的话，他就立刻把从前未做皇帝时候"溺儒冠"的脾气改过，赶忙拿太牢去祀孔子，好借孔子种种尊君卑臣的说法来做护身符。他又制造许多律令礼仪来维持辅助，以期贯彻他那些名教纲常的主张，果然就传了四百年天下，骗了个"高皇帝"的尊号，史臣居然也就赞美他得天统了。却是我读《史记·项羽本纪》，说：项王"与汉俱临广武而军，相守数月。当此时，彭越数反梁地，绝楚粮食，项王患之。为高俎，置太公其上，告汉王曰：'今不急下，吾烹太公。'汉王曰：'吾与项羽俱北面受命怀王，〔曰〕'约为兄弟'，吾翁即若翁，必欲烹而翁，幸分我一杯羹！'"汉王这样办法，幸而有位项伯在旁营救，说是"为天下不顾家"，就是说想得天下做皇帝的人，本来就不顾他老爹死活的。项王幸亏听了他的话，未杀太公。假如杀了，分一杯羹给汉王，那汉王岂不是以吃他老爹的肉为"幸"吗？又读《史记·黥布列传》，说："汉诛梁王彭越，醢之，盛其醢，遍赐诸侯。"这也可见当时以人为醢，不但皇帝吃人肉，还要遍给诸侯，尝尝人肉的滋味。怪不得《左传》记"析骸易子而食"；《曾国藩日记》载洪杨之乱，江苏人肉卖九十文钱一斤，涨到一百三十文钱一斤。原来我们中国吃人肉的风气，都是霸主之首、开国之君提倡下来的。你看高帝一面讲礼教，一面尊孔子，一面吃人肉，这类崇儒重道的礼教家，可怕不可怕呢？后来太公得上尊号做"太上皇"，没有弄到锅里去成了羹汤，真算是意外的侥幸呀！

（三）就是臧洪、张巡辈了。考《后汉书·臧洪传》：洪，中平末，弃职还家，太守张超请他做郡功曹。后来曹操围张超于雍丘，洪将赴其难，自以众弱，从袁绍请兵。袁绍不听，超城遂陷，张氏族灭，洪由是怨绍，绝不与通。绍兴兵围洪，城中粮尽，洪杀其爱妾，以食兵将。兵将咸流涕，无能仰视。臧洪不过做张超的功曹，张超也不过是臧洪的郡将，就在三纲的道理说起来，也没有该死的名义。便有知己之感，也止可自己慷慨捐躯，以死报知己，就完事了。怎么自己想做义士，想身传图像，名垂后世，却把他人的生命拿来供自己的牺牲，杀死爱妾，以享兵将，把人当成狗屠呢？这样蹂躏人道，蔑视人格的东西，史家反称许他为"壮烈"，同人反亲慕他为"忠义"，真是是非颠倒，黑白混淆了。自臧洪留下这个榜样，后来有个张巡，也去摹仿他那篇文章：考《唐书·忠义传》载：张巡守睢阳城，尹子奇攻围既久，城中粮尽，易子而食，析骸而爨。巡乃出其妾，对三军杀之，以食军士，曰："诸公为国家戮力守城，一心无二。巡不能自割肌肤以啖将士，岂可惜此妇人！"将士皆泣下，不忍食，巡强令食之。括城中妇女，既尽，以男夫老小继之，所食人口二三万。许远亦杀奴僮以哺士卒（《新书》）。臧洪杀妾，兵将都流涕，不能仰视。张巡杀妾，军士都不忍食。可见越是自命忠义的人，那吃人的胆子越大。臧洪、张巡被礼教驱迫，至于忠于一个郡将，保守一座城池，便闹到杀人吃人都不顾，甚至吃人上二三万口。仅仅他们一二人对于郡将、对于君主，在历史故纸堆中博得"忠义"二字。那成千累万无名的人，竟都被人白吃了！

孔二先生的礼教讲到极点，就非杀人吃人不成功，真是惨酷极了！一部历史里面，讲道德说仁义的人，时机一到，他就直接间接的都会吃起人肉来了。就是现在的人，或者也有没做过吃人的事，但他们想吃人，想咬你几口出气的心，总未必打扫得干干净净！

到了如今，我们应该觉悟：我们不是为君主而生的！不是为圣贤而生的！也不是为纲常礼教而生的！什么"文节公"呀、"忠烈公"呀，都是那些吃人的人设的圈套来诓骗我们的！我们如今应该明白了！吃人的就是讲礼教的，讲礼教的就是吃人的呀！

八、八、二九，吴虞草于成都师今室。

选自民国八年（1919）十一月一日《新青年》六卷六号

宜隐堂日记（节选）

九　月①

九月十五日　星期五　十月十四号　阴

刘绍禹来房租大洋三十元。顺庆十二日战争，省方死营长二人，兵伤亡一团之谱，机关枪缴坏数架。李、罗损失枪数百支。双方仍相持。闻之姚勤如。今日结算家中用款。换钱四十元。买柴二十四元在内，计九月自初一至十五，共用大洋八十七元八角。向伯

---

① 时为民国二十一年，公元 1932 年，是时刘文辉、田颂尧在成都发动"省门之战"。——编者注

涛云，二十一、八、九军二层将领通电讨刘自乾，陈书农亦列名。书农方在刘自乾处领得大炮多尊也。果子园杨公保府，地基二十余亩，书农以七万多元买之，杨叔铭则移居支机石另买之宅云。

九月十六日　星期六　十月十五号　阴

刘自乾见通电，面无人色。简阳、遂宁二县已让与邓晋康。闻江津有战事。

九月十七日　星期　十月十六号　阴

三时过何光玖，途遇廖学章同行。叶秉诚、李劼人、周晓和、杨贞久、何鲁之诸人均在，客共四席。

九月十九日　星期二　十月十八号　微雨

魏时珍来谢帖。将文学史参考各书收检。暂行停抄，俟川战结束后再议。今日报，顺庆、遂宁、安岳、潼南、乐至，二十四军均自动让出。成遂、遂简及由遂至资内一带，连日来往开拔军队甚忙，川局近有剧烈变化。盛传刘湘将亲赴江津督师，向上东进攻。柚、植交学费大洋五元。向伯涛来，言遂、安、潼、岳二十四军让与邓晋康，上星期六，邓派杨秀春等往接防，而二十九军与二十四军已发生战事，杨秀春等竟未能接防。邓部以为天助渝方也。与伯涛算结，至九月十四日止，满一月，停抄，付大洋十元。俟战事结束，如再抄另起算也。

九月二十日　星期三　十月十九号　阴

闻教厅有蒲宾虞消息，董长安开一师人进省城。闻军界家眷多移避，贵重衣物均收藏，似今晚即有战事。予外出晤谭创之、曾慎言，皆不知。至菁华书局，晤范午，云永川、隆昌已被渝方占领。

黄毓荃云，华阳今日已交与田。

九月二十一日　星期四　十月二十号　阴

魏时珍来，畅谈吴金玉，言其头脑不细密，法学非所宜。无独立之学问，若止教书，恐难立足。新朋友对于金玉为人皆怀疑，以其疏远旧人也。学生与金玉送对联者，即与金玉捣乱最甚者也。真朋友非饮食可得，此断然者。又言在中学时，读《青年进步》杂志登予《悼亡诗》，即极佩服。

九月二十二日　星期五　十月二十一号　晴

廖学章言，金玉名誉不佳，然金玉则枵然自大也，可笑极矣。肇海来，言理学院张幼房因学生不上课辞聘。张叔沅因讲组织法，讲义出至七八十页，而组织终未讲明，为学生所逐。夜半十二钟，柚子闻枪炮声叫门，予与曼君俱起，久之始复睡。

九月二十三日　星期六　十月二十二号　晴

闻将军衙门多取阶石作垒。商业街、东门街口皆安机关枪矣。昨晚上灯后，即不能通过，大光明电影院妇女多不能返家。半夜枪炮声，盖起于皇城坝，二十九军所放。二十四军未还放，故事未起也。午后二时，巴黎大学法学博士河南丁作韶来谈，云自幼即读予之文，现受川大法学院之聘，甫到数日也，住在法学院。三时去。枪声忽大作，西城根及正街均不能通过。袁奉倩来，小坐而去。枪声亦止。二十四、九军垒石齐肩，互为防御，交通断绝。吴季骧、吴金玉亦来小坐。旋由李芳圃房逾墙至奎星楼街，转新巷子而归去。终夜无枪声，似调停矣。

九月二十四日　星期日　十月二十三号　雨

二十四军防御已撤，可通行。二十九军仍未撤。今日《新新新闻》载启明社电：二十一号东路方面之省、渝两军已正式接触。又讯：二十四军现电调宁属刘竹村率全部兼程来省。又讯：陈鸣谦旅长十九号到遂宁。新闻社电：渝方定二十二、二十三号向东道之二十四军施行总攻击。五女来信，九月三十号寄，仍在南京。午后军警团人派少数兵，中立于二十四、九两军之间，以为阻隔，免接近冲突也。夜雨。尚无枪声。

九月二十六日　星期二　十月二十五号　雨

街面拉夫，葱亦无卖者。铺门俱闭，无形罢市，柴、米、菜均大涨价。昨日《快报》号外，言二十四军驻一旅于西南较场，二十九军驻一旅于东北较场，余兵均出城，由二十八军组织维持城中秩序，从今日起实行。未知何如也。川大中文系四年级毕业论文题四道，写交教务组：商君评传　《战国策》校补　《四库提要》诗文评辑　蜀宋元明清诗人徵略

吴选楼来久谈，言梁钧平、夏亮功、彭植先、龚伯凯、李荫西家事皆败坏。魏煦丞张园卖与王治易五万元。重庆每关期，数一千余万。旅馆如京沪，可开房间亦同，房租有一日十二元者，饭食尚在外也。川大学生、小工有被拉夫拉去者。

九月二十七日　星期三　十月二十六号　雨

今日《新新新闻》：渝军已于二十四号午后正式向江津、永川进攻。渝军舰"巴渝"、"嵯峨"二艘驶往江津，被击沉一艘。二十九军曾南夫部队，有一部进驻遂宁。

九月二十九日　星期五　十月二十八号　阴

今日《川报》：二十四军自动将江津、永川、大足、潼南让与二十一军。二十四军则退向合江、隆昌、泸县、内江一带。

九月共用大洋一百二十元〇八角正。

十　月

初一日　星期六　十月二十九号　阴

肇海来，言何叔仪、张汉良皆因不能教，自行辞去。法科又一新到之教授，不稳，盖潮湿货也。换大洋十元，钱价十九千四百文。杨念慈来。

十月初二日　星期　十月三十号　阴

夜半四点，得诗二首，披衣起录之：

得王映霞女士上海书（女士为郁达夫夫人）。

文章锋利笑狂生（来书谓予以前文章锋利），却愧裁书寄锦城。碧海定知留永恨，红闺犹幸记微名。当年意气男儿重，此日蘼芜涕泪横。才女自来全福少，芙蓉莲子怨分明（报载近有与达夫离婚之说）。

寄陈独秀狱中：

早年谈易记儒生，意气翻惊四海横。党锢固应关国计，罪言犹足见神明。尽知大胆如王雅，何必高文似马卿。万古江河真不废，新书还望狱中成。

十月初三日　星期一　十月三十一号　阴

晚，吴选楼来谈，言张又荃、龚保青卑鄙无耻。姚石背、袁奉倩小奸小坏。又云，今日见邓晋康，言刘甫澄已出发。时局如何，尚不能定。刘星垣请十月初五日午后三钟。

十月初四日　星期二　十一月一号　阴

九时往川大，在东城根晤宋孝持，言房已看好二处，均交定，一二日内可迁，嘱予备款。又九域珍蒋师爷言，鳇鱼肚一元一角一两。今日报，自昨日起，二十四军所有退驻安岳、乐至、资阳、资中、内江、简阳各部，又逐向南路行动。二十八、九军部队节节向资、内一带推进，先头部队今日可到资阳、资中。二十四军部队，遂向川南移动。陈鸿文、陈书农、彭诚孚各部，决归还二十八军。刘甫澄抵大足，李其相、曾南夫抵安岳。令梅喜往西门外苏敏言花园，买气柑一株，大洋五元；梧桐一株，大洋二元；核桃一株，大洋一元。曾彦适来，约星期日午后二钟，沈韶九处相候。斟酌一常服方。

十月初五日　星期三　十一月二号　大雾

令梅喜往拢银桂一株，补大洋一元。诸树皆包栽。至川大取专校薪十二元。过刘星垣，公馆甚大，同座为林山腴、叶秉诚、向仙乔、廖学章诸人，鱼翅席，予居首座，席散即归。蔡哲夫来明信片，介绍黄宾虹。

十月初八日　星期六　十一月五号　微雨

饭后雨止。十时至十二时在本一二组上课。归，晤宋孝慕，言决定十四日腾空。因作字约肇海，午后来包席，下帖请客，交买宅大价及接收宅子。所请为宋孝慕、宋孝持，何式丞、钟端可、廖冰如、曾叔异，家肇海、主人共八人，十四日正午。《川报》从今日起停送。晚，肇海来，将请帖交与，代请诸人。

十月初九日　星期日　十一月六号晨　微雨

加请吴选楼、郑宾于，俟席包定再定。闻法科教授永川黄大中，月薪二百八十元，每周授课止四点钟，全无学问，学生将逐之。过沈韶九看脉，请开一常服方。龟龄集终年可服，作补药服极好，作助阳药则无意义。如予每日可服二分。付脉礼大洋一元。

十月初十日　星期一　十一月七日　雨

宋孝慕约予过渠，示予所买仁厚街唐宅定约，房价大洋七千，中十月十五日交房，孝慕十五日即移入仁厚街新宅，立约用"又新堂"名。

十月十一日　星期二　十一月八号　阴

至事务课，取大洋二百二十元。刘协和交来南茸二两四钱，每两大洋十八元，当付协和大洋四十二元正。午后服茸末五分，净末用盐水下。约协和十四日来便酌。换大洋十元，钱价十九千八百文。再服茸末五分。肇海交席单来。言据教务课云，黄大中止三点钟耳。

十月十二日　星期三　十一月九日　晴

川大成立纪念放假。肇海移居文庙前街董宅。所有柳树三株，令人挖回，一株栽十四号大门外，二株栽巴家墙下。树均不甚好也。驻黄瓦街口二十九军放枪十数响，交通遮断。二十四军但警戒而已，并未还枪。今日报载黄宾虹抵省，因将报封寄蔡哲夫。与建中送去试题五道。曾彦适来信，云韶九前所开方，脾胃双补，意极周到，长服可享大年。韶九世兄字笃卿，曾卒业师大附中，现自修国学，颇致力于四史。韶九嘱其来予处，籍求教益云云。

十月十四日　星期五　十一月十一号　阴

闻唐姓已于昨日移居陕西街，宋孝慕今日可迁。步至街口一看，行人零乱不整。早饭后，宋姓开始搬家。作字与川大，请假二小时。十二时出外颜剃。廖冰如、肇海、何式丞、钟端可来，将契纸加印。宋孝慕、孝持来立大契画押，并交老契。旋即偕孝持、肇海至祠堂街中行办事处，则已过时。又至中行总行，亦然。据云，市风甚紧，近日午后一钟即关门。乃转至九域珍，同蒋师爷往聚行，先取二千八百元，又以中行折据抵一千五百元，共四千三百元，凭蒋师爷交宋孝持手。孝持将孝慕亲笔全数四千八百元收清，收据交予。中行除用一千五百元，尚余一百七十余元。聚行经理约下星期一往取，予乃归。而端可、式丞、冰如已去。午座止吴选楼、郑宾于、刘协和、肇海及予。盖市风甚紧，皆欲早归也。午后四时，宋孝持交房，遂锁大门，此事完全办妥，但时局稍平，过税而已。付玉珍园海参席一桌大洋十二元，厨人酒资大洋一元。夜令鄢少云，周治平看房，予因饮酒，睡不宁。

十月十五日　星期六　十一月十二号　阴

晨六时起，至新宅料理扫除，伐去木槿二株，野树二株，移去柏树一株。午刻吴选楼来，言市风益紧，街面多不许通过，恐不免一战，嘱予谨慎而去。《新新新闻》亦未送到。据何式丞言，邮局停止百发。

十月二十一日　星期五　十一月十八号　晴

战事仍急激。邻人布姓院中人欲于夜间来十四号暂避，予许之。饭后，大炮弹落予正房，将二梁打断，瓦桷及承尘板均断落，埃尘涨天。予夫妇及两女俱避在床下，幸未受伤。急移入佛堂间壁书室。予之书房，瓦亦打损一路。中堂各处，皆有弹伤，玻璃打坏多扇。至刘绍禹处一览，二门枪眼如蜂房，客堂玻璃右边几于损完。栅子街居中，为两军战争交点，枪炮集中，故损坏极大。入夜二十四军冲击数次，均被击退。予人疲倦已极，睡久之。

十月二十二日　星期六　十一月十九号　晴

二十八军邓，骑马巡视战区。率骑执白旗，大书"停战"二字随行，执法队仍开来。田泥工、朱泥工二人今日做工，砌客堂书房壁砖脚。午刻因田泥工日前砌后面墙，所支高板未取，而拆墙之砖堆在地下，二十九军军人误为有敌人在内作工，叫门急切。仆妇孟嫂有病，不能开门，由泥工跑来开。军人误为便衣队，遂开枪。孟嫂去开门，又开枪。俱幸未中。曼君急往，与连长交涉，始停枪。予亦赶至，请连长同军人至十五号坐宅，遍行检查，始知系军人误会。予又以名片二张交二连长（一二十八军、一二十九军），证明予系教书之人，与军政界均无关。连长始了然予之为人，率队而出。曼君出至小通巷后门外，散赠军人纸烟二包。一场误会乃终结。所有避难街邻，予皆请其移往别家，免生误会。令泥工将砖堆顺地扫洁净，从此停工，待战事结束再做。今日此间虽停战，仍不许人通过，而远处仍有枪炮声。夜尚无事。

给护送兵许姓二元。夜颇寒，无障蔽故也。二十九军开始出北门。

十月二十七日　星期四　十一月二十四号　阴

同孟瑶至茶肆茗饮。晤尹尧卿、吴大章，遂同至尧卿处早饭。其居在四贤村，甚安静。转至茶肆，晤陈秋舫、蔡銮阶，云此次战事，造端者为余安民、曾南夫、李文鼎三人，而首先开火者则为黄逸民。归，同虞卿、李剑冰至黄准高寓，嘱剑冰觅兵士送予返槐树街。刘启明亦至，乃同曼君、柚、植、大姪女至灯笼街合德里七号。待兵士及通过证至，刘启明送予等返槐树街。给护送兵士大洋二元。午后，二十九军逐渐撤退。夜睡尚适。

十月二十八日　星期五　十一月二十五号　晴

饭后十一时至西城根，晤梅喜来，云路已通，可返栅子街。予乃偕曼君、柚、植归家。屋虽打坏，幸未打起发，书箱唯《清史列传》、《涵芬楼文抄》、《华盛顿传》、《化学卫生论》打坏。当叫田泥工、潘木工来收拾。胡仲游来，庆苻人，前省一中学生，留学北京，现住春熙路青年会。夜不成寐。

十月三十日　星期　十一月二十七号　阴

今日闻二十一军已到仁寿境，现邓、田、刘三军合作。文德彬云，昨日开下十团人，今日开下二十团人，反攻二十一军。午刻祠堂街可以通过。刘太太来，隔壁王太爷为飞弹打死。其妻扶柩归，予送大洋二元。晚饭后，步祠堂街一览。

选自吴虞：《吴虞日记》，四川人民出版社，1986 年

刘师亮

|作者简介|　　刘师亮（1876—1939），原名芹丰，又名慎之，后改慎三，最后改师亮，别号谐庐主人。四川内江人，幽默大师，以诙谐小品见长。后人辑其著述为《师亮全集》。

改组派

　　（甲）大姨妈，你今日作么生，（乙）我并未捉魔僧，怎么与我乱开顽笑，（甲）你枉称旧学派的专家，作么生为旧名词，言今日作什么生活也，怎么弄成捉魔僧去了啊，（乙）哦，才是这样的，那么，我现在当改组派，（甲）大姨妈，你不是党人，又不是新人物，怎么也说新名词，（乙）何言我也说新名词呢，（甲）改组派三字，便是现代最时髦的新名词，（乙）你说的作么生，旧词今用，我说的改组派，是新词旧用罢了，（甲）管他旧词今用，今词旧用，究竟你当改组派，从何说起，（乙）瓜女子，这几年大姨妈，为地方上筹款太凶，富者已贫，贫者已死，大姨妈已经穷了，在饿饭了，莫奈何托人介绍，在机房内，替人家解经线，作敷门面语，只好说是改组派，（甲）改组派为国民党党人，今你妄称改组派，岂不亵渎党人，（乙）近来小康之家，大都受时局影响，弄得饿饭，都是改组派赐给我们的，（丙）姐姐我看大姨妈，不但作工是改组派，且周身都像改组派，你说奇也不奇，（乙）盲女子怎么大姨妈周身都会像改组派呢（丙）大姨妈虽是半老徐娘，犹多丰韵，你头式从前是梳髻髻，因应顺潮流，将青丝剪去，梳成鸭屁股头式，今见蓄发者多，而又留起，挽成倒髻，既知今日之宜蓄，何不当日之不剪，剪发而又留发，岂不成双料的改组派去了么，你从前穿耳，喜戴金环，谁不称金耳环大孃，自女学校提倡不穿耳，不戴耳环，你便另缀珍珠，况耳名顺风，今你弃环用珠，竟成猪仔而惯吹顺风的改组派了么，从前衣服尚短，不掩裤裆，今则衣服尚长，舼齐脚背，春□是莫长莫短的改组派了么，尖足时代，妇女多着扫地裙，天足时代，妇女多着齐膝裙，今你爱惜一双金莲，保持国粹，仍着旧式的扫地裙，岂不是成了扫地的改组派去了么，从前由天足而削成瘦小金莲，今又由瘦小金莲，放成天足，岂不是回炉而兼放倒车的改组派去了么，你今上齐头顶，下至脚跟，完全纯粹的改组派，可称总理的忠实信徒，可钦可佩，（乙）唉，你这鬼女子，改组派又莫开罪于你，怎么将我周身比改组派来取顽笑，岂不怕这般同志多心吗？（丙）改组派所持理由，本是正大，不过民困已深，殷殷望治，如果各持极端，国家何时统一，三民主义，何时实现，希望改组派的好同志，将就些儿，俾国早成统一好了，（乙）死女子，你说许多改组派，都未恩题，我略说几个真正改组派你听，（丙）愿闻其详，（乙）前日是棒老二，今作军官，以杀人放火之性质，而握兵符，人民恐无噍类，是绿林毫之改组派，前日为学生，今日为太太，不管十房八房，法律上是一律平等，慕虚荣而受实患之愿望达到，是小家庭之改组派，前日为太太，今为监视户，是自由恋爱之结果，此为旧礼教之改组派，前日为政客，今日为团阀，以乡人而蹂躏乡人，是高等流氓之改组派，前日为水掌柜，今日为滥字纸笸笸，作些拉杂文字来唤起民众，是臭老酸之改组派，其余八十八行，无一行不有改组派，不胜枚举，怎么只在大姨妈身上取土去了啊，（丙）唉，大姨妈，你说了许多改组派，他是何人，大概我都晓得，惟有什么水掌柜滥字纸笸笸，我却不晓得，他是何人，（乙）你不必装疯，四川境内，谁不知道刘聋子是个滥字纸笸笸，是开双龙池茶社澡塘的水掌柜呀，（丙）他既开茶社，又业澡塘，怎么不去耍水，来耍笔头，（乙）他的笔头，全凭耍水，若不耍水，作多少诙谐讽世的文字，都会挡起走不倒路，①

选自刘师亮：《师亮随刊第六集合订本》，有记文化印字馆印刷，师亮随刊社发行，民国二十年（1941）

唵子祝寿

（甲）老，老太爷，今，今逢万，万寿，特具些，些微寿礼，恭，恭祝你，你老人家三，三多吉庆，（乙）唵子，你刚才说三三多吉庆，三三见九，便是九多吉庆，你能说出民国的九多，并要阴阳韵语，口不打唵，我便送你一百圆钱，你能抬这包袱吗，（甲）真，真的么，（乙）当众宣布的，那能食言，（甲）那，那末，请你拿，拿银圆来，来摆起，（乙）此有银行票子百圆，但是重说了一字，都拿不倒这钱，（甲）那，那是自然，（乙）银票在此，快说，（甲）既是如此，听到，民国的军官多，今天还是长年阿三哥，明

---

① 文末即逗号，原文如此，《拜水》《唵子祝寿》《六老八贤》等篇亦如此。——编者注

日便去把队伍拖，拖到队伍饷无着，先卖田地，后卖山坡，只说是升官发财多快活，又谁知一点不到他们便倒戈，仍然请你回去向糠头火，还有那白眉白眼，命见阎罗，此便是第一多，（乙）还有八多，（甲）民国的棒匪多，各处码头讲袍哥，不是杀人，便是放火，手拿枪械到处逡，晚来事抢夺，白昼伏岩阿，军队把他莫奈何，此便是第二多，（乙）还有七多，（甲）民国的政客多，东一篩，西一簸，钻营狗苟设纲罗，大家想把轿子坐，其如那粥少僧多奈若何，逢迎上官是他第一好妙着，刮尽地皮剩脑壳，挽圈圈，包管你用都用不脱，此便是第三多，（乙）还有六多，（甲）民国的姨太太多，今朝还是黄花素质一青娥，明日变成翠袖红妆一老婆，恋爱何须用媒妁，大家高唱自由歌，欢喜时拉你在怀中坐，厌弃时丢你在麦子坡，稍一失足性命都逃不脱，肝肠痛断，悔滥心窝，这都是为慕虚荣而受实祸的好结果，这便是第四多，（乙）还有五多，（甲）民国的灾民多，自由幸福说共和，无政不猛，无捐不苛，只图他自己包包装得足，那管人民死与活，造成米荒由己作，并不是完全天灾莫奈何，不期大雨天天落，遍地田土成江河，苦干苦水真难过，夹棍板子一齐摸，儿啼饥，子受饿，全家大小泪滂沱，流离颠沛无处所，老者辗转死沟壑，这便是第六多，（甲）还有三多，（甲）民国的游民多，游手好闲，一事不作，东流西荡似沧波，打条想方度生活，呵哄骇诈是专科，政府又不设收容所，流而为匪便抢夺，与地方贻下无穷祸，此便是第七多，（乙）还有二多，（甲）民国的瘾客多，多少青年大瘾哥，形枯骨瘦，恰似鬼魔，眼屎澥起像要落，鼻子都会流过河，榻上对盏无情火，烧干肠肺自不觉，政府只求他处处捐有着，收捐先要点窝窝，不管你是祸不是祸，是祸总是躲不脱，不管你民种弱不弱，再弱非无没脑壳，这便是第八多，（乙）哎呀，我这百圆钱要垮了，唉，嗑子，煞后一多，不用说了，与你五十圆可了事否，（甲）你刚才当众宣布过，一块钱都少不脱，只要有钱送给我，再送你说上几十多，（乙）那末你要说随刊，我算拿钱，（甲）要把随刊说，心中更快乐，自埋自掘又如何，这些多，不算多，惟有随刊鬼话多，东一涂，西一抹，竟像闯倒字纸箩，不说张家姐，便说李家婆，拉拉杂杂一大沱，张家姐偷情成堕落，李家婆年迈苍苍与人比秤铊，谁家学生又在宣战火，谁家女生与人欢唱十八摩，未把防区制打破，自由征伐自宰割，虽说代民来呼吁，恰似秋风吹耳朵，越不听，越要说，简直成了各说各，你妈的鸡眼睛被我踩一脚，我今说了九个多，一百圆钱值得么，倘若心中还不足，再多几个又如何，（乙）好了我今天上了嘐子的当了，但是，嘐子，平素你说活甚嘐，怎么今天会不嘐了，（甲）这叫做瞎子见钱眼开，嘐子见钱口顺，

选自刘师亮：《师亮随刊第六集合订本》，有记文化印字馆印刷，师亮随刊社发行，民国二十年（1941）

六老八贤

（甲）亲家母，我亲家呢，（乙）又被司令部押去，追缴本月的粮款去了，（甲）头一个月才在完粮，怎么这一个月又要完粮了，（乙）亲家母，你是外省人，初次到敝省来的，可怜我们这个地方，除指名捐，特别捐，临时捐不计外，天天都要缴款，月月都在完粮，罗掘俱穷，典卖已罄，此次你亲家又被捕去外，无法设，只好听之天命了，（甲）怎么不去请求本籍大老，在伟人面前，要要恩，乞乞情减免罢了，（乙）哎呀，亲家母，你切莫说了，我们本地的六老八贤，只知绷他的假清高，那里肯管人家颠沛流离，卖妻鬻子，与他

们毫不相干的小百姓的事，如果肯出来代群众缓缓颊啥，我们就沾莫大的光了啊，（甲）唉，亲家母，人文之盛，莫过于四川，以四川之大，幅员之广，才出五老七贤，怎么你们这种偏僻省分，能有六老八贤呢，（乙）敝省虽僻，还是与四川相等，所出人物，比四川还要多一个烧火老，一个讨人嫌，所以人人都命为六老八贤，（甲）贵省既出有六老八贤，足见人文之盛，有许多大老，岂能坐视称不为群众请命的吗，（乙）这般大老，以清高自居，不问世事，如果肯为群众请，高等顾问的头衔，每月例送的点心车马费，又从何来，（甲）别省的大老，如果官府与人民发生隔阂，其他绅民，资格不够，全望这般大老，直接与官府谈话，不闻有高等头衔，例送月费事情，你们贵处才是这样的吗，（乙）人不贪图利益，谁肯鸡鸣早起，既不愿出来作官，又岂肯多管闲事，（甲）地方上称为老呀，贤呀，要前清科甲中人，才有这种资格，读圣贤之书，既不能福利国家，岂不该敬恭桑梓吗，（乙）敝处大老都有嵇康懒癖，只能作自了汉，不愿多管闲事，其他省分大老，有肯为地方上造福的吗，（甲）远处不便查考，说一个邻省大老与你听，据人人在言，云南陈荣昌，为前清翰林，在云南负有重望，当唐继尧督滇时，请他出来作官高低不就，送他十万元，生死不收，当众宣言，不要钱，不作官，惟要求执政长官，在昆明池五百里以内，不能打仗，否则全体民众，一致驱逐，故民国迄今已二十年，云南省会，并未受过兵灾，都是这位不要钱，不作官，真确清高的陈翰林赐给来的，故所以陈翰林对于一言一动，都取得人民和政府的信仰，（乙）哎呀，亲家母，我们这地方，如有陈翰林代人民说话那种正绅啥，米价又卖不到四元几一斗了啊，（甲）怎么，今年雨水调匀，田内满栽，米价如何有这样的贵，莫非有奸商操纵吗，（乙）未见得全是奸商操纵，（甲）不是奸商居奇，如何会到四元几的米价，（乙）中国只有奸商并无贪官，（甲）贪官污吏，比比皆是，何出此言，（乙）人人只言奸商囤米，并不敢言贪官囤米，试问，现为财尽民穷时代商人那有许多钱来囤米呀，所敢囤积者，大都是傍虎作威的贪官污吏，藉军队为护符，托言存储军米，囤积贵了，所以到处封仓，这处不是伟人的，那处便是军米，封仓人敢封谁处，所封者不过手无寸铁的小商人而已，（甲）米价这样的贵，市面大起恐慌，岂不怕共产党煽惑饥民，危害地方吗，地方上有其他行为，这般自命为清高的大老，又能脱身事外吗，应不惜片言，直向富累千万的伟人，在毡上拍一毛，大仓里减一粒粟，赈济饥民，平平怨气，也还是代他们留一余步，（丙）嘎你们这两个老孃子，莫得事去绩你的麻吗，怎么说婆婆经，说起治乱不闻，一事不照闲的大老来了啊，（乙）治乱纵不预闻，岂己身所居地方上有生命财产关系，都不预闻吗，（丙）地方上治安，是主管官厅责任，何必责饬他们，（乙）既为地方大老，当然读书明理，这就是春狄之义，责备贤者，

选自刘师亮：《师亮随刊第六集合订本》，有记文化印字馆印刷，师亮随刊社发行，民国二十年（1941）

毛子革命

（甲）请问先生，五族共和，为汉满蒙回藏，全民革命，有工农商学兵，商人为人民一大部份，无待赘言，此次反日运动，全国一心，商界尤为激烈，前日街上见贵团体所贴标语，工农学兵，实行联合起来，打倒帝国主义，打倒倭奴等等，未见写有商字，当时以为写标语时，偶然遗误，将商字写掉，不足为异，刚才听先生演说毕，所呼口号，仍是工农学兵，联络起来各等语，依然莫得商

字，足见贵团体，蔑视商人，我虽未奉团体使命，但是商人一份子，特为提出质问，请先生明白答复，（乙）全民革命，本有商人，但商人不能革命，亦无革命性质，故不愿意联合，（甲）先生据何事实，言商人不能革命？又据何理由，言商人无革命性质，（乙）大凡商人性质，看行市，捡相因，吃魁头，占位子，当徒弟时代，便是学的这种本事，如果无这四种智识，师家便说此子是一笨货，学不出高尚本领来，由此养成天然的劣性，无事时间，全无团体，如一盘散沙，如遇同业有事，便使出学就的看行市，捡相因，吃魁头，占位子的本领来，有绷面子的事，便争先恐后，大家出来，有难为的事，一个个藏头缩尾，膜不相关，如遇本身有事，便到处求情，便出最卑鄙，最龌龊的手段，故世界上多有奸商徽号，即如此次，反日运动，首先抵制日货，试问，抵制日货，检查仇货，吾川已经闹过八次了，不是商人贩买日货，恐日本早经灭亡了，还有今日之猖獗吗，所以认定商人，不能革命，亦无革命性质，即此答复，（甲）先生既出此之言，我也代商人具体答复，若言商人不能革命，我便极端反对，不过我商人革命，当了毛子罢了，（乙）商人具有四种高尚资格，怎么会当毛子，（甲）想先总理首创革命，利用青年学子，我商人不送若干子弟游洋，恐先总理革命事业至今尚未发展，商人耗费若干金钱，送子弟游洋读书，造成革命基础，致有今日民国，反言商人不能革命，岂不是当了毛子么，先总理筹措若干军饷，华侨商人，几占全数，还有多数商人，毁家纾难者，反言商人不能革命，岂不是又当了毛子么，灌输革命，首重文字宣传，商人耗若干金钱，费无限经营，转运若干书籍，全民知有主义者，商人力也，有偌大工作，反言不能革命，岂非又当毛子么，北伐军饷，全恃海关之二五税，完全商人金钱，今北伐成功，商人不但毫未受益，且反加诸多痛苦，岂不是始终在当毛子么，若言抵制外货，不买日货，责在政府，不在商人，（乙）贩卖外货，全属商人，何言责在政府，（甲）万事要从根本上解决，既要抵制外货，先要提倡国货，秉政者只知争他的地盘，打他们的滥仗，提倡国货，全系一种口头禅，况国货厘税，超过成本数倍，今国货出品比外货低，所负成本，比外货贵，人民心理，用外货吗，用国货呢，要实行抵制外货，非请政府减轻国货税率不可，亦非全国一致不可，若弱小商人不敢买，有非商人图价廉物美要买，平民敢把他如何，日本人仍照已前故智，施以种种利诱，禁例又开，漫道吾川抵制日货，才闹八次，诚恐闹到九次十次，十几百次，还是抵者自抵，贩者自贩，平民又将如何，故所抵制外货，责在政府，不在商人，（乙）虽然责在政府，但商人亦应有相当觉晤，（甲）今之商人，不但有相当觉晤，且已澈底觉晤了，（乙）何以见得，（甲）往年抵制日货，商人是被动，今年抵制日货，全是商人自动，便可明了了，商人已有澈底觉晤了，不知吾川将领，取何态度，（乙）各将领慷慨激昂，万分热忱，已打通电反日，为国府后援了，（甲）作国府后援，系应有职责，不过如何援法，尚有研究之点，今我本良心驱使，不知其他顾忌，讨论后援办法，不外出兵与助饷两点，若云出兵，吾川苦于兵多，能向外发展，共纾国难，固是莫大光荣，亦是绝好机会，但鉴于过去历史，彼猜此忌，假道有无障碍，是一绝大问题，纵云各方抽调，组合成军，但谁为统帅，谁人带兵出川，以组合之军，能否实行驾驭，又是一绝大问题，义愤填膺，说干就干，吾川颇不乏人，开拔费与协饷，有无把握，后方防地，有无具体办法，又是一绝大问题，此次国际战争，国联会能于最短期间，和平调处，日本能退兵赔款道歉，吾川占在高山顶上，摇旗呐喊，又打了一个坐地冲锋，也算是加入讨日战线，扬我省威，川民有莫大光荣，设使日本强顽，不受国联调处，国府实行征调，各将领有无确切准备，又是一绝大问题，只筹欵，不出兵，也是一种问题，今有诸多问题，不得不提出讨论，（乙）唉，聋子，你不想走路了么，怎么惹出这样的包天大祸，（甲）你何以说得如此仓皇，（乙）想倭奴恃强，侵占我东三省，普天同愤，全国人民，莫不争先赴难，你怎么说些不关紧要的话，提起诸多问题，执政者，说你散慢军心，冷淡前方勇气，你还脱得倒手吗，（甲）唉，我提出诸多问题，即是鼓动他们的勇气，要实行出兵，共赴国难的，如果一无准备，国府征调来川，又要筹开拔费啰，又要接济协饷啰，假道又生枝节啰，诸多牵掣，岂不是真会打的坐地冲锋，希望当局诸公，以国事为前提，化除种种意见，不作口头与形势上之出兵，要作实际上之出兵，那才不愧革命军人，当此财尽民穷之秋，民生凋敝之日，加以天灾人祸，纷至沓来，劫后灾民，无泪可挥，又出此空前国难，筹饷措款，人民岂敢坐视，惟望执政诸公，本良心主张，此次爱国饷欵，应如何筹措，须不偏不陂，不惊不扰，那才是真正的爱国军人，须知有国然后有家，有家然后有身，皮之不存，毛将安附，国之不存，家何于有，不得不涕泣痛哭，敬告于诸公了，（乙）他们已有相当觉晤，何必鳃鳃过虑，（甲）诸公有相当觉晤，实在铭感，惟望有澈底觉晤才好，况金钱为万恶渊薮，亦为万怨府库，聚而不散，取败之道也，况怨恶集于一身，与子孙作牛马，为智者不取，当国家存亡之秋，正志士仁人，毁家纾难之日，我只得甘冒不韪，大声疾呼，我爱国诸公，早为底澈觉晤了罢，

选自刘师亮：《师亮随刊第六集合订本》，有记文化印字馆印刷，师亮随刊社发行，民国二十年（1941）

墙打倒人

（甲）亲家，听说省城在办双十节，你去看么。（乙）昨日去来。（甲）闹不闹热。（乙）闹到闹热，只是有一件事我很不懂。（甲）有啥事你不懂。（乙）昨日我进城。见条条街墙上，贴了许多纸条条，上写打倒什么一切不平等主义，打倒什么新阀，打倒什么苛捐杂税，打倒什么×××，记得那几年我去看来，也是这个样儿，自那年到今年，究竟把那样打倒。（甲）亲家，他们到打不倒那样，只怕墙要打倒人了。（乙）亲家，怎么墙会打倒人。（甲）你不晓得么，那标语，那年也在贴，今年也在贴，那个学堂在贴，这个学堂也在贴，那界在贴，这界也在贴，贴去贴来，纸比墙厚，墙就负担不起了，担负不起，他就会垮墙垮，那砖就要打倒人了。（乙）赶你这说，省城就危险了。（甲）又有什么危险，你晓得知命者不立乎危墙之下就无事了。

选自刘师亮遗作编纂委员会编：《师亮谐稿》，刘师亮遗作出版社，民国三十五年（1946）

大家滚蛋

唉，伙契，你我劳力苦工，帮人作活路的人，每年要在农忙时间，总会得倒主人家的酒食，好容易望到栽秧的时候，你看主人端出来的酒菜，烧酒莫有半壶，胡豆只得半碗，盐蛋刚刚一个，如此吝啬，令人难堪，何不请他出来，问过明白。（众）赞成，赞成，请主人家。（乙）什么事？（甲）请问主人，乡间惯例，当逢栽秧打谷，农忙时间，家家都有酒菜，招待常年活路，我们都栽秧子两天了，今晚看见主人家的酒菜，但是烧酒莫有半壶，胡豆才得半碗，盐蛋只有一个，莫非还有酒菜在后么，问过明白，也要感谢。（乙）把你们各位辛苦，实在抱歉，但是酒菜，只有这多，请各位将就用点罢。（甲）唉，主人家，我们满座八人，如何只有一蛋？（乙）地方上连连兵祸匪患，鸡犬不留，真是行军所在，鸡犬无惊，试问，民间鸡犬，种都没了，有何来蛋，既然鸡犬绝种，又有何母鸡下蛋，就是今天的蛋，都是购自远方，虽只一个，却来处不易，请各位原谅。（甲）满座八人，蛋只一个，又不用刀划开，如何吃法？（乙）现在国家，注重新法，今天的蛋，是用滚蛋新法，与诸君共同试验。（众）何为滚蛋新法，请主人说出唇来，以便试验。（甲）你们八人，坐在自己位所，将此蛋放在桌面当中，其蛋自滚，滚蛋何人面前，何人得吃，余则无份，这就是滚蛋新法。（众）好了，好了，中国为新法试验场，新法的亏，那个莫有吃够，你再把新法来试验我们，绝对不敢当了，也不望你加蛋，请你多添点胡豆就是了。（乙）胡豆你们也胡豆够了，再要胡豆，当主人的人，也不敢当了。（众）主人家，胡豆为地方上产出，今年庄稼甚好，多出胡豆，纵添给我们点，也是不妨，何必如此吝啬。（乙）你们对外，不闻有所发展，对内只管胡豆，我们当主人翁的，深怕你们胡豆，如果不听劝告，再要胡豆，那就大家一个个与我滚蛋。

选自刘师亮遗作编纂委员会编：《师亮谐稿》，刘师亮遗作出版社，民国三十五年（1946）

马上发财

（男）太太，今天有件要事，向你特别商量。（女）夫妻夫妻，有话同知，有何事件，吩咐就是。（男）想我俩的历史，这样的深，爱情这样的厚，本不应提起，有伤和好，但事到其间，也是无可奈何，请你特别原谅。（女）有什么话，尽管爽爽快快，直切了当的说，何必忸忸怩怩的呢？（男）想我赋闲日久，无钱挥霍，所幸有位同学，才大铲地皮回来，宦囊丰富，时才亲向我说，今晚要叫一项好的角，陪酒过夜，我想你与他素未一面，不如你去应名，想你这副美容，必得他特别欢心，仍照你从前对付我那种手段，今去对付他，必得一笔大财，这种机会，千万不可错过。（女）从前是学生时代，可以自由乱爱，但我当了太太了，宜与宦场留个面子。（男）现为金钱时代，什么太太不太太，据调查起来太太们在外吃钱的，不知恒河沙数，此事作了，太太还是在的。（女）只要你肯答应，我是求之不得的，但是我现在月份上，骑倒马在。（男）此之谓马上发财。（女）马上发财，是彩票铺哄买主的，怎么去哄你的同学。（男）想我一般同学，站在马上的，谁不是大发其财，惟有我们站在马下的，才喊你去热场子，掉人家的冷钱。

选自刘师亮遗作编纂委员会编：《师亮谐稿》，刘师亮遗作出版社，民国三十五年（1946）

李宗吾

|作者简介| 李宗吾（1879—1943），原名世铨，后改为宗吾，四川富顺人。中国近现代思想家，1912 年以奇书《厚黑学》惊世，并自号"厚黑教主"，影响广被，论者称之为"四川人为中国现代思想所做出的不可多得的贡献"。

怕老婆的哲学

大凡一国之成立，必有一定重心，我国号称礼教之邦，首重的就是五伦，古之圣人，于五伦中，特别提出一个孝字，以为百行之本，故曰："事君不忠非孝也，朋友不信非孝也，战阵无勇非孝也。"全国重心，在一个孝字上，因而产出种种文明，我国雄视东亚数千年，良非无因也。自从欧风东渐。一般学者，大呼礼教是吃人的东西，首先打倒的，就是孝字，全国失去重心，于是谋国就不忠了，朋友就不信了，战阵就无勇了，有了这种现象，国家焉得不衰落，外患焉得不侵凌？"

我辈如想复兴中国，首先要寻出重心，然后才有措手的地方。请问：应以何者为重心？难道恢复孝字吗？这却不能，我国有某学者，戊戌政变后，高唱君主立宪，后来袁世凯称帝，他首先出来反对，说道："君主这个东西，等于庙中之菩萨，如有人把他丢在厕坑内，我们断不能洗净供起，只好另塑一个。"他这个说法，很有至理，父子间的孝字不能恢复，等于君臣间忠字之不能恢复，所以我辈爱国志士，应当另寻一个字，以代替古之孝字，这个字仍当在五伦中去寻。

五伦中君臣是革了命的，父子是平了权的，兄弟朋友之伦，更是早已抛弃了，犹幸五伦中尚有夫妇一伦，巍然独存，我们就应当把一切文化，建筑在这一伦上，全国有了重心，才可以说复兴的话。

孩提之童，无不知爱其亲也，积爱成孝，所以古时的文化，建筑在孝字上，世间的丈夫，无不爱其妻也，积爱成怕，所以今后的文化，应当建筑在怕字上。古人云："天下岂有无父之国哉"，故孝字可以为全国重心，同时可说："天下岂有无妻之国哉"，故怕字也可以为全国重心，这其间有甚深的哲理，诸君应当细细研究。

我们四川的文化，无一不落后，惟怕学一门，是很可以自豪的。河东狮吼，是怕学界的佳话，此事就出在我们四川。其人为谁？即是苏东坡所做方山子传上的陈慥季常，他是四川青神人，与东坡为内亲，他怕老婆的状态，东坡所深知，故作诗赞美之曰："忽闻河东狮子吼，挂杖落手心茫然。"四川出了这种伟人，是应当特别替他表扬的。

我们读方山子传，只知他是高人逸士，谁知他才是怕老婆的祖师，由此知：怕老婆这件事，要高人逸士才做得来，也可说：因为怕老婆才成为高人逸士。方山子传有曰："环堵萧然，而妻子奴婢，皆有自得之意。"俨然瞽瞍底豫气象。天下无不是的父母，亦无不是的妻子，虞舜遭着父顽母嚚，从孝字做工夫，家庭卒收底豫之效，陈季常遭着河东狮吼，从怕字做工夫，闺房中卒收怡然自得之效，真可为万世师法。

怕老婆这件事，不但要高人逸士才做得来，并且要英雄豪杰才做得来，怕学界的先知先觉，要首推刘先生，以发明家而兼实行家。他新婚之夜，就向孙夫人下跪，后来困处东吴，每遇着不了的事，就守着老婆痛哭，而且常常下跪，无不逢凶化吉，遇难成祥。他发明这种技术，真可渡尽无边苦海中的男子。诸君如遇河东狮吼的时候，把刘先生的法宝取出来，包管闺房中顿呈祥和之气，其乐也融融，其乐也泄泄。君子曰：刘先生纯怕也，怕其妻施及后人，怕经曰："怕夫不匮，永锡尔类，"其斯之谓欤。

陈季常生在四川，刘先生之坟墓，至今尚在成都南门外，陈刘二公之后，流风余韵，愈传愈广，怕之一字，成了四川的省粹。我历数朋辈交游中，官之越大者，怕老婆之程度越深，几乎成为正比例。诸君闭目细想，当知敝言不谬。我希望外省到四川的朋友仔仔细细，领教我们的怕学，辗转传播，把四川的省粹，变而为中华民国的国粹，那么，中国就可称雄了。

爱亲爱国爱妻，原是一理，心中有了深爱，表现出来，在亲为孝，在国为忠，在妻为怕，名词虽不同，实际则一也。非读书明理之士，不知道忠孝，同时非读书明理之士，不知道怕。乡间小民，往往将其妻生捶死打，其人率皆蠢蠢如鹿豕，是其明证。

旧礼教注重忠孝二字，新礼教注重怕字，我们如说某人怕老婆，无异誉之为忠臣孝子，是很光荣的。孝亲者为"孝子"，忠君者为"忠臣"，怕婆者当名"怕夫"，旧日史书，有"忠臣传"，有"孝子传"，将来民国的史书，一定要立"怕夫传"。

一般人都说四川是民族复兴根据地，我们既负了重大使命，希望外省的朋友，协同努力，把四川的省粹，发扬光大，成为全国的重心，才可收拾时局，重整山河，这是可用史事来证明的。

东晋而后，南北对峙，历宋齐梁陈，直到隋文帝出来，才把南北统一，而隋文帝就是最怕老婆的人，有一天独孤皇后发了怒，文帝吓极了，跑在山中，躲了两天，经大臣杨素诸人，把皇后的话说好了，才敢回来，兵法曰："守如处女，出如脱兔。"怕经曰："见妻如鼠，见敌如虎。"隋文帝之统一天下也宜哉！闺房中见了老婆，如鼠子见了猫儿，此守如处女之说也；战阵上见了敌人，如猛虎之见群羊，此出如脱兔之说也。聊斋有曰："将军气同雷电，一入中庭，顿归无何有之乡，大人面若冰霜，比到寝门，遂有不堪问之处。"惟其入中庭而无何有，才能气同雷电，惟其到寝门而不堪问，才能面若冰霜，彼蒲松龄乌足知之。

隋末天下大乱，唐太宗出来，扫灭群雄，平一海内，他用的谋臣，是房玄龄，史称房谋杜断，他是极善筹谋之人，独受着他夫人之压迫，无法可施，忽然想道：唐太宗是当今天子，当然可以制服他，就诉诸太宗，太宗说："你喊他来，等我处置他。"那知房太太，几句话，就说得太宗哑口无言，私下对玄龄道："你这位太太，我见了都害怕，此后你好好服从他的命令就是了。"太宗见了臣子的老婆都害怕，真不愧开国明君。当今之世，有志削平大难者，他幕府中总宜多延请几个房玄龄。

我国历史上，不但要怕老婆的人，才能统一全国，就是偏安一隅，也非有怕老婆的人，不能支持危局。从前东晋偏安，全靠王导谢安，出来支持，而他二人，都是怕学界的先进。王导身为宰相，兼充清谈会主席，有天手持麈尾，坐在主席位上，正谈得高兴，忽报道："夫人来了"，他连忙跳上犊车就跑，把麈柄颠转过来，用柄将牛儿乱打，无奈牛儿太远，麈柄太短，王丞相急得没法，后来天子以王导功大，加他九锡，中有两件最特别之物，曰："短辕犊"，"长柄麈"。从此以后，王丞相出来，牛儿挨得近近的，手中麈柄是长长的，成为千古美谈。孟子曰："孤臣孽子，其操心也危，其虑患也深，故达。"王丞相对于他的夫人，可真可谓孤臣孽子了，宜其事功彪柄。

符坚以百万之师伐晋，谢安围棋别墅，不动声色，把符坚杀得大败，其得力全在一怕字。"周婆制礼"，这个典故，诸君想还记得，谢安的太太，把周公制下的礼改了，用以约束丈夫。谢安在他夫人名下，受过这种严格教育，养成泰山崩于前而色不变的习惯，符坚怎是他的敌手。

符坚伐晋，张夫人再三苦谏，他怒道："国家大事，岂妇人女子所能知。"这可谓不怕老婆了，后来淝水一战，望见八公山上草木，就面有惧色，听见风声鹤唳，皆以为晋兵，他胆子怯得这个样儿，就是由于根本上，欠了修养的原故，观于谢安符坚，一成功，一失败，读者诸君，可以憬然悟矣。

有人说：外患这样的猖獗，如果再提倡怕学，养成怕的习惯，日本一来，以怕老婆者怕之，岂不亡国吗？这却不然，从前有位大将，很怕老婆，有天愤然道："我怕他做甚？"传下将令，点集大小三军，令人喊他夫人出来，打算以军法从事，他夫人出来，厉声道："喊我何事？"他惶恐伏地道："请夫人出来阅操。"我多方考证，才知道这是明朝戚继光的事。继光行军极严，他儿子犯了军令，把他斩了，夫人寻他大闹，他自知理亏，就养成怕老婆的习惯，谁知这一怕反把胆子吓大了，以后日本兵来，就成为抗日的英雄。因为日本虽可怕，总不及老婆之可怕，所以他敢于出战。诸君读过希腊史，想都知道斯巴达每逢男子出征，妻子就对他说道："你不战胜归来，不许见我之面。"一个个奋勇杀敌，斯巴达以一蕞尔小国，遂崛起称雄，倘平日没有养成怕老婆的习惯，怎能收此良果？

读者诸君，假如你的太太，对于你，施下最严酷的压力，你必须敬谨承受，才能忍辱负重，担当国家大事，这是王导，谢安，戚继光诸人成功秘诀。如其不然，定遭失败。唐朝黄巢造反，朝廷命某公督师征剿，夫人在家，收拾行李，向他大营而来。他听了愁眉不展，向幕僚说道："夫人闻将南来，黄巢又将北上，为之奈何？"幕僚道："为公计，不如投降黄巢的好。"此公卒以兵败伏法。假令他有胆量去迎接夫人，一定有胆量去抵抗黄巢。决不会失败。

我们现处这个环境，对日本谈抗战，对国际方面，谈外交手腕，讲到外交，也非怕学界中人，不能胜任愉快。我国外交人才，李鸿章为第一。鸿章以其女许张佩伦为妻，佩伦年已四十，鸿章夫人，嫌他老了，寻着鸿章大闹，他埋头忍气，慢慢设法，把夫人的话说好，卒将其女嫁与佩伦。你想：夫人的交涉都办得好，外国人的交涉，怎么办不好？所以八国联军，那么困难的交涉，鸿章能够一手包办而成。

基于上面的研究，怕学有这样重要，我们应赶急成立一种学会，专门研究怕老婆的哲学，造就些人才，以备国家缓急之用。旧礼教重在孝字上，新礼教，重在怕字上。古人求忠臣于孝子之门，今后当求烈士于怕夫之门。孔子提倡旧礼教，曾著下一部"孝经"，鄙人忝任厚黑教主，有提倡新礼教的责任，特著一部怕经，希望诸君，不必高谈什么，只把我的怕经，早夜虔诵百遍就是了。

教主曰：夫怕夫之经也，地之义也，民之行也。五刑之属三千，而罪莫大于不怕。

教主曰：其为人也怕妻，而敢于在外为非者鲜矣，人人不敢为非，而谓国之不兴者，未之有也。君子务本，本立而道生，怕妻也者，其复兴中国之本欤。

教主曰：□大人为能有怕妻之心，一怕妻而国本定矣。

教主曰：怕学之道，在止于至善，为人妻止于严，为人夫止于怕。家人有严君焉，妻子之谓也。妻发令于内，夫奔走于外，天地之大义也。

教主曰：大哉妻之为道也，巍巍乎惟天为大，惟妻则之，荡荡乎无能名焉，不识不知，顺妻之则。

教主曰：行之而不著焉，习矣而不察焉，终身怕妻，而不自知为怕者众矣。

教主曰：君子见妻之怒也，食旨不甘，闻乐不乐，居处不安，必诚必敬，勿之有触焉耳矣。

教主曰：妻子有过，下气怡色柔声以谏，谏若不入，起敬起畏，三谏不听，则号泣而随之，妻子怒不悦，而挞之流血，不敢疾怨，起敬起畏。

教主曰：为人夫者，朝出而不归，则妻倚门而望，暮出而不归，则妻倚闾而望，是以妻子在，不远游，游必有方。

教主曰：君子之事妻也，视于无形，听于无声，入闺门，鞠躬如也，不命之坐，不敢坐，不命之退，不敢退，妻忧亦忧，妻喜亦喜。

教主曰：谋国不忠非怕也，朋友不信非怕也，战阵无勇非怕也。一举足而不敢忘妻子，一出言而不敢忘妻子，将为善，思贻妻子令名，必果，将为不善，思贻妻子羞辱，必不果。

教主曰：妻子者，丈夫所托而终身者也，身体发肤，属诸妻子，不敢毁伤，怕之始也，立身行道，扬名于后世，以显妻子，怕之终也。

右经十二章，为怕学入门之道，其味无穷。为夫者，玩索而有得焉，则终身用之，有不能尽者矣。

新礼教夫妻一伦，等于旧礼教父子一伦，孔子说了一句，"为人止于孝"，同时就说"为人父止于慈"，必要这样，才能双方兼顾。所以鄙人说："为人夫止于怕"，必须说"为人妻止于严"，也要双方兼顾。

现在许多人高唱"贤妻良母"的说法，女同志不大满意，这未免误解了。"贤妻良母"四字，是顺串而下，不是二者平列。贤妻即是良母，妻道也，而母道存焉。人子幼时，受父母之抚育，稍长出外就傅，受师保之教育，壮而有实，则又举而属诸妻子。故妻之一身，实兼有父母师保之责任，岂能随随便便，漫不经意吗？妻为夫纲，我女同志，能卸去此种责任吗？

男子有三从，幼而从父，长而从师，由壮至老则从妻，此中外古今之通义也。我主张约些男同志，设立"怕学研究会"，从学理上讨论，再劝导女同志，设立"吼狮练习所"，练习实行方法，双方进行，而谓怕学不倡明，中国不盛强者，未之有也。

选自李宗吾：《怕老婆的哲学》，晨钟书局，民国三十五年（1946）

郭沫若

｜作者简介｜　郭沫若（1892—1978），原名郭开贞，字鼎堂，四川乐山人，现代著名诗人和学者，代表作有诗集《女神》、历史剧《屈原》等，有《郭沫若文集》行世。

我的童年（存目）

黑　猫（存目）

任鸿隽

| 作者简介 |　任鸿隽（1886—1961），字叔永，四川垫江（今重庆垫江）人，著名学者、科学家、教育家和思想家，中国最早的综合性科学团体——中国科学社，及最早的综合性科学杂志——《科学》月刊的创建人，1935 年任四川大学校长。

党化教育是可能的吗？

　　自国民政府成立以来，教育的"党化"，便成了教育界的一个重要问题。可是问题虽然重要，却不曾有人讨论过。这当然是言论不自由的结果，而非问题的本身无可讨论的余地。作者现在提出这个问题，不敢说有什么深切的研究，但很希望作一个讨论的发端。

　　党化教育是国民党固定的政策吗？这句话许多国民党的朋友们根本上就不承认。真的，民国十七年大学院召集全国教育会议，曾经正式议决，取消"党化教育"这个名词。不过党化教育的进行，仍是目前的一个事实。这事实的发生，正是国民党一贯政策的表现，名词的存在与否，是不关重要的。

　　那么，党化教育究竟是什么？切实说来，不外下列两个意义：

一、把党的主义或主张，融合在教课中间，使牠渐渐的浸灌到学生脑筋里去。

二、教育的事业，由党的机关或人才去主持，使牠完全受党的指挥。

以上两种意义，当然不是绝不相关，而有相助相成的作用。譬如说，要做灌输党义的工作，最要紧的方法，是抓住重要的教育机关；而同时在党化教育名义之下，也可以使垄断教育的行动，成一个堂堂之阵，正正之旗，毅然行之而无所顾虑。

但是，照这样办法，党化教育便可实现吗？我们可以不迟疑地回答说不可能。现在我们试看一看不可能的理由在哪里。

第一，教育的目的与党的目的完全不同。大概说来，教育的目的，在一个全人的发展，党的目的，则在信徒的造成。教育是以人为本位的，党是以组织为本位的。在党的场合，设如人与组织的利益有冲突的时候，自然要牺牲人的利益以顾全组织的利益。我们只看国民政府的教育部，对于发展教育、改良教育的计划，一点没有注意，但小学的党义教科书，却非有不可。教科书与党义有不合的地方，非严密审查不可。老实说来，教八九岁的小孩们，去念那些什么"帝国主义""不平等条约""关税自主"的教科文字，不但不能得他们的理解，简直于小孩们心灵的发展有重大的妨害。但这是党化教育所不能免的结果。

我们暂且离开小学教育，就一般的教育来说。一个理想中有教育的人，在智慧方面，至少的限度，必须对于事理有正确圆满的了解，对于行事有独立自信的精神。要养成这样的人格，第一的需要，是智识上的好奇心。有了智识上的好奇心，方能对于各种的问题或事务，加以独立的研究。研究所得的结果，才是我们信仰的根据。这种教育的方法，在党的立场看来，是最危险的。他们的信仰，是早经确定的了；他们的问题，是怎的拥护这个信仰。因为要拥护信仰，所以不能有自由的讨论与研究；因为不能有自由的讨论与研究，所以不能有智识上的好奇心。这个情形，恰恰与十七世纪初年，欧洲宗教的专制思想相类。当时的教会，不愿意一般人有自由思想，于是乎不恤用教会的法庭来压制葛理略，逼着他发誓承认地球绕日的学说，是和《圣经》抵触的，是不对的。他们那种办法，不但是要压服葛理略，使他不再妖言惑众，并且要惩一儆百，使同时的人不敢有新出的思想。但是他们所得的效果是怎么？葛理略在签名悔罪书之后，口中即喃喃地说道，"地球是动的"；而地球绕日的真理，也不因葛理略的受压迫而遂至湮灭。自近世文艺复兴以来，专制思想与自由思想冲突的结果，总是专制思想失败，党化教育也不能独成例外。

照上面所说的看来，党化教育，几乎成了一个矛盾的名词。那就是说，有了"党化"，必定是没了"教育"；反过来说，要有"教育"，必定要除去"党化"，而党化教育的不能成立，更不待言了。

第二，党化政策，虽然与教育的原则不相符合，设使党的主义或主张，可借教育以宣传，也不失为党化教育的一个大理由。关于这一层，我的答案是：在特殊的情形下，是可能的；在普遍的情形下，是不可能的。但是党化教育的目的，当然在普遍而非特殊，所以我们的答案，还是一个不可能。我们所谓特殊的情形，譬如现今的党务学校、中央政治学校之类。以这样特别组织的学校来宣传党义，自然是可能的。不幸我们现在要党化的学校，不是这样的一类，而是全国一般的由小中以至大学程度的学校。在这些学校里面去宣传党义，便立刻有许多问题发生。我们曾经听见中小学校的党义教课，怎样的学生不感兴趣；大学校的党义教员，怎样的被学生轰了又轰，赶了又赶。这不见得是因为教员的不济，而是因为党义这一门功课，实在不为学生所欢迎。党义不为学生所欢迎，也不是党义之过，而是凡挟贵得势的主义，所必得的结果。所以天主教自定为罗马的国教后而天主教就渐渐衰落，我国的孔教（假定孔教也是一个教），自汉武帝定于一尊后而孔教也从此不振。这种历史上的前例，是不胜枚举的。我们以为宣传党义的最好方法，是把党义放在一个自生自活的地位，而不要把牠放在特殊阶级之上，使牠失了自由竞争的机会。因为一放在特殊阶级之上，牠既不用与人竞争，便渐渐地失去向上改进的本能；同时在课室中或教科中强迫输入的党义，也未必能得到生徒衷心的信仰。这岂不是南辕北辙，爱之适以害之吗！近年以来，国人对于国民党的信仰，一落千丈，固然是因为政府的种种失政，使人失望，但是所谓党化教育，于党义的传播，并无一点好处，也可以概见了。

以上系就党化教育在传播党义而言，它的失败，是不难预先断定的。现在我们要讨论一下党化教育的又一方面，用党的机关或人才来主持教育事业。

我国的政客中间近来有一种新的主张，或可以说是误信，以为一个政党或政客，要在政治舞台上活动，必须有一个有势力的学校，作他们的后盾。因此他们在台上的时候，尽管于教育漠不关心，但一到下台他们便拼命地抓学校，做校长。有的容许是因为闲着无聊，慰情胜无，有的的确是想利用学校地盘，造成一班喽啰，将来替他尽那登台捧场、摇旗呐喊的义务。这个情形，可以说明许多学校的风潮，何以发生，也可以说明许多学校教育，经过政客官僚的热心，而愈加腐败。一言以蔽之，办学校以教育为目的，方有成功的希望，若以政治的目的来办教育，是非失败不可的。

国民党是一个成功的政党，它的第一义务，在使全国教育循序平均的发达，原用不着存什么割据疆域、封殖势力的思想。不幸这个党化教育的政策，把牠不知不觉的引到包揽学校的地位；既然包揽学校，便免不了一班官僚政客地盘势力的野心。结果，徒然增加了教育界无数的纷扰，且使一班人对于党人抓学校的行为，发生了不少的疑虑与反感。关于这一层，我们不必繁征博引，只请读者检查一下一两年来，几个国立大学易长风潮的近事，便可明白了。

以上是我们对于这个重大问题提出的一个单简讨论。设如我们在党或党外的朋友们，对于这个问题还有更详尽的讨论，我们非常欢迎。我们现在先请提出两句单简的说话，来作本文的结束：

一、党化与教育，是不能并立的：有了党化，便没了教育；反过来说，要有教育，先取消党化。

二、国民政府，是应该对全国教育负责的。所以它的义务，应该先发展教育，再说党化。

选自民国二十一年（1932）六月五日《独立评论》一卷第三号，署名叔永

再论党化教育
——答范云龙先生

在本周刊的第三期，我曾发表了一篇关于党化教育的文字。许多朋友看见了这篇文字之后，都向我说："你真大胆，这样的问题，岂是可以随便讨论的？"我回答说："因为这个问题的重要，所以我们要提出谈谈，唤起国人的注意。况且现在不是言论自由的时代吗？我们若是多所顾忌，而不敢讨论眼前的重要问题，便是放弃国民的权利。"

果然，我这篇文章发表了不久，便引起了相当的注意。前天早上，我接到一位范云龙先生由南京寄来的一封信，他的内容如下：

在国民党遭受到历史所遗传的封建和宗法的势力之掊击而

坍台而崩溃而瓦解的时候，先生还有闲情来讨论已经糊涂失败的"党化教育"，这样科学家的精神，良用钦佩。……我对于"党化教育"的问题，狠想和先生讨论一些。虽然事实上国民党是失败了，"三民主义教育"也失败了，不过真理的探讨，有时是不管时间性的。究是怎么失败的，我们也当求其失败的明处。有科学家爱真理的精神如先生者，想是"非常欢迎"的。

以先生的全文——党化教育是可能的吗？——看来，我们在没有讨论"党化教育"本身问题的时候，有将"教育价值观"的问题先行解决的必要。因为先生的教育思想，有几处还是旧的，又似乎含有唯心的教育理论的色彩，同时自然有"教育价值自身论"的言论，倘若先生以为先生的教育思想是旧的好，又承认"教育价值自身观"是对的，那我们就不必来讨论什么"党化教育"，因为这是一个哲学上的矛盾问题。否则我们要是承认"教育价值工具观"的话，那自然可以进一步来讨论。善意的去改造也可，恶意的来反对也可。

先生的结语是这样的："一、党化与教育，是不能并立的：有了党化，便没有了教育；反过来说，要有教育，先取消党化。"

这一句我的答案是这样的：党化教育是必须的。有了党化然后才有教育。反过来说，没有党化，便没有教育。

先生的第二结语是这样的："二、国民政府是应该对全国教育负责的。所以它的义务，应该先发展教育，再说党化。"

但是我不了解先生这句话的真意何在，所以无从答复。

以上是范云龙先生所提出作为"开始讨论"的几个要点，范先生又附寄了他的"七年来研究"的中国国民党党化教育纲要一份，因其篇幅太长，此处恕不征引了。

在开始讨论以前，我们有一点要请范先生注意，那就是，凡讨论一个问题，须认明讨论的范围和根据。我在《党化教育是可能的吗?》文章里，指出党化教育的有两件：（一）是在学校里面宣传党义，（二）是由党的人才来主持教育机关。从这两方面事实的观察，我们得到的第一个结论是"党化与教育，是不能并立的云云"（详细理由，已见前文，兹不复引）。范先生的"答案"，把我们的结论完全由反面翻成正面了。但他始终未曾提出一个翻案的理由，实在使我们莫名其妙。

我们的第二个结论说："国民政府，是应该对全国教育负责的。所以它的义务，应该先发展教育，再说党化。"范先生说他不了解这句话的真意所在，所以无从答复。范先生所以不能了解这句话的命意，正是因为我们讨论的范围不同的原故。范先生的意思，以为党化教育，包涵得有"完成儿童的基本教育"，"改革一切行政制度"，"改革一切学校制度"，"奖进学术专门研究"，以及"以革命手段扫除现有教育的一切积弊"等等。这样说来，似乎教育一实行党化，国家的教育，就自然而然的发展了。我们的意思，以为党化教育，事实上只是宣传党义及位置党的人才的工作，这样一来，便不免把教育上的根本建设，都丢在脑后了。从这个观点看来，我们的第二个结论，似乎也很明白清楚，没有什么不可解的地方。

说到此处，自然发生了一个问题。这问题是：党化教育，究竟以什么为代表？换一句话说，我们要照范先生的看法，把一切理想中教育上的设施，都作为党化教育的成绩呢，还是照我们的看法，把目前党化教育的事实，作为论断的根据？关于这一层，我们的主张，不幸还是后者。我们的理由是：第一，我们讨论的是实际问题，与任何人的理想中的乌托邦，本来没有什么关系。第二，任何政府，对于许多教育上的根本建设（如上文所说的完成义务教育、改良教育制度、奖进学术研究等等），都有不能旁贷的责任，不能以为党化则应该办，不党化则不应该办。因此，这些建设，即使办了出来，亦不能指为党化的表现。

"党化教育，已经完全失败了"，是范先生同我们得到的一个共同结论。不过范先生以为失败的原因，是由于党化未能实行，我们以为失败的原因，是由于党化的根本错误，这是我们观点不同的原故。我所不解的，范先生既承认党化教育失败了，又主张"先有党化，才有教育"，这是不是自相矛盾？至于我们讨论党化教育，完全属于实际问题，似乎没有涉及教育价值论的必要。不过范先生的信里，既然提出了这个问题，我们也不妨讨论一下。

据范先生所说，教育的价值观，有所谓"教育价值自身观"与"教育价值工具观"的两种，而我的教育思想，有时"含有唯心的教育理论的色彩"，同时也有"'教育价值自身论'的言论"。因为这些教育思想是旧的，所以也就是不对的。反面说来，教育的工具观，总是对的，同时若能带些"唯物的教育理论的色彩"，则尤大对而特对。

在我们看来，教育只是一个社会里面，老成人们加于少年人们的一种训练。这种训练，自然是以老成人们要形成少年人们的理想为标准。人在少年时代，受教育感化的力量很大，所以施教者的理想，最能影响受教者的思想行为。因为这个原故，社会中的领袖或"先觉"，往往能利用教育的力量，把他们的理想，在受教者的身上表现出来。尤其是在近今教育制度发达，组织完备的国家，教育力量的表现，更为明显而重要。教育的工具观，在现代的社会里占重要的地位，也就是因此。不过这样的教育工具观在教育理想上，究竟有什么新的价值和贡献？我们不要忘记，教育的主体，是一个未发展的人，而其余的利用，都是由这个人生出来的。所以在政治家一方面看来，教育的工具观，非常重要；可是在教育家一方面看来，教育的自身的价值，自然有它的相当地位。而且就广义说来，教育的自身价值观，可以包括教育工具观。因为教育必定有一个目的，教育的工具观，不过表示教育目的的所在罢了。

其实上面所谈的，还不是根本问题。我们认为根本问题，而有讨论价值的，是教育的个人价值和社会价值。换一句话说，教育家要承认个人的目的比社会的目的重要呢，还是社会的目的比个人的目的重要呢？从历史上看来，野蛮社会，可以说只有社会的目的，没有个人的目的，因为在野蛮社会里，凡与社会习惯不相合的，都不能存在。欧洲中世纪，宗教势力盛大的时代，个人与社会的关系，还是这样。一直到文艺复兴以后，经过卢梭、康德、柏斯台洛慈、福禄贝尔诸人的主张和研究，个人的重要，始渐渐为一般教育家所注意。十九世纪以后，科学进步，世界各国的政治势力，愈益膨胀，社会的领袖们，不能不利用教育的势力，以实现政治的理想，于是又有重视社会目的、轻视个人目的的新趋势。这种趋势，在特殊情形下的国家，尤为明显，如苏俄、意大利、日本，都是好例。在危急存亡情形的国家，希望借教育的力量，来唤起人心，发生效用，那么，社会目的的宣传，自然比个人目的重要。不过我们不要忘记，一个社会，是由个人的分子组成的。有了健全的分子，不怕没有健全的社会。一个健全的教育制度，必须社会与个人有完全的和谐；要使社会的发展，助成个人的自达，不要牺牲个人的自达，来助成社会的发展。罗素在他的《教育论》书中，对于日本的教育，有这样的一段评论，我们引来做此文的结束：

近代日本，是以国家的强大为教育重要目的的一个好例。他的教育目的，唯在制造爱国的国民和灌输有益于国家的智识。我不能过赞他们的成功。自从勃尔提督的舰队叩日本国门以来，日本几乎不能自存；除非我们说自存是有罪的，他们的成功，足以表白他们方法的不错。但是只有在绝望的情形下，可以用此种方法，没有立刻的危险而用这样的方法，是大错的。他们的神道宗教，和《旧约·创世纪》一样荒唐，但是大学教授们不容加以怀疑；所谓代顿审判（译者按即美国有名的因反对教授进化论而告到法庭的审判案件），比起日本的宗教专制来，不算什么了。他的伦理专制，也是同样的厉害；爱国主义，忠孝观念，皇室崇拜，一样也不容怀疑，因此，许多进步便不可能了。这种铁铸的制度的最大危险，便是只有革命是进步的方法。这个危险，虽然不必立刻出现，但是真的，也是这个教育制度造成的。

选自民国二十一年（1932）七月十日《独立评论》一卷第八号，署名叔永

烦闷与大学教育
——在南开大学第十一次毕业式演说词

我常常听见说，一个学年终了的时候，是学生们感觉烦闷的时候。烦闷的原因不只一个。大约说来，有属于季候的，如春天到了，有所谓春病（Spring fever）。有关于学业的，如年终大考到了，有考试的麻烦。有关于出身的，如学校毕业以后升学或谋事的困难。有关于时局的，如五月间纪念的日子特别的多，可以看出这个时期在我们的心中是怎样的难过！那么，烦闷是和大学教育分不开的吗？大学教育可以有解决烦闷的可能吗？照上面的说来，烦闷的原因可分为两类。一类是时季的，如所谓春病考试等是。一类是非时季的，如关于职业及时局等等是。在学校以内，未毕业的时候，

感到时季的烦闷多些，既毕业的时候，感到非时季的烦闷多些。所以大概说来，解决第一类的烦闷，是学校以内的事体，而解决第二类的烦闷，却是学校以外的责任！那便是说，每人都负有责任，连感觉烦闷的本人也包括在内。

解决烦闷有什么方法，这大约今天到会的人所急要知道的。我不敢说自己有什么巧妙的方法可以解决烦闷，但我可以简单地把我个人对于烦闷的见解说出来请大家指教。

我以为烦闷是生物生长过程中必不能免的一个现象。一棵树木，春夏发荣滋长，秋冬叶落枝枯，这秋冬的生气闷藏，就是树木的烦闷时期。不过树木的生长，却不因其叶落枝枯而有间断。我们若把一棵大树的切断面拿来看，可以看出牠的一年一年的生长轮。在牠的生长期之中，我们可以看出某年因天气的特变，牠的生长受了防碍，这也可以说是牠生命中的烦闷。但只要生长力充足的话，牠一定还可以继续生长，绝不因为一点烦闷损伤了牠的未来的远大。因为树木不会说话，我们不会听见牠们发出什么叹息，闹些什么解除压迫的运动，可是我们相信生理的原则是一样的。人与国家同是有机体的生物，在他的生长过程中，必定有一些烦闷的时期，这些，宁可说是当然的现象。不过人与国家与其他的动植物不同的所在，就是动植物的烦闷，完全听命于天然，而人与国家的烦闷，却有几分是由自己的力量造成的。因此，解决烦闷的方法，也有几分是自己的力量所能左右的。这可以说是人与国家超出一切动植物的地方，也可以说是人与国家不幸的地方。

拿这个眼光来看当前的国难，我们似乎用不着什么特别的惊惶。因为我们只要检查一下六百年来的历史，便晓得我们受过比眼前所受还要厉害的外患，已经不只一次了。至于中国历史的局面，可以拿孟子的两句话来包括，说："天下之生久矣，一治一乱"。最近北京大学地质学教授李四光先生发表了一篇文章，叫作《战国后中国内战的统计和治乱的周期》（见中央研究院历史语言研究所庆祝蔡子民先生六十五岁论文集上册）。在这篇文章中，他得到了一些很有趣味的事实与结论。他的方法，是把历史的年代作横轴，历史上每五年内战的次数作立轴，把两轴中所得的各点连接成各种曲线。结果他找出每隔八九百年，历史上便有一个治乱的循环。例如，由秦国至隋共八百二十年为第一个循环，由隋至明初共七百八十年为第二个循环，由明至现今共约六百年为正在进行的第三个循环。在这三个循环之中，凡内战最少的时期，便是隆盛时期，如西汉、初唐、北宋、明清的初年是。反之，内战最多的时期，便是衰败的时期，如汉以后的东晋六朝、唐以后的五代、宋以后的元和明清末直到现在是。我们若承认这个历史的循环实际的存在，并且还在进行，那么，我们可以看出眼前的历史，正在衰败的时期中；太平天国时代和近二三十年来继续不断的内乱，便是造成这个衰败的大原因。同时我们也应该承认眼前的历史和宋明两朝的末年，有一个不同的所在，那便是现今世界大通，各种造成历史的新势力，在三百年以前或六百年以前所没有的，现在都在那里很有力的活动。我们处于这个时代，应当是一则以惧、一则以喜。惧的是"屋漏偏遭连夜雨"，我们正在自顾不暇的时候，偏遭了无理的邻人来和我们大捣其乱。喜的是眼前有不少新势力的发见，即使治乱的循环果然存在，我们此刻也有打破的可能。而这些新势力之一，就是现在的大学教育。

　　这一句看似重要说来仍甚平凡的话，我晓得诸位听了必定不免失望，说区区大学教育，那里能影响我们目前严重的时局或改变历史的方向。我想这个看法，不免有自暴自弃的嫌疑。我们不见最近国联教育调查团的报告，不是把近年中国的一切新局面都归功于我们的大学教育吗？（The Universities have Made What China is today）自然，这句话应当加以相当的修正，总能合乎实际。譬如说吧，我们的大学教育，并不含有军事教育在内。如其现在的军人都受有大学教育，我敢说，中国的局面大约不是目前的样子！

大学教育何以能有打破历史循环的力量？我们曾经说过，凡所有的烦闷，都是生长史中的一个过程，那么，只要能够培养生长的力量，烦闷便可不解而自解。换一句话说，烦闷只好如树木之于冬天，用生活的力量来把牠长过，不能用他种方法来把牠避免。要培养生活的力量，第一，要各个分子的健全。若是大学教育还有牠的目的与意义的话，培养社会上健全与有用的分子，就是牠的最高目的与意义。你在大学毕业之后，可以做一个医生、一个律师、一个工程师，但你是不是一个社会的健全分子，还得待考。我曾经认识一个外国大学毕业的学生，他回国之后，便在北京（从前的）城南最热闹的地方僦屋居住。我问他何以如是，他回答说，因为于应酬上便利些。这样的心理是不是健全分子应该有的，希望大家评判一下。我又晓得一个留学生，在外国之时颇有一些电学上的发明，的确是一个有希望的人才。可是回国之后，稍稍任了一点有财钱关系的职务，他便卷款而逃，这个人固然从此毁了，社会事业不消说受了狠大的损失。这可以证明一个人的人格不健全，就是有了学问，于社会也不见得有什么益处。古人说："士先器识而后文艺"。我们现在教育的口号，应该是：先人格而后技能。第二，各个分子要能对于一个目的而合作。一个生物的发展，健全的分子固然重要，各分子间的合作尤为重要。设如一个人的身体，手不司动，脚不司步，胃不司消化，血脉不司营养，那么这些机官尽管良好，这个人的身体必定不能一天活着。人们与社会的关系也是一样。我们常常听见人说，我们的东邻日本人，就个人说来，似乎都赶不上中国人的聪明伶俐，可是就团体说来，他们处处都比我们强得多了。这就是因为他们的分子能合作而我们的分子不能合作的原故。这大约也就是我们偌大的中国要受我们小小的邻人欺凌的一个最大的原因吧！设如几年的大学教育，不能养成一个合群、克己，向一个较大的目的而通力合作的习惯，我们可以说他的大学教育是一个完全的失败！

我们上面曾经说过，人与国家的烦闷有一部分是由自己力量造成的，因此，解决烦闷的方法，也有一部分是自己的力量所能左右的。我们希望社会上健全分子的增加，即是造成烦闷力量的减少。同时这些健全的分子能够通力合作，向着完成一个较大的较高的组织进行，那便是生活力量的增进。有了强大的生活力量，我们还怕有什么烦闷不能解除！

在此，我还要就便向今年毕业的同学说几句话。大凡一个生物的生长是要继续的。不长则死，不能中立。这句话在身体方面是真的，在智识方面也是真的。诸位在校几年，智识能力一天比一天不同，一年比一年长进，这是诸位的先生都知道的，也是诸位自己知道的。离开学校以后，诸位的身体当然还是一天一天的生长，这是无可致疑的。但诸位智识人格方面的生长如何，便大有问题了。职业的忙碌（如其你得到职业的话），娱乐的引诱与社会一般风气的趋向，都可以使你渐渐离开学问的空气而趋向于平常庸俗的道路去。换一句话说，就是你的智识有停止生长的可能。这在普通的人倒也罢了，若是大学毕业的朋友，而让你的智识生命半途夭折，那就等于宣告你的平生事业停止上进。这不是一件最严重而值得我们的注意的事吗？要免去这个危险，我奉劝诸位毕业同学，不要因为离开了学校而离开你的两个朋友：一个是你心爱的书籍，一个是你佩服的先生。你须知道书中的道理，等你到了社会上得到实际的证验，方才觉得明瞭亲切，而你的先生，在客厅中比在课堂中更能帮助你。最要紧的是怎样利用你的闲暇时间。西方哲人说："一个人的成功失败，不在怎样的利用他的正经时间，而在怎样的利用他的闲暇时间。"这真是一句至理名言，值得我们常常放在心上。

总结起来，我要再引一句古人的成语，说，"譬如行远必自迩"，我们要救人必先自救。我现在很恭敬地祝毕业诸君今后事业智识继续的长进，那也就是解除我们国家烦闷的一个方法。

选自民国二十二年（1933）七月二日《独立评论》三卷第五十七号，署名叔永

四川大学的使命

——在本学期第一次纪念周演说

第一输入世界智识，第二担负复兴责任，此后川大从实际应用和自动方面发展。

今天是开学的第一日，也是本学年举行纪念周的第一次。我想借这个机会来和诸君一谈四川大学的使命。

凡是四川人应该记得的历史上有两句名言，是天下未乱蜀先乱，天下已治蜀未治。这两句话可以说是由历史事实归纳得来的。我们只看明末及前清末年的历史，便可证明这个公例的不谬。

这个历史公例成立的理由，第一，是因为四川地形四塞，容易与外间形成隔绝，所以许多揭竿而起的乱事，在外间不会发生的，在四川则可闹得天翻地覆。第二，因为四川全省被许多高山大川分割，一旦发生了乱事，便容易分成许多小部落，彼此互争，各不相下，所以战事也就不容易平息。第三，因为地理的关系，人民的智识程度常常在水平线以下。既然智识不高，就不明白社会的需要，而常常为自私自利的引起战争。

以上是四川易乱难治的一般情形。同时，我们也应该看到历史的另一方面，即因为地理的特殊，物产的丰给，历史上也常常

有外间尽管在乱，而四川仍然得到小康的时候。这如三国时代的蜀汉、五代时的后蜀，都是好例。所以，我们做四川人的，尽可不必悲观。只要我们有开明的领袖和有相当智识的人民，四川不但不会先天下之乱而乱，而且还可以先天下之治而治。

说到此处，我们可以说，四川大学的第一个大使命，就是要输入世界的智识，使我们睁开眼睛，晓得世界的进步到了什么程度，人类的大势是个什么情形。那么，我们从前所有蛮触战争、部落思想，都可以不攻自破。换一句话说，我们要拿智识来开通，来补偿地形的闭塞。第二个大使命，就是要建设西南文化的中心。大家晓得，西南这两个字，近来被用来做特别区域的代表，我们决不赞成。我们从文化方面来看，以为中国的文化，都偏于沿海口岸。即就黄河、扬子江两个流域来说，也是下流近沿海的地方，文化比较发达。我们现在所谓西南，是指黄河、扬子江两水的上流省份而言。大概说来，黄河流域，要包①陕西、甘肃、青海；扬子江流域，要包括四川、云南、贵州。在这个广大流域之中，只有四川土地比较肥饶、物产丰盛，有做文化策源的资格。这个文化中心的要求，四川大学当然是责无旁贷的。第三个大使命，当然是在现今国难严重之下，我们要负的民族复兴责任。四川在过去革命的时期，民族精神最为发达，所以，参加革命工作的人士也比较众多。这是我们最引为庆幸的。不过，从前革命的时代，我们奋斗的对象不过是腐败的政治阶级，比较的容易成功。目前，对于我们的使命加以最威胁的敌人，却是世界上有数的强国。我们不能望拿从前对抗腐败政府的准备来抵抗他，而希望成功。我们要抵抗目前的侵辱，挽救当前的国难，必须要有较大的能力与深厚的准备。这些除了在学问上去研究、去学习，是没有法子得到的。所以，我们有一天要民族复

---

① 应缺"括"字。——原编者注

兴，就不能不向大学去做预备功夫。反过来说，四川大学对于民族复兴的责任，是非常的重大，我们虽欲委卸而不可能的。

说到预备的功夫，似乎有什么特殊的举动。其实不然，在我个人的意思，如事情还未到十分紧急的时候，最好的预备的方法，还是按部就班，各尽其责要紧。那就是说，做教员的还是尽心的教书，做学生的还是专心的求学。不过有一件我们必须留意，我们现在学习的方法，是不是和我们的目的背道而驰。譬如说吧，我们学习的时候，若所用的方法，完全是被动的，那么，要他毕业之后忽然会自动起来，对于所作所为有独立而前的发展，是绝对不可能的。又如，学的时候，注意在理论的探讨与文学的训练，那么，学成之后，要他去利用所学做实事的改进，也是不可能的。

因为如此一个大学，对于他的使命，是否能够完成，对于他的目的，是否能够达到，不必等到他的毕业学生已经出到社会任事之后，而在他学科的教授方法中，早已多少明白了。我个人因为说到此点，想把今后的四川大学向实际应用方面发展，把大学各科的教法从自动方面发展。关于这两方面实施方法，现在有一两件可以先为报告：

一、关于实际应用问题

我们很想把学校的功课在可能范围内，使能与社会事实发生关系。如学政法的，我们可以使他们去研究地方政治，或县政实施；学经济的，可以叫他们去调查商业状况与农村经济；学农业的，可以教他们改良农作种；学物理化学的，可以教他们调查及改良土工业之类。

二、关于自动教法

我们想在可能范围内，渐渐的废除讲义制而代以参考书或概要制。用书或概要制的好处，就是至少使学生得自己寻一点材料或一些书籍来完成他们的讲义，而不至死守一部讲章，其他一切都可不必措意。这种懒惰的心理最为害事，我们是必须打倒牠的。

从本学期起，我们把各门的课程标准，已有相当改革了。本来课程不过是一些材料，要这些材料真正成为有用的物品，还要如何的运用方法。上面所说的两层，是使这些材料成为有用物品的必须条件，我们希望以教员及学生的合作今年能够慢慢的办到。

还有一层，我上次在欢迎会中也曾经说过，我觉得四川的青年学生们身体太不健康。它的证据，除了在校医处看病的人数众多之外，每天得到学生假例的信也不在少数。我希望，同学们对于身体的卫生及运动格外注意。大家要记得，没有强健的身体是不会有强健的头脑的。

原载民国二十四年（1935）《国立四川大学周刊》第四卷第二期

选自党跃武主编：《川大记忆——校史文献选辑》（第一辑），四川大学出版社，2010 年

关于《川行琐记》的几句话

陈衡哲女士此次到四川游历，发表了几封致朋友的公信，总名之曰《川行琐记》。她的目的只在记载个人的经历与观察。如其在行文中间有所批评，也只是出于希望川人改良的意思，所谓言之者无罪，闻之者足戒。我们相信如其川人以虚心的态度和幽默的眼光来读，决不致有发生误会的可能。不幸的很，她的第二次公信发表以后，竟引起了许多无谓的纠扰，最奇怪的，是成都有几个报纸，竟把这件事当作当今无上的重要问题，每日连篇累牍的攻击不已，自己著论不够，还要假造外面学生们的来信；讨论本问题不已，还

不惜捏造黑白以污蔑个人的人格。这种行为，使人不能不疑心他们是别有作用。对于别有作用的人，我们自然无话可说。不过对于一般只读川报而未见原文的朋友们，他们受了十几天的肤受之诉，或者以为陈某真真"侮辱"了四川七千万同胞，那就不免有些"好肉上生疮"的苦痛。我们为免除这种误会起见，似乎有说几句话的必要。

一部分川人对于《川行琐记》的攻击，我们分析起来，约可分为五类：（一）是对于天然状况的辩护；（二）是否认各人身历的经验；（三）不肯承认自己的短处；（四）不明作者的用意；（五）是故意断章取义，舞文弄墨，以期挑拨读者的恶感。现在我们每类举一两件实例来加以说明。

关于第一类，如说到四川冬天阳光的稀少，云雾之浓多，以及寒冷的意外长久等等。这些都是天然状况，正如保险公司所云"不可抵抗"，也不是任何人所应当负责的。但川中报纸对于这一点也哓哓的辩论不已，代天负责，一何可笑？

关于第二类，如说到四川房屋建筑的不合卫生，如门窗的多罅缝，地板的动摇，以及冬天取暖的困难等等，这些都是各人本身的经验，也是铁板的事实。但辩论的人却要说："我不信一个大学校长的住宅，连一个可以避风的房子也没有。"好像以上的话都是故意说来侮辱四川的样子。可是事实自事实，不是他人的理想所能否认的，本来这些居家小事，《琐记》的作者把地提及，无非是想让朋友们知道一点成都生活的情形而已，并无褒贬的意思乎乎其间。若说这是侮辱，那么，叫姓张的为"张先生"也可以说是侮辱了。

关于第三类，如说到水果的不够甜与兰花的不够香等，也引起了川人的不满。而他们所举出来做反驳理由的，不是说四川的水果怎样好，就是说我们不应该在这些地方讲究。我以为一个人要知道自己的短处，才能有改良的希望，而一个东西一件事情的好坏，每每是非经过一番比较不容易明白的。生长在四川而未出夔门的人不知道四川物品的优劣，是可以原谅的事体。老实说，我自己在三十年前也是极力恭维四川水果的一个人。后来多走了一些地方，多开了一点眼界，才知道不是那么一回事了。这种经过比较而发现的不满足，正是我们求进步的起点，现既有人指出，四川人正应该欢迎，不应该反对。

关于第四类，如说到"蜀犬吠日"的新解释，四川应改称为"二云省"，以及药方中所举的太阳灯一百万盏，鱼肝油七千万加仑之类，这自然是行文中间穿插的一点小幽默，要借此来松一松读者的脑筋的。不意竟有些川人一本正经的来辩论什么省名不能由私人擅改呀，太阳灯、鱼肝油都是外国货，四川人不推销外国货呀，世间有此笨伯，岂不可笑可怜！

关于第五类，乃是比较重要的一点，也即是成都新闻纸所指为侮辱川人的最重要的一点，即鸦片烟与姨太太问题。据成都报纸的言论，似乎《琐记》的作者骂了四川七千万人都吸鸦片，四川的女学生都愿意做军人的姨太太。不过我们翻遍了《琐记》的原文，却找不出这样一类的话。《琐记》上说，"铲除鸦片烟苗铲子七千万把"，这是说四川每一个人都应该负起禁烟的责任来，与说四川七千万人都吸鸦片，恰恰相反。《琐记》又说，"有些女学生不以做妾为耻"，并且希望优秀的份子能想一个法子来洗一洗这个耻辱。注意"有些"两个字和下文的希望，则知道《琐记》的作者对于四川的女学生是怎样的表同情。而川中报纸却要断章取义，举出这两件事来作侮辱川人的证据，也可谓尽舞文弄墨、捏造黑白的能事了。

以上是就讨论《琐记》文字的范围以内的话来说，可见所谓误会，不是由于读者程度幼稚，有意或者无意的不了解，便是由于奸人故意的挑拨。我相信凡以四川整个社会问题为前提，平心静气来读《琐记》的人，是不会有什么误会的。至于别有用意，或是借题发挥，更或利用对方是一个女子，以不堪的言语来加污辱，其结果只能暴露自己人格的卑污与程度的低下，而造成对于法律上应负的责任，于对方的人格是丝毫不能损害的。

末了，还要特别向四川的读者说几句话。一个人讨论社会问题，最要紧的是要有自信心。有了自信心，方能离开自己去辨别社会上的是非善恶。否则疑惑丛生，看见一点不如意的话，便都以为是在讥刺自己。这在心理学上叫做"劣贱疙疸"（Inferiority Complex）。有了这种疙疸事最容易发生误会的。可是误会越多，越足以暴露他的劣贱。所以我们若要他人的看重，最好是先除去自己的"劣贱疙疸"。第二要紧的是虚心。所谓虚心，自然是指容纳逆耳之言。若阿谀之词，人人都喜欢听的，用不着格外虚心了。四川的朋友们近来习闻民族复兴根据地一类的话，以为我们的一切一切都已尽美尽善，如其有人再把我们的缺点搬弄出来，我们便非把他打倒不可。这样讳疾忌医，正是民族复兴的大阻碍，真正以民族前途为念的，应当痛加革除才是。

二十五，八，十六

选自民国二十五年（1936）八月二十三日《独立评论》九卷第二一五号，署名叔永

黄 绶

| 作者简介 | 黄绶（1888—1975），四川西充（今四川南充）人，知名学者和社会活动家，有《罗戴祸川纪实》等行世。

武成门掩埋记事①

顷闻红十字会某君谈云：阳历五月一日，西来寺救济团掩埋部员朱伯升闻滇军已移于外东之对河，提议即日赴武成门掩埋，众韪其议。当组成一队于本日十钟出发，刘展如因事未到会，当推陈攸序为掩埋长，薛道行、朱伯升、杨常五、胡泽三为掩埋员，队丁何耀云等执红十字大旗导于前，经通顺街、祠堂街、文庙后街而出南门，绕南门城垣而至东门。途遇挈囊携筼之逃难灾民，凡数十起，面均呈惊惶相。行抵东门大桥以下，即滇军范围，某军正检查一中年褴褛之妇人。复绕城至武成门，距城约数十步，有茶社焉，众疲少憩，居民争来问讯，并历述当时之惨状，略记如下：

某妪云："有送殡之孝子二人，由北门扶柩行至武成门外，当

---

① 原文无标点，系整理者所加。

被滇军牵入城内，旋由城门抛下，并将孝帕掷下，云，'汝可赴阴曹，侍奉汝母去。'"又某云："余等跷伏屋内，不敢外出，惟闻城上喊天叫娘声，滇军诟骂声，痛极呻吟声，难民求饶声，城上抛人声云。"又某云："余于门隙，见一滇军以刺刀刺入某甲心窝，甲之惨痛状，不忍卒睹，而余踣。"

又某云："城下乞儿，滇军并不戕害，凡城上抛下未死之人，滇军叱令群乞，以石击碎其首，而尽剥其衣。有由城抛下之某乙，蛇行土坑内，呼娘失声，某乞已由后将袴脱去，抱石击而毙之。"

又某云："有警士某，巡回城外，滇军呼其过来。警士云，'我是警察。'滇军云，'我认得汝是警察。'当拉入城杀之，而抛尸城外。"陈攸序君询问，究竟有死尸若干具，周某对云："约三百余具抛入河内，涨水冲去者尚不在内，甲坑约尸一百余具，乙坑约尸八十余具，其他十具、八具、三具、两具者，凡数十起，现已朽腐，夜间偷掩薄土，不敢公然厚埋，有往埋者，滇军则开枪击之。"并云："不准掩埋，使犬食之。"或云抛入河内喂鱼。呜呼惨矣！

群述未终时，计已二钟有半，当即议决，宜厚掩之，以免瘟疫传染，本团掩埋来迟，致令尸多朽腐，不能分别掩埋标记，皆引为咎。当由薛道行以棉蘸药分塞众鼻，一面由陈攸序请居民周某，代雇壮夫十余名，备荷箕锄，红十字大旗前导，众随于后，至武成门对岸之滇军，握枪注视，余等令执大旗者持旗稳立高阜，不得擅动，当逐一查看，大小数十冢，均掩薄土，被犬食，余尸残骸，触目皆是，尸骸有头颅现露者，手足现露者，均作黧黑色，秽气蒸腾，臭如海碘钫亦顿失其效力，当令雇工将残骸收拾大坑内，掘土掩之，城上多人聚观，余等惧滇军疑忌开炮，当喝其退，集者益众，真可厌也。

除大坑外，其他另星小冢，均予掘厚土掩，以能避犬患为度，各冢均不能悉其姓氏，惟有两冢置名片于土上，一为"宜宾赵炳森字锡章"；一为"绵阳刘治国，年二十七岁"。

正工作间，有垢面槛褛之一人，荷锄自荒冢中出，当叩其姓氏及近作何业，据称：姓张名鹏武，驻东门珠市街长恩店，下力为业，闻此地尸骸横陈，每日潜伏冢间，掘土掩埋，有同志二人已被拉去，予幸免，有受伤未死之三人，舁赴对河调养，救活其一，等语。各职员均以张之救生瘗死，出自真诚，红会自愧弗及，当给张掩埋夫证据一张，命其搜寻残骸，并厚掩另星各小冢，许其逐日向救济团取给火食。

最大尸坑近大路侧，深约四尺许，周围宽二丈有奇，垒土二百余挑，尚未填满，时已三钟，恐不能进城，当议决留旗帜一面，由队丁一人监工，起身回城，约行百余步至垮河坝，据乡妇云，河内有尸十余具。当雇人往捞，已无踪迹，或已涨水冲去，因时间已晏，未便久延，行抵北门已将掩，如再延一小时，已被关于城外，众为之幸，取道西珠市、北较场而返西来寺，各员是日由西来寺出发至南门绕东门而进北门，皆步行，而不觉其疲倦。

初二日早九钟，萧穰秋、薛道行、朱伯声、队丁何耀云，同出北门绕道至武成门，探悉地保杨焕周，人颇公正，为乡人敬重，当至其家，托其雇工将该坑垒一冢成大座，需用工资若干由会负担，杨慨然认可，并推荐叶玉兴、蒋万镒为工头，即日动工。偶谈及犬食尸体情形，为之惨然。当交杨焕周掩埋队红旗帜一杆，并掩埋夫标记多张，以防意外危险，因日滇军尚驻对河也。交涉办妥，余等同杨至冢间周行一匝，告以垒冢之高度，正欲行，见有头裹青布套头之红十字队丁四人，于冢间望望然去。

行约里余，闻队丁云，猛追湾河坝有棺十余具未埋。当往视之，由坟垣小道曲折而入，旁竖石碑一，刊掩骼局界等字，左侧为大河，河之右岸一片沙土垒垒，荒冢无数，冢之上有未埋之火板十二具，一棺手外露作黑色，并有已埋之数十冢，棺已外露，中空无尸，想系被犬拖食，亦云惨矣！当往寻看地人至，为一妇人、一小孩，叩其故，云"雇工因拉夫已逃避，每掩一棺得钱十八文"等语。妇捧心作痛苦状，当挥之去。时已晏，商妥明日派员出城掩埋。外东掩骼局前清为官办，现在官办私办虽不可知，似此情形，诚可叹矣！取道原路进北门，行至下河坝有被弹伤者，要求疗治，伤者一为七十三号门道内之附户三人，一为龙刘氏，伤腿部，骨已损破，伤势颇重；一为彭宾氏，伤足部，尚轻；一为刘凤凤，伤手部。当时因二妇一女同坐一凳，被弹击伤也，由薛子安用药包扎而行，回西来寺已四时许。

初三日，掩埋队员刘展如，并职员薛道行、郑宗桥、朱伯声等出北门，先至猛追湾雇工，将未掩各棺，一同掩埋，并监视武成门大冢工作，职员朱仲愚等，又在荒冢寻获残骸无数，又在河湾捞获死尸一具同瘗之。武成门大冢于日昨竣工，华阳红十字会救济团为之勒碑、摄影。其碑文曰："丁巳春兵灾惨死数百人之合冢。"

原载黄绶：《罗戴祸川纪实》，民国六年（1917）①

_____

① 无出版者信息，似为作者自费出版发行。——编者注

叶伯和

| 作者简介 |　　叶伯和（1889—1945），四川成都人，中国现代著名音乐家、诗人。1920年5月出版《诗歌集》，为新诗的开风气之作，1922年、1929年分别出版《中国音乐史》上、下卷，为近代写作中国音乐通史著作的第一人。

《诗歌集》自序

我只是农村里的孩子呵！我的祖父虽然要算成都的大地主，却还守着"半耕半读"的家风。隔城二十里许，是我们的田庄，有一院中国式金漆细工，加上雕刻的宅子；背后是一个大森林；前面绕着一道小河，堤上栽着许多柏树、柳树，两岸都是些稻田。我在这里看他们：春天栽秧子；秋天收谷子；是经过了十多年的。

我的母亲是很慈惠的人，也很注重儿女的教育，从六岁起，便教我读书，咿咿哑哑的，哼了几年，就把十三经都读完了。为什么要读他呢？我也不知道，所以读起来毫无趣味，但是只有《诗经》我还爱读，因为读起很好听的。

到了十二岁后，乡里有了匪乱，我们就迁在城内住家，那里正是科举时代的末日，虽然废了"八股文""试帖诗"，却还要考试"策""论""经义"。我的父亲，是个经学家，当然要我看些什么《皇清经解》《十三经注疏》……我也莫名其妙的，照例做去，也好，刚才用了半年多的功夫，就把"秀才"哄到手了。一些至亲好友，都说我是什么"神童"，将来一定要像我的伯伯（号汝谐）点翰林的。

其实我已经觉悟到这种生涯，不该我永久做的。并且那时久离了我清洁的乡村，陷入这繁华的城市，以我活泼的性情，过这种机械的生活，真是不愉快到极点了！我想：寻个什么法子，稍稍安慰我自己一下呢？哦！有了，只好去取些古诗来读。——如古诗源、古诗选、古歌谣和那些陶李杜白……的集子，都读完过的，但是只管爱读，还不敢下笔写。

成都叶氏向来是得了琴学中蜀派的正传的。族中有位号介福的老辈，从前造过一百张琴，刻过几部琴谱。族中能弹琴的很多，我从小熏染，也懂得一些琴谱，学得几操陋室铭醉渔流水……后来风琴输入成都，也乱按得几个调子，就立定主意，要到外国去学音乐。但是那时成都已经开办高等学校了，家里的人，都不愿意我出门，要我进这学校。我也没法，只好进去看看，唉！那时候的学校，我也不忍说了！住了两年，虽然学一点学科，却送给我一身的大病。

民国纪元前五年，我得了家庭的允许，同着十二岁的二弟，到东京去留学。从此井底的蛙儿，才大开了眼界，饱领那峨眉的清秀，巫峡的雄厚，扬子江的曲折，太平洋的广阔。从早到晚，在我眼前的，都是些名山、巨川、大海、汪洋，我的脑子里，实在是把"诗兴"藏不住了！也就情不自禁的，大着胆子，写了好些出来。

我到东京我的父亲本来是要我学法律的，我却自己主张学音乐，一面我又想研究西洋诗歌，夜间便读了些英语，渐渐的也就能读外国诗了。我初学做诗，喜欢学李太白，后来我读到 Poe 的集子，他中间有几首言情的，我很爱读，好像写得来比《长干行》《长相思》……还更真实些，缠绵些，那时我想用中国的旧体诗，照他那样的写，一句也写不出。后来因为学唱歌，多读了点西洋诗，越想创造一种诗体，好翻译他。但是自己总还有点疑问："不用文言，白话可不可以拿来做诗呢？"

到了民国三年，我在成都高等师范教音乐。坊间的唱歌集，都不能用，我学的呢，又是西洋文的，高等师范生是要预备教中小学校的，用原文固然不对，若是用些典故结晶体的诗来教，小孩子怎么懂得呢？我自己便做了些白描的歌，拿来试一试，居然也受了大家的欢迎。

又到胡适之先生创造的白话诗体传来，我就极端赞成，才把三十年前做孩子的事情和二弟……那几首诗，写了出来，这些诗意，都是数年前就有了的，却因旧诗的格律，把人限制住了，不能表现出来，诗体解放后，才得了这畅所欲言的结果的。

接着我的诗稿，一天一天就多了，我才把它集起来，分作两类：没有制谱的，和不能唱的在一起，暂且把它叫做"诗"。有了谱的，可以唱的在一起，叫做"歌"。那时我连朋友都没有给他看，还说印集干吗？并且我主张一个人的著作，不要发表太早了，我爱读白居易的："新篇日日成，不是爱声名；旧句时时改，无妨悦性情。"他这几句话，很合了我的心，所以我的诗稿也是常常在增加、在更改的，因此也更不愿急于付印了。

今年成都高等师范发行校报，把我的稿子发表了几首。接着《星期日周报》，也登载了几首。就有些朋友，问我要诗稿；同学中说要看看的也很多。才勉强把它印出来，权代钞胥之劳。望各位先生替我指正，并没有想要"藏之名山传之万世"的意思。

选自叶伯和：《诗歌集》，民国十一年（1922）五月一日①

———————————

① 该书系叶伯和自费出版，版权页有"不禁转载"的大字，并有如下信息：

一九二〇·五·四· 初版

一九二二·五·一· 再版

诗歌集（每册定价大洋三角）著作兼发行者 叶伯和

印刷处 上海三马路大舞台对门华东印刷所

分派处 各省各大书店

通询处 成都指挥街叶宅

《诗歌集》叶伯和著 前三期撰刊——编者注

马宗融

| 作者简介 |　　马宗融（1892—1949），四川成都人，知名文学翻译家，结集的著译有：史著《法国革命史》、散文集《拾荒》、人文地理集《伦敦》和《罗马》，译著短篇小说集《仓房里的男子》（米尔博著）、中篇小说《春潮》（屠格涅夫著）等。

黑　妓

　　船又快到红海口上，法国在非洲的殖民地极布地 Dji outi 了，第一次回国时经过的情景就一一地在我的脑子里浮现起来。但是大家要赶快收拾上岸去游览，弥儿又要我抱她到甲板上去看船进口，看热闹，就把这一幕一幕的唯我独自能看的内演的影戏打断了。

　　游客扶着梯子下船，土人驾来的小汽船就争前恐后地来招揽，我们下到船里了，我们一行连弥儿七人，中间有两夫妇是法国人。因为听说在这里行客单身的很危险，所以我们就相约不要分开，一同去游览。登岸后，越过税关，就看见一大群汽车和马车把去路塞住。头上暖着火辣的太阳，脚下踏着精赤滚烫的地，大家由不得就一齐钻进了一部汽车，嘱咐车夫把我们送到市内。

我们的出发点是一个伸入海里来的长堤，堤尽处两面都是白色阔人的公馆或别墅，大半都是一座巍峨的华厦围绕着繁茂的花木，但是在他们的短墙以外，全市里就寸草也是难见的。有时虽也看见一株两株槐树或别的树木，可是显得孤零零的十分可怜。再后，迎面立着几家杂货店、一家饭馆，尽是高大的西式建筑，这使我们的车不得不转弯了，不到半分钟，眼底收来的印象，使我们完全发生另样的情调。

满地不整齐的散伏着很多的茅草的矮屋，和上海也不算罕见的江北草棚几乎是一模一样，至少是龌龊与乌暗的程度。当路是成群的赤裸裸的黑炭似的孩子们在打闹戏玩，汽车一到，好像一块石头投在麻雀队里，他们就轰然散了，车子一过，他们又群聚在后面，赶着喊："麦歇！麦歇！几个铜钱！几个铜钱！"

汽车把这些小屋掠在背后了，眼前是一片郊野，除了天上的淡绿，看不见一点绿色。右面一望无涯的都是完全装满了泥淖的洼地，要有阡陌就和水田半干时差不多，据说这是盐场，不错，远处有很多雪山和积雪的埃及式的方尖塔似的堆子，就是收成的海盐——帝国主义者所以侵来的目的物之一。

我们着了慌，赶着问车夫："你带我们到那里去？""好地方。"这是他简单的答语。不一刻我们的车进了一个四面矮屋围成的广场，荒凉得使人心里发酸，车夫告诉我们这就是有名的骆驼市；果然附近矮屋下卧着两只没精打采的骆驼，因为它的毛色和地上的颜色相混，一不留心就不觉得有它们的存在。这地方在所谓文明人的眼里看来是野蛮荒陋极了，可是我在上海华界地方经过好几处街市都引起我回忆到这个骆驼市的色调来。

再经过一段郊外的路，一大片零乱的草棚发见在车的右旁；车开得缓了，几乎停住了，一大群拖着彩裙、裸着半身的黑女子飞也似跑出来，很像一群蝴蝶，在日光下，稍显得艳丽。她们围拢来，口里都叫着："麦歇！来，跳舞，好看！"我们开了个极短促的会议，结果以多数决议：赶紧回到市上去买东西，尽早返船。

世弥非常抱歉没有看得她们跳舞，我却回味第一次经过的光景：

第一次经过是一个晚上，仿佛还是个月夜。同路上岸的总共八人，六个中国人，两个法国人，两个法国人中，一个高大、肥胖，可是个跛脚，一个脚倒不跛，可又瘦又矮小。我们一同到饭店去喝些冷东西。座间跛子扯住一个黑小孩轻轻的咕噜了几句，这小孩脸上显了些得意的笑，就在旁边候着。

我们休息够了，就由这小孩跳跃着在前面领路，似乎不如这次远，就走进了一些草棚夹成相当整齐的小街，多少门户里马上钻出了那些花花绿绿的黑女子来。在苍茫的夜色里或灯光下看得出她们头上的发尽是紧紧的卷曲着的，裙都是艳色的，赤脚，上身完全裸露，皮肤黝黑，又细，又亮，像青缎一样，乳峰年少的都是丰圆硬挺的，面部的曲线多半都很美，鼻子虽平扁却不失为好看，一对雪白的大眼滴溜溜地转着，笑时看得见她们的牙齿几乎都是整齐洁白的。舌和唇的内部都是朱色，作起态来也非常妩媚，这些大半都在十岁与十五六岁间的，老丑的就不堪形容，一定要描写出来会使人作恶的，所以我就落得节省了。

她们勾引客人的法术是很有力的，她滚到你身边来，用两只膀臂把你攀住，身子紧紧地把你贴住，一面娇声地用简单的话叫你同她去，一面用腹部像"草裙舞"般在你身上运动着，我们八个人当中除了两个法国人是有意来尝新的外，一个中国朋友就因而失了抵抗的能力。

最先是大家一齐进草棚里去看她们的全裸体跳舞，草棚里面什么也没有，只有两三架高与人齐的竹床。舞时由一个老妓领导，只有滑稽的浪态而已，引不起什么美感，大家笑笑也就完了。随后两个法国人笑着分头去了，我们六个中国伙伴里也缺了一个。

迟了好一刻，我们的黄脸朋友先带着微微腼腆的样子归队来了。又一会儿，一个尖脆的哈哈里矮小法国人也出现了，他像吃了好东西，还在玩索余味的样子。在他的四望中，跛子也随着视线一垫一垫地走来了，那一只不跛的膝头有了一团泥浆，他俩交换了一回各自的经验，矮子提议再去，跛子还感着吃力的样子，摇了摇头。于是矮子又不见了。

"此一役也"，两个法国人不得而知，我们的中国朋友未到新加坡前走路就已显出十分地不舒适了。

选自马宗融：《拾荒》，光亭出版社，民国三十三年（1944）

吃

有一天大家高了兴去听旧戏，座头拣的是楼下偏右的一方。隔座的前排椅子里塞满了一个肥人，他的头要是埋下去，你仿佛会看见一个方块的胀鼓鼓的棉花包子。我们初发见他时，他正在咬甘蔗，那削成一段一段的摆在盘子里的似乎刹不住他的火，他另要了一长节在那里撕扯。隔一会再注意到他时，他又在吃豆腐干，又一会茶叶蛋，于是引得我不断的去看他，只见他放下这样吃那样，吞尽那样又买这样，中间以烟、瓜子，作幕外活动，一直到终场，他没有停过吃。戏园也凑趣，设了许多提篮叫卖的，他们的叫声和台上的唱声一呼一应，真是别有风味。也就因此我们的方块先生才没有绝过一分钟的粮。并替他引出了不少的同调者来。

他那动作不息的嘴引起我许多的繁想：记得在伦敦时，每周必往一个公开集会去听演讲，座中有一个女子，除了裙外，上衣、领结、外套等与男子无别，口里含着烟，手里就预备糖，烟刚完就把糖塞进口，糖还没有尽时，烟又燃了。如此直到散会。这是个典型的女同志，不过领导还没有成功，所以我不敢说这就是伦敦某部分人物的风气。但在我唯一坐过的中国火车，京沪线车上，那种情况就难说不是一种旅行者的共通习惯了。只拿叫卖的人来说吧，他放下梨子香蕉，就来豆腐干，走过一转，又换成一篓咸牛肉，轮流不息，叫的声音也悠扬，也凄楚，尤其是在晚上：他一走过，在我的眼中至少要现出若干动着的嘴，耳朵边要贯入些唧唧的声音。人蹲坐得空隙俱无，许多人茶还是要泡的，于是窗沿上、地下都可以发见几把茶壶，这虽是三等车的情形，一、二等车里也是一样，不过表面上漂亮些罢了。据我个人的阅历，这怕是中国特有的现象，足见我国人的吃喝是"不可须臾离"的了。

罗素到湖南演说，湖南督军请他吃饭，据说百味杂陈，到他已不能举筷了，席还未上到一半；就是酒也是各色俱备，主人还谦说只是一顿便饭，罗素就由不得要表示极端惊讶了。的确，我们寻常请客，到终席前上座菜时，除了极有理性的节食主义者外，莫不感到腹胀欲裂。罗素既受了我们督军的恭维，又吃了我们的油大，所以不好太说我们的坏话，否则怕不把爱斯基摩人拿来比拟我们？

爱斯基摩人（Esguismaux）的吃说来也真是可怕。这是一群在北极冰天雪窖里生活着的民族，据赖都尔诺（Ch. Letourneau）说，他们要算驯鹿时代欧洲人的祖先，但也说他们是蒙古风的原是民族，文化最低的黄种人。这我们都不去细究，因为这还是一个待决的问题。

爱斯基摩人的食最具有出人意料以外的大，只一个少年的爱斯基摩人在二十四点钟内就吃了八磅半的海豹肉，一部分生的和冻的，一部分煮熟的，另外还吃一磅又六分之一的面包，再加上一罐半极厚的药汤，三杯葡萄酒，一大杯 grog（糖水、烧酒、柠檬混合成的饮品），又五瓶水。

英人罗士船长（Capitaine Ross）谈过这样一回事：有一天，一些英国人杀死了一条麝香牛抛给一小群的爱斯基摩人，他们就亲见了一次饱餐大会。这些土人把死兽的前半身完全割成些长条，用一个整天的工夫把它一齐吃掉。这长条是一个传一个的吃，很快地就由长而短而尽了。每个预餐的人尽量地把长条的一头向嘴里塞，塞到没法再塞了，然后用刀齐着鼻子割断，还尽力地嗅着肉香递给别个。有时吃不了，要缓口气，便横躺到他们的床上去，一面哀叹着自己不能再吃，只要一有再行进食的可能，他们又狂吞大嚼起来。这因为他们虽则躺下，手里剩的肉和握的刀仍旧是没有丢开的。

什么浓腻的东西他们都喜欢吃，英人巴里船长（Capitaine Parry）遇见过一些爱斯基摩人把海豹的生油也抢着大吃特吃；英人皮袋里剩的油也被他们吸得一滴无存。就是三岁的孩子们也能吞食生鱼，吸饮生油和成年人的贪馋无异。

所以罗士把爱斯基摩人比作猛兽一样，他最大的快乐就只吃，吃了又吃。但他们到底是人，惬意的自不止这一件事，不过这是享乐中最痛快的一件罢了。我们且看李容船长（Capitaine Lyon）如何给我们描写一餐爱斯基摩人的盛宴："辜里杜克使我看见了另一种爱斯基摩人的新餐法。他一直吃到迷醉了，脸上发红，发烧，口也大张着。在他旁边坐的他的妻子阿尔纳鲁阿，看守着她的丈夫，替他用食指极力塞到口里一大块一大块的半熟的肉。到他的嘴已塞满了，她就齐唇边把余肉割下。他慢慢地嚼，到刚觉有点空隙，又是一团生油塞了进去。在这样进餐的时候，这幸福的人动也不动，只有下巴才微微动着，连眼睛也不要睁；可是每逢他的食物能留出个空子使声音通得过时，他就要发出一种很有表情的哼声，以示他的满意。他嚼得油流到满脸满颈都是，我因而相信一个人若是吃得太过、喝得太多就越近乎禽兽了。"

这是美洲的爱斯基摩人，还有居在亚洲，和阿纳第而河流（Anatir）相近，受了俄国化的朱赤（Tchoutches）族，也与他们的食欲不相上下。有一家八口的人家，每顿要吃二十公斤的鱼，用茶下着吃，单是一个老人就喝了十四碗。他们用腹部贴卧在他们的茅棚里，用极可怕的脏手抓着一块一块连刺都不除的鱼就放进嘴里。嚼食后才把骨刺吐在盘里。他们吃得来响声四起，直到两个钟头之久。

又有一个康查大勒（Kamtchadales）族比朱赤族进步一点，他们已知道豢养驯鹿，可是食量依然不肯多让他们的同种兄弟。我们且看他们大请客时的盛况。

在北极地带住的人，生活上有两种极大的痛苦，就是寒冷和饥饿。康查大勒族的礼节就要使请客时有极丰盛的饮食和极高度的暖气，直到受也受不住了才行。在这种时刻，主人不吃，耐性地等着再也吃不下了的客人来向他告饶。在宴会开始时，主客都脱得精赤条条的，这是个内部的习惯，在所有的爱斯基摩人间都是一样。客人于是尽量大吃，吃得汗流，一直要到实在没有法再吃了，才肯宣告败阵，告退时呈现主人以相当的礼物。

假如是请的几个人呢？那么，火就可以烧得小点，但吃是一样地没让手的。主人用海豹或者鲸鱼的油裹成像香肠样的长条敬客。主人自己跪在客人的面前，把油裹的长条向客人嘴里尽量地塞，然后用他的刀斩齐着嘴唇把留在外面的割下，和上述的美洲爱斯基摩女人喂她的丈夫一样。

写到这里，那方块先生的背影恍惚还在我的眼前活着。

选自马宗融：《拾荒》，光亭出版社，民国三十三年（1944）

装　饰

　　看见现代的女人的穿高跟鞋，烫发，剃掉原有的眉毛来另画两道直入鬓角的线条的长眉，涂脂抹粉，搽红嘴唇，——这毛病还传染给一部分时髦的男子——戴珠光灿烂的耳环、戒指、臂钏，我们的前进一点的思想家已深叹文明进步的迟缓，现代社会里还遗存不少的野蛮习惯，其实拿不久以前的缠脚、束胸，和欧洲人的裹细腰来看，却不能不算已有长足的进步。

　　但人类为什么要变更或残毁自己的面孔和身体，去求所谓美呢？这是件源远流长的事，我们且听耐都尔诺（Ch. Letourneau）说："想要好看，就是用自己的身体的颜色、模样，使自己和人发生一种有情趣和愉快之感的，不是从人类起。许多畜类，已经感到这点，并且已经表现出来，尤其在求爱的季候。在许多鸟类中尤其是难于否认的事实，有的善于整理它的羽毛的，晓得美妙地把这羽毛显现出来，夸张那耀眼的色彩。关于这点，若干的鸽类、火鸡和孔雀等算得典型的例子。"耐氏以为人类最简单和最初的美的感觉，就在装饰的爱好，这是在地面上各处都是如此的，哪怕在还不知道绘画和雕刻艺术的民族中，若南美洲的火地（Terre de fou）的民族，都没有例外。"人类绘画和雕刻在一切身外物体上之前，先在他自己身上绘画和雕刻。"

　　这里会发生美的标准问题：许多我们以为美的，在其他文明较低或较高的民族看来，或许要感到可厌；许多所谓野蛮人作些扮相出来使我们在夜里遇见几乎会吓得死的，偏是他们认为最美、最漂亮的样子。例如文身及残毁肢体的风俗就产生许多极可笑或极可怕的怪相。

经过锡兰岛时，看见那里的居民男子有的在眉间画着红或白的各式标记，有的把额颅弄得灰扑扑的，额上画着几道不大分明的白痕。女子臂上的钏不知道有几副，指上的环也不知有几对，耳朵上无论男女都有耳环，不过女子所戴的样式更多，重量并金质的最为普遍，无论男女有的都把耳垂坠得成了一个大肉圈，女人并把鼻孔的边壁上戳一个洞，安着一颗金纽似的东西。在我们看到真觉得有些不顺眼，但在他们不是用为"级制"（Casre）的标识，就是为着增加自己的美观的装饰。这边是文明发达最古的地方，若周览文明较低或几乎没有的民族，就越是怪异百出了。

澳洲北部，天气比较热，居民终年裸体，皮肤都是巧格力色，其余各处多用兽皮遮身。他们偶然得到一点欧洲人的遗物，就自认为已经文明。Lumholcz 在坤斯兰德（Queensland）离海很远处曾遇见两个土人，一个穿了件旧衬衫，一个戴了顶女人的帽子，自觉洋洋得意。但这是并不流行的装饰，一不见有欧洲人瞧着他们时就扔开了。

一根用兽毛搓成的线编的细绳就算他们的腰带及颈饰。有的人的颈饰是用珊瑚或者贝壳穿成的。还有的以一把兽毛用蜡使它固定在肩上、胸上、背上或者是屁股上部的周围，这都是他们的名贵的装饰。还有的就用极薄的石片在他们的身上把皮肤割开，从胸到颈一条一条的像带子样，胸的两边，乳头上面斜划两道新月似的曲线，若把乳头当做眼睛，这就像两道竖立的眉毛。在肩头上也划许多伤痕，像肩章上垂着的穗子，然后用灰去填住，或使蚂蚁在上面去跑，使伤口不能复合，到匝得够高了，才让这些伤痕渐次平复，那么就可得到一身隆起的纹了。可是这在女人是要受严紧限制的——这是野蛮人间的通例。

又有很多的男子在鼻翼下，两孔之间穿个洞，横贯一根骨质的小棒，认为是极美的装饰，有时得到一根欧人的烧料烟管，就很高兴把小棒丢掉，把烟管穿上，向人夸耀。遇有节日便在身上画着白的、黄的和红的线条。戴上一顶鸟毛镶粘成功的各色花样的帽，有高到数尺的，形状多与棕榈的树身相近，顶上饰上丛毛，也很像远看的棕叶或棕枝；从顶到帽沿的花样很变幻，有时延到脸上通是"花零鼓当"的，颔下又藏着一部大胡子，好像一个棕榈树精样。这就是他们的盛节的舞装。

在墨拉来西亚（Melanesie），红是最上的颜色。染色化妆一般都爱用红。澳洲漂亮人在赴跳舞会或往会友之前，在他们的胸前、腿上会画许多红白交错的线条，画成，顾影自赏，高兴到路都走不来了。

文身漆身的风俗在野蛮人中很通行。非洲拱戈的邦加列的人，男女多把额上头发剃个三角形的缺口，从缺口起到眉间为止，作一串差不多与眉心同宽的鼓出的肉纹，鬓边、耳旁，各有一朵浮雕似的肉花，多作丛叶形状。许多拱戈女人背上都满雕着复杂的花；男子两臂也雕着美丽的花纹，既工细，又隆起，若在相片上看来，简直与古铜上的浮雕没有两样。遇有节日，无论老少男女，把身上都画着白、红、蓝、黑各色的花纹，连头发都要染红。

蒙布杜的人无论男女从小都用带把头缠起来，使头不得往宽处发展，而变成一个长形，额以上到头顶几乎与脸部同长，以为美观。

萨拉女人的唇盘，尤为怪异！当幼小时就在她的上下唇的中间割一个小口，先只用一根草把口子撑起，慢慢地改撑以小木棍，渐次渐次加大。因此使唇部扩张得很大，尤其是下唇，简直成了两张宽长且薄的皮了。这皮是用来装置一个直径二十四生的适当的木盘的。在上唇里另装一个较小的。为要位置这两个盘，不惜把上下门齿一概拔去，使盘支持在第一臼齿上，以便唇的运用。有时不幸嘴皮破裂，女人仍不甘心，必要把破皮的一端连起来把盘再行装上，这样美妙的装饰，我在一次有声影片中曾经见过，真是有趣！她们仍要吸烟、喝水，喝水时把水先倾在下唇的盘内，然后仰起头来吞饮。说起话来，上下盘相击，剥剥有声，极尽丑相。到了这嘴皮一破，再破，不可收拾的时候，就只有几条皮拖在胸前，鼻子下面显出一个黑洞，直不是一张嘴，一个人形。

像这样有牺牲精神的爱美，我们真算是"小巫见大巫"了！

选自马宗融：《拾荒》，光亭出版社，民国三十三年（1944）

罗马一瞥

一　罗马一瞥

意大利的每一个城市都烙有牠的历史的火印，从牠的建筑、市街，这里那里的遗迹，熙来攘往的人们的态度气概等等，都可看出与他处绝不相同的特色。这些，尤以罗马为甚。

罗马依据传说，当纪元前七百五十四年，或更早，便已存在了。这个城的创建史简直是一番神话。牠的位置在拉丁、爱图鲁里及撒宾三民族交汇之所。起初只是一个较强大的乡村，一个市集。经过诸王竞雄时代，曾建立共和制政府。继续由各民族互相兼并，遂成罗马帝国，攻略甚广，就说全欧文明诸国均为其所开发，也无不可。罗马帝国衰亡后，此城为教皇所据甚久，直至一八七〇年，意大利统一成功，意王维克多·爱马努尔始以罗马为都城，使教皇居于瓦堤岗内。

罗马人口依一九三一年的调查，有一百五十七万六千四百七十五人。面积的广大不特远不及伦敦、巴黎，就是同国的米兰也比牠繁盛热闹。可是气候的温和，多数日子总是天清气朗，使居其地者终年不至有窒闷之苦，却是牠的特色。

罗马的天色，尤其在冬日的天色，真使人时时追忆不止。蓝宝石，蓝天鹅绒，翠鸟的羽色，一切附着物质的颜色都难用来形容那清空的蔚蓝。只有成都的初秋时节，在晴日当空、蝉声恼人时，有一抹如罗的薄云衬着的天，望之使可使暑气顿消者，差可与之比伦。

在这种天色之下，你在这里的墙头、那里的坡顶，望见三株两株，以各种姿态高撑着的，树身长而清瘦，顶如伞盖的苍松，真是别饶趣味！郊外呢，近看，你可以见到地上种的有葡萄、蚕豆，或其他植物，随时令而异；远望，只见陂陀起伏，显得有些荒落、苍古，使你想见游览古迹时的败瓦残砖、破壁孤窗，有同一气象。在这时，你若熟知罗马古史，你会有千般的想象，思潮起落，把你动荡着，使你虽不是个诗人也要失口吟哦了。

你初到这崭新的罗马，方一入市，扑面迎你的只是不断的古罗马的遗迹：不是砖石剥落、绵延不绝的引水壁，就是屹然耸立、记功的碑坊；这里一段颓垣，那里几处败址，都似在矜夸牠们的过去，促起你回忆牠们的伟大的历史。

罗马的街路大半都是用方块的青石砌成，映着两行浓荫蔽日的树，树后一派式样清雅的房屋，更添些苍秀的意趣。虽是电车、汽车、马车与其他都会一样，色色俱备，但若非要去的地方过远，总觉得还是安步徐行更为舒适。

罗马与其他都市一样，住屋也闹着恐慌，所以在市内接近中心

马宗融 / 109

的地段，很难找到可以分租的人家，也无巴黎式论月租屋的旅馆。因此在罗马住的时间较长而又爱清净者，多半都在离市中心较远的地方赁屋，否则惟有住"邦兄"（Pension 公寓）了。罗马肯分租的人家大概都是能供给饭食；"邦兄"在情形熟悉者，常能得到取费低廉而房饭都很讲究的。

罗马的饭店与巴黎的一样讲究，习惯略有微异：巴黎午餐先吃一碟子凉菜，晚餐先吃一盆汤，然后再吃肉、菜、水果等；罗马晚餐与巴黎同，午餐先吃一大盘面，面长几不可尽，食者多用叉卷裹成团，然后再送往口内，我第一次在罗马午餐，只一盘面就把我吃得大饱了。

罗马的咖啡馆多集于闹热街道：柜台头上总是立着一个雪亮的银色铁桶，桶上栽了两个臂似的管，管端各有一个莲蓬式的东西，一个人站在那里把一个两脚漏斗里装上咖啡粉，向莲蓬上一凑，一扭，复将旁边一个机关一拨，那漏斗的两脚便淌下两股黑汁，流在两个放在那有孔的铁盘上的杯里。这杯咖啡的香美，真可说世无其匹！我自己泡咖啡至今十年余，仍未发现那种味道。

咖啡馆市内及阶沿上都有清洁的桌椅供客坐谈，天暖时外面桌椅更多，倘若馆前是个广场，咖啡馆就延伸到场上去了。这种露天咖啡馆晚上特别有趣，所以华灯初上即告座满。同时在柜台前立着喝咖啡或旁的饮料的人也很拥挤。

罗马还有一种牛乳店是他处所无的。这是供人早餐、消夜或小吃的。座场虽小而布置精雅，有鲜乳、乳脂、奶油、各色干酪，亦有咖啡可可等类。冷肉、煎蛋及咸甜点心随时俱备，暑天还有各种冰饮。其性质略近伦敦的 ABC 等小饭店，却另有一种特色。

还有一种装饰华美、组织特异的浴室，只怕除意大利各处和罗马外，他处不易见着。这种浴室在稍微闹热的街道都有，门面很富丽，进门左面是理发厅，右面小小一个搽鞋室，此室紧接另一小室，即修理指甲室。浴间洁净便利，浴客依序而入。因每人独自占一间，故不分男女都能往浴。每一甬道大约有十数浴室，置一女役司管；甬道口上都有一个小桌，桌上上置一木盘，以便客人去时随意投给小费，此与上海浴室之臭气熏蒸、裸露相对者，文野何啻天渊！

罗马并不是没有困苦艰难，但罗马人的神气似乎总是快乐的多。春夏天日暖风和，女人们都穿着极鲜艳的衣服，点缀得市内郊外，都和花园一样，也是一种奇观。总之，罗马的自然环境和生活环境莫不使人感着人生是艺术化了。

二　现代罗马景物

国民路是罗马漂亮而宽广的街道之一，在一八七〇年即已筑成，虽无什么特别，却也不俗恶。因人口的增加，市面的繁盛，这条路也就重要了。其与中心区的交通，全恃一个隧道，这隧道是从规离纳花园下面建通的。

规离纳宫原是教皇夏日所居，因为牠占的地势比瓦堤岗（教皇宫）略高一点，空气较为流通，但自一八七〇年来即改为意王的王宫了。

宫前一广场，名蒙特·卡瓦洛广场，点缀有御马武士数尊，景色非常秀丽。场形不正，却正以此很得法国大文毫斯当达尔的称扬，以为是罗马及世界最美的所在。

从隧道或四井街可以走到西班牙广场，这个广场若无提里尼特·德·蒙教堂的大石梯为之生色，怕也就很寻常。广场中对着梯处有一个白尔离离修的舟形的小水池；梯顶便是教堂，耸着一对如角的高塔，梯脚排着许多花摊，几个老妇或少女持着花叫卖。你将上梯时，若向左边房屋一望，可见着"雪莱及季慈故居"的字样，这是十九世纪英国的两个大诗人，都在罗马寄居甚久，季慈且死在那里。你若好奇，便可买张门票入内参观。这是一个小小的卧室：沙发、椅、书桌、书架，各种陈设，据说布置一如季慈生前，特意保存着供仰慕这两位天才诗人者的凭吊的。

这里是个外国人住居的区域，尤以诗人、艺术家住得更多。法国现代心理分析派的大小说家保罗·布尔热曾把此地在他小说里抒情的描写了一回。与教堂相近的一条窄小的格勒哥里亚纳街，为艺术家及文人所极端迷恋，街口一所房屋是斯当达尔的旧居，黄昏时候，自其最高层眺望罗马，景色非常奇妙，因而致斯当达尔在他的《罗马闲步》里成功了几页很美丽的描写。

从提里尼特·德·蒙广场到麦底隋师别墅是很容易的。这个别墅是十六世纪筑成的，十七世纪时属于大教主亚历山大·麦底隋师，继复属于托斯堪公爵。一六三〇到一六三三年，倡为地动说的大天文家加里列曾被幽囚在这里面，所以是个很值得纪念的建筑。到一八〇三年改做了法兰西书会的会址。

由此经过宾曲公园，便可望见那巍然矗立，白色耀目的维克多·爱马努尔的纪念坊。那里就是罗马的中心，旧城的所在，一面界以特未勒河，一面限以两条大街，即翁白尔脱大街及维克多·爱马努尔大街。在中世纪时差不多就只这中心地带才有人居住，就是现在也是人烟最稠密的处所。

这座纪念坊虽有不少的人加以憎恶，认为出自俗手，但也有很多的人评为近代意大利的杰作。自一八八五年动工，一九一一年方告落成，用以象征意大利的政治统一。飞狮列在两旁，中建祖国坛，坛之上端有意王维克多·爱马努尔第二的铜像，坛下则为无名英雄之墓，上下左右的雕刻物都各有一个象征的意义。记得我一九二二年九月末到罗马，十月初一日便遇着法西斯蒂党进占这历史上的名城，一时短棒黑衣，到处都是：这里捣毁了报馆，那里又在焚烧书籍，终日夥喇夥喇之声音不绝于耳；不是听着一个议员被打得半死，便是听见一个社会党党员的家里受了残酷奸杀！在那个混乱时代，这座纪念坊前的广场里最热闹了。一则因为阅兵宣誓都在那里，再则因为墨索里尼所驻的威尼斯宫就近在咫尺。

威尼斯广场算得罗马的中心点，对面是纪念坊，左边是威尼斯保险总公司，右边即威尼斯宫。这座有名的建筑是大约在一四五五年为大教主巴尔博建造的。后来教皇毕第四把来赐给了威尼斯共和国，令其大使驻节其中。在一七九七至一九一五年间又驻过奥国遣派到教皇前的大使。一九一六年由意大利国家收回，作了首相的官邸。

这的确是一个伟大的建筑，其门窗的形式都很古朴，望之令人发生快感；屋顶周围有垛，檐饰远望之有如垂琉，十分雅丽。前后的热闹的街市，恐怕也就因为有它乃不感尘嚣和市井气味。

我们若回头走去，越过纪念坊，不远就可望见岗壁垛略山，这是罗马七个著名小山之一，这山两面突起，中间凹下，凹下处即现今的岗壁垛略广场，乃依照文艺复兴时代大雕刻家米格·兰吉诺设计布置的。到十七世纪方才完成。对着上山的高梯是上议院；左边是岗壁垛略博物馆；右边是古物陈列馆及近代绘书陈列馆等；中央一尊马尔·奥赖尔大帝的乘马铜像，生动有致，精工异常。

山左有梯一百二十四级，顶上有一座最古的圣·马利亚·达拉色里教堂，右方有路可通车马；中央是宽广而又不陡的梯。梯底下陈列着两只仿制的埃及狮子，梯尽处有两座天神之子加士多尔及波吕克司的像；左面亦有塑像，并有槛笼关着鹰与狼，这是罗马的象征。

说到这狼与鹰，却关着罗马创建的一段神话的故事。据一般传说，当希腊的妥瓦战败后，王子恩来出奔到拉丁，颇受拉底奴司王的优遇，把女儿拉微尼亚配了他，他便筑了一个城，就叫作拉微尼亚城。三年后战争复起，他竟落水而死，当地人即奉之为神。他的儿子阿士甘义迁往离罗马二十粁的阿尔班诺山，就在山岗上筑了个城。这城不久就成为拉丁各城的最强盛的了。由是传了十二代后，出了两弟兄，一个名叫努米多尔，一个叫阿姆里司，争夺王位；阿姆里司夺得王位后还不称心，把他哥哥的一个独子谋死，一个女儿逼作童贞女，令其孤苦一世。偏她又从战神马尔士得了孕，一胎生了两个儿子。阿姆里司闻知此事，便把他的侄女处死，把两个婴孩抛入特未勒河中。谁知河水泛滥，把装着两个婴儿的篮子冲到巴拉地诺山脚之下，挂在一株野无花果树的根上，两个孩子丝毫无伤。忽有一只母狼到那里来喝水，就把他们带回洞里去哺乳养活着。到他们有了别的食粮需要时，便有个啄木鸟来替他们衔运。

后来一个国王的牧人看见这些情形，感着奇异，便把他们抱了回去，令他的妻子抚养，一个取名罗姆鲁士，一个取名赖姆士，他们就在这巴拉地诺山上同着他们的寄父的儿子们长大了。一天因了努米多尔的牧人的暗害，反使他们被努米多尔认出，迎了回去。不久，努米多尔的同伴把阿姆里司杀死，就扶努米多尔为王。

罗姆鲁士和赖姆士都爱恋他们的故居，商量在特未勒河畔去建筑一座城市，可是他们兄弟俩却争论起来；一个要筑在巴拉地诺山，一个要筑在阿文顶山，且各人都想用自己的名字去做城名。因之解决不下，遂相约试卜神意，看谁能得着一种特别的征兆。次早天方微明，赖姆士便见着六只鹰飞过；但太阳既升后，罗姆鲁士却看见十二只鹰近着他飞；因而又各引符瑞为争，但牧人都愿归罗姆鲁士，所以他就在巴拉地诺山建筑起城市来，便是现今这罗马的起源。

由威尼斯广场经翁白尔脱大街可到平民广场，这个广场很广阔而整齐调和，形作椭圆。在三条街口间立着两座教堂，在左者名圣·马利亚·德米拉戈里，在右者名圣·马利亚·孟特桑脱。教堂对面是平民门，一座美丽的建筑：当中高耸一个平顶的亭子；下有左右两翼抱作一个半圈形，每翼之端都有一个人面狮；正正在亭的下端，有很多大理石的雕刻，一面是一个海神立在他的两个儿子之间，一面是罗马夹于特未勒及阿尼沃尔河之中。后面一排浓厚的绿树，从那里便可登上宾曲公园。在广场的中央，有四个水池，都饰有狮子，是教皇列翁第十二时代的遗物了；中立一个方尖碑，是奥古斯特征服埃及后从赫里约波利亚司迁到罗马来的。

从平民广场取道翁白尔脱大街，到一个十字路口，左向有一条干商店圈成的广场。这个广场里除有秀美的水池外，一座高四十二尺的圆柱形的纪功塔极能惹起游人的注意。这是纪元一七六年至一九三年间建造来纪念马尔奥赖尔战胜日尔曼人及撒耳马西人的功劳的。塔基是方形，四面都有题记；塔身环绕而上都是浮雕；下半段刻的是与日耳曼人的战争，上半段刻的是和撒耳马西人交战的景况。内部有梯一百九十级，可达塔顶，顶上有个方盘，环以栏杆，立着一个雕像。

一天，有两三个意大利朋友告诉我，罗马有一家店铺有两样很著名很特色的吃喝的东西：一是"枇杂"，一是"爱斯醒，爱斯醒，爱斯醒"（est）；凡是熟识罗马的人莫不争往一尝，问我愿不愿也去一享口福。我便要求他们带去，他们于是允许在晚饭后来约我。

晚上我们所到的就是科隆纳广场，我发见一个阴沉沉、冷清清、丝毫看不着里面的店铺，他们说："进去！"我便推开门向里走：夥颐！真是"座上客已满，杯中酒无空"呀，黑压压地坐了两屋子的人！

这个铺子里所见完全不是欧洲现代一般的布置。两间铺面从中打通，满设着一种像上海八仙桥小菜场卖汤团的小摊所用的长桌子，桌的两边安着等长的长凳；壁上并无装饰，地板也脏而且旧，很像中国内地的小饭馆。此时人既满了，好容易堂倌替我们凑出了四五个位子，这才坐下。只见差不多每个桌子后面都站有几个人在那里候着"补缺"！

不一会堂倌送来两只腹作球形、颈细而长的瓶子，满盛着白葡萄酒，较之普通的色淡而清，于是我们各人面前的杯子立刻就满了。我等不及让，赶紧送到口边一尝："呀！真是醇、香、甜，有美皆备的好酒！"他们见我称赞，便说："你算得知味，这就是名传遐迩的'爱斯醍，爱斯醍，爱斯醍'啊！"我正要问这是什么意思，偏是堂倌又来了，我向堂倌手里望望，便说："不消说这就是秕杂了。"

原来秕杂是一种饼，很像北方的烙饼，只略厚一点，上面敷的有干酪粉和番茄酱，干酪被烘，变得像麻糖样，劈一块饼，总拖着几条丝，大家就那样啰里啰嗦地吃，并不用刀叉，倒也有趣。至于"爱斯醍"的故事却是这样：从前有个大诗人，他把各处的酒都尝到了，总没有称意，一天在罗马附近一个地方的一家店里吃着这个酒，于是极声叹赏，就在这店前题了"爱斯醍！爱斯醍！爱斯醍！"三字而去，因此这个酒就得了名。"爱斯醍"即"在这里"之意。

我们大家于是就共同与在巴黎、里昂等处的朋友各送一张纪念此夜的花邮片，片末便写着"爱斯醍，爱斯醍，爱斯醍！"

三 古罗马的遗迹

罗马的覆陇乃是古罗马一个极闹热的处所：市场、裁判庭、集会演说等等都在此地。天神、和合神、和平神、太阳神、月神、火神等各神庙，罗马大帝君士坦丁的祠宇，悌都士的得胜门等都在里面，彼此且相距不远。当时各处都满布着铜的、大理石的、象牙的种种精工的雕刻，其富丽辉煌的景象，我们现时就想象也想象不来。

现在呢，一望全是废墟：这里或那里，三根或五根的石柱，顶着一块摇摇欲坠、剥蚀不堪的门额，据说这是旧时某某祠或某某庙；即使一所两所的建筑尚能保着外形的完整，只是悄然于清风白日之下的光景，已够使人有多少怅触了！

再看那一行一行参差不整的断柱，一列一列的残缺的大理石像，据说都是由专家按原址布置的。我们脚下不是跌着残砖，便是踹着断瓦，石缝里处处都迸出些又深又茂的荒草，偶然也有野树间杂其中，开着几朵憔悴的花。一望尽头显着荒凉，使你全忘了外面的闹市。

这里是诗人作梦的床，他们梦见这一切一切都恢复了原状，他们梦见古罗马的伟大！这里也是画家的模本，他们到这里来寻求残破的美，接受古代艺术给予他们的伟大的灵感！

每逢星期或节日，就有许多考古学家，或是带着一群学生一处一处去手指脚画地讲解；或是站在一株横卧的大柱上讲演一部分古物的历史。有时成群的从全世界各国来的教士们也散步在这里的各处，从高处远远望去，他们的黑色翘边的教士帽子一滚一滚的好像一群蝙蝠在飞着，到黄昏人稀时他们便把那里点缀得更凄清了。

游覆陇既竟，出君士坦丁得胜门不远，即可望见戈利赛，也有人叫作罗马斗兽场。这是个庞然大物，走近看，觉得牠把天都遮黑了，俨然一座小城；远望，又很像一个雕着空花的缺口大盆。因为牠有一面的顶部已经倾圮，但就是这点添了一些有趣的姿态。这是个伟大的遗迹，足以表现罗马人的精神，是罗马的象征！

法国大哲戴纳曾咒诅古代罗马民族的残忍，的确，你只瞧瞧这戈利赛，想象当时高积如山的八千观众围着一个广场，欢呼着看那里面野蛮的、流血的人兽相争，是几何惨烈啊！据传仅奥古斯特一人手中已置一万斗士于死；他阳尤甚，以四个月的时间，命一万人绝不停止地与猛兽相搏，此一万人非斗死即自裁。罗马帝国的初期，还止以罪人与猛兽相斗，后来就是从被征服国擒来的俘虏也免不了要受这种处置。耶稣教徒之死于狮虎的爪牙下者，也不可胜数。可是把流血当做玩艺看，以痛苦供人的快乐，今人并不让于古人，不过形式不同而已，现代的人又那配深责罗马民族呢！

戈利赛的热闹随着罗马民族寂息了，牠的一切华美的装饰也都被时间褫剥了，所剩的似一段烧残的蜡烛，似一座被弃的野灶。来凭吊的人们已不再去回忆此中所演的惨剧，他们景仰罗马民族的伟大，感谢牠对现代文明的赐予。

斯当达尔曾这样地告诉我们他所赏鉴的戈利赛："最美的或许是当那游览者立在斗士奋战的场中所见的，他只见这广大的废墟高耸在他们周围，最使我感动者，是从这座建筑的背面的最高窗上看出去的那种一碧如洗的青天。"这是白画的景色。戴纳又曾描出了他晚眺时所见的情景："倚在一个高可及胸的石础上，我们瞧看那戈利赛。仍旧完整的那一面的壁是全然黑的，并似一跃而起，其势雄伟。又似向外倾侧，将超崩坍。在已毁败了的一面上，月亮注着一种透明的光，直使人可以辨出那惨红的砖色。在这样清澈的天光下，斗兽场的圆形益更分明；牠成了一个完整而巨大的东西。在这可惊的寂静里，可以说它独自地存在着，人们，各种的植物，一切逝水似的生命都是一个浮影。我从前在山中有过这样的感觉；众山亦然，才像是地上的真实住居者；我们忘却了如蚁的人群，并且，在作牠们的帐幕似的的天下，我们猜测这些老怪，不动的主人，永久的支配者的哑默的谈话。"就在这样的一个戈利赛里，我曾和几个朋友们过了一个很有诗意的晚上。

一天，太阳方才落尽，紫霞还未全消，已是一轮带着凉意的月，越过那顶伞似的松，把一块宾曲公园的小圆池边的暗影吞却了半边。我们几个人这时正坐在池边的凳上开谈，陡然看见那块黑暗里的月光，我便说："大都市里的电灯把月亮欺得真可怜，你们瞧，牠只偷偷地藏在池边那一群小树下，一会工夫恐怕还是会被暗影赶走；但是，若在乡间，此时怕就只是牠的世界了！啊！罗马什么都好，不能领略一下清澈的、毫无尘嚣气的月夜光景，却与其他文明都市相同……"

"你不要失望。"波君，我的以常川游览指导自任的好友接声说，"罗马确与其他都市不同，一点缺陷都没有，只要你作个东道，我包你不须往罗马郊外，只缓缓地散步一二十分钟就能叫你满意。"

他原来就把我们引在这戈利赛来了。这时月亮还框在一堵高墙的窗里，月光却从旁斜射在对面一部分断壁的顶上，我们从黑处走进来的，眼睛还不至丝毫不见，所以隐约可以辨得出广场中并无一人；只听那边有人在拨动"齐达儿"琴，这里又有人在低声试曲；有时闯进一块地方，偏遇有男女三五人方在布置肴酒。因之走了两轮圈子，还没有找着一个座场。忽听见萨君的声音！"这里来啊！"我们这才看见一横短墙，里面一个极矮的土台，两边又有浅壁分隔，很像戏馆的包厢，布置方妥，觉得到处都是闹营营的低语声，似乎人已来得不少。须臾一个宏亮的歌声起来把这些都一齐压下去了，只有琴声随和着。这时似感知己，故欲与人亲近的月，已超过了高墙。到歌声止息，琴声亦划然而止，四面掌声雷动，方知道先得我心的人实在不少！这也见罗马一般人生活趣味的浓厚。

在覆陇之南，有一个似供游人登临的高台的山顶，在那里回看覆陇，一览无遗，很像一张鸟瞰的图画。就是罗马，也大部分尽收望中。在败壁颓垣掩映中，一方一方的花畦，里面百卉齐放，这时候由不得人一面欣赏着自然，一面起怀古的幽情：因为这就是七座名山之一的巴拉地诺，罗马的根蒂，诸帝的故居，曾作过世界的中心。虽是历史已成了过去，可是少年罗马正赖这死灰的火种燃烧着他的雄心！

从巴拉地诺，可到阿文顶山，即赖姆士曾想筑城的地方，旧时的平民区，当时患太挤，如今又嫌过于荒凉了。

至于卡拉卡拉温泉浴室，当时的奢侈光景我们无论如何也想象不到，在阿匹亚路上，牠的门面竟长达三百尺。配以无数的精美的雕刻，其著名者如法尔来事的牛、拉波里的加里比日、维娜斯等等。洗浴，当罗马帝国时代真占罗马人——自然是富而且闲的罗马人——生活中的最要位置。最先是微温浴，既又风行热水或热蒸汽浴，最后复又流行冷水浴。每人有一个浴室，因为里面有很多广大的浴室，闻有室一千六百所以容纳浴者。另外还有游戏室、体操室、图书室、花园等附之，现在我们只一看那回环曲折的甬道，和尚未完全湮灭的许多巍峨的遗址，也就可以想到当日盛况了。

四　罗马的古物

人类和畜类不同的只有一点：就是他们知道回忆他们的过去！一个人回忆的不仅他自己个人的生平，并及所属的全体民族的发展历程；他若是知识稍富，他的回忆便要以全人类作对象了。追溯我们的既往，专靠史籍是不行的；不但文字尚未发明的史前时代，我们全赖些先民的手泽与遗迹传递些邃古的消息，就是文字的记载要想成为信史，也要有不曾消灭的古物作些事实上的印证。欧洲人深明这个道理，所以那怕是一小片残瓦、一小块碎砖，只要确知是古代的遗物，便要精谨的研究，务求得其出处，然后别类分门陈入博物馆内，任人鉴赏或参考。罗马一处一处的废墟皆占地数十百亩，而意人不仅听其存留，一年培修保护不知还要费财几许。私人住宅偶有一石一柱，辄仍置原处或镶嵌于门前墙上为荣。雪莱曾说："罗马这城市是死者所有的，或可说是不能死者所有的，他们的生命长过这些衰退的后代，这些都是生而复灭在这块他们永劫地使之神圣了的地上。在罗马，至少那些初来怀着热情的游人，只知道有古代，不知道有什么意大利人。"至于意大利人呢，一面傲视世人对罗马的崇拜，一面仰慕先民的伟大，益励其极度向上之心。

回顾我们中国，则事事痛心。偶有侥幸存留数百年的古迹古物，只要一经当局或有力者的注意，便可立成乌有。消灭文化是近世亡人国者所用的恶辣手段，而我们中国人偏不断的自行残毁，不知是何居心？口倡的是"民族复兴"，实行的是"民族自杀！"中国人贩卖古物于外国，行所自然，似是出诸天性；罗马本身几乎就是件古董，倘使罗马是在中国，不知亦将逐批售出否？有人忧心中国古物流入外国，中国人将来考据古事，势将远涉重洋去大丢其脸；我以为其实这还没有什么，人家替我们保存起来，总比完全消灭的好，况乎我们还有人发了一注财！

因为方才说过了意大利人对罗马古迹的那样爱护，又要说到他们对于古物那样丰富地郑重地收藏，就惹起这番牢骚，现在且丢开罢，还是正文要紧。

我们知道岗壁笃略山关了一只活的牝狼，岗壁笃略博物馆却保留着一只极古的铜铸的牝狼，乳下还有两个孩子正在吸奶，就是罗姆鲁士及赖姆士。据传纪元前二百九十六年，在被尊奉了的无花果树下也有过一个正在喂乳的铜狼，牠的头是回转来看着两个孩子的。岗壁笃略博物馆的这个头并不向着牠所乳的幼儿，两胁显得十分肌瘦。这是一四七一年发见的，牠的铸造期大约在纪元第六世纪，出自旅意的希腊人之手。

还有一座"将死的高卢人或斗士"也非常著名。这雕的是一个高卢人——法国人的祖先——右胁下受了一飞枪，跌仆在他自己的盾牌上。他的嘴上有一抹小胡子，脸上的表情很有些雄气，短发上冲，更觉显得狞恶。他的全身裸露，项上戴着一个颈圈，浑身筋肉都表现得非常有力。因为当时的艺术家雕刻"蛮人"时，总回忆着希腊的力士。他的伤中在要害，一手斜支着身体，一手撑在膝上，很安详地待死。

在温浴博物馆也有一个高卢武士的雕刻，大约和上述的一个同属于一件战争故事。这也是一个怒发赤身的高卢人，方把他的妻子击毙，以免敌人虏获。高卢女人穿着一件长袍和短的披襟，倚在她丈夫的臂上，业已气绝；男子怒目盯住敌人，回手用剑向自己的喉间刺入。作者一面力求写实，一面也表现着悲壮。虽在以好奇心研究这些异族人的面貌和身体，同时也尊敬他们的勇于赴死，与知道死法。

又有一个尼约伯的孩子们逃避基亚纳及阿波隆的神箭的雕像尤为生动感人。当时的艺术家不仅善于表现美、伟大、悲壮等等情感，就描摹一个粗俗的以拳斗为业的人也极尽精微，神情酷肖。这是个铜铸的拳师，他还没有得胜，在中止的休息中，他的脸被打坏，人也被打闷了，所以那样蠢蠢然的。

一八七八年，在法尔来新园中发见了奥古斯特庙的遗迹，因而得到很多的漆画，被温浴博物馆收集了不少。此等漆画所表现的多半是战争的胜利和爱情的故事，其中园林、花木、房屋、人物，深浅远近，各得其宜，与浮雕无异。虽因年久破碎，却赖精细的镶合，丝毫不失原来的面目。

说到浮雕，要算斯巴大宫博物馆所藏较多，而又最为精工。其中有八幅均以神话为题材，一幅雕着白来诺风的战马，飞马迫加士，在她英勇的主人旁边，静静地吸着泉水，似暂时忘却了战争的惨烈，极为耐人寻味。岗壁笃略博物馆里也有一幅与此刻风格相类的，雕的是神话中的最大勇士白尔塞，左腕挽着单袍，赤着全身，以右手很温存地扶着昂多麦德神女从崖石上走下。神女是赤脚，裸体，惟罩以轻纱，被风吹起，飘拂有致。至于她的神态，也似人间儿女，含着娇羞。

岗壁笃略山古物陈列馆，有一尊非常名贵的"拔刺者"的铜像，是纪元前四五百年间希腊的遗物。这个像的面貌很像神庙门额上所雕的武士，不特身体的每部分都逼真，就是披在脑后微微卷曲的头发也极工细。所以有人以为这是竞技的得胜者，经艺术家以写生手段铸成的。据说虽十九世纪著名大雕刻家法尔继耶尔所制"鸡斗之胜利者"，亦不能过之。

罗马不仅博物馆以数十计，即各教堂，瓦堤岗——即教皇宫，无处不是名画名刻，就使专家也要费数年工夫去研究；倘要把心得著书不是发表，每每仅一部分研究结果也会成为巨册。因此我们对于雕刻绘画，只能略就所爱好及能记忆者说说而已。除教堂及瓦堤岗的收藏到下面再谈外，油画中于我印象最深，令我至今犹不能忘的，只有近代绘画陈列馆里一张巴体尼画的"继承人"。这个"继承人"若以"接受遗产者"的意思解释，那么你看了这张画真可玩索出无穷的意味了。

这张画上，迎面你可看见一堵破壁，右方开着一个巨大的壁炉，同时应该也就是厨灶，炉口所不可缺的是一个吊锅和下面的火，这是家人集聚之所，法国人用地象征家庭，所以名家庭为"福霭耶"（Foyer），就是这种形式的壁炉。但是这座"福霭耶"只有炉底的一层薄薄的炭灰，斜倚着一根拨火的铁棍，以外一无所有；啊！有，一个积满尘土的破罐放置在炉台上的左边！地下一块破烂的毡上躺着一个已死的男子，头枕着一个不知盛满何物的破口袋，身上搭了一张又脏又烂、破得成絮子的毯子。旁边放了个枸床，指示着他的尸体也快要与世长别了。脸只看得见一部分，他的眼眶深陷，颧骨高耸，可以想见生前的奇瘦。两只劲健而枯槁的腿自膝以下完全裸露，虽有一对破鞋，一双底已乌黑的破袜丢在旁边，他的脚底上还是带着泥污，便可推知生前是劳作至死的。你要知道他的职业，只看那破壁上挂的与他一样的使用过甚而被摧折的刈草镰刀和短柄钩镰，便可断定这是个辛勤的农人。要问他的家私，也在壁上，一顶破帽，一个破杓，还有小小一方画像，似是他与他的妻子虔敬着的圣母。

他的妻子坐在炉旁椅上。伏在一个断板壁下的长枪上哭，她此时的心情，并不要一个穷无立锥之地而又死了丈夫，守着个周岁上下的孩子的妇人才体会得到！她的褴褛是不必说的，她的脸我们看不见，只见头上覆着的污垢的白布。但她那只露在外面的手却已诉尽了她一生的劳苦！在他的脚边一个坐垫上睡着的便是"继承人！"这"继承"的意义是指的财产吗？眼看着这张画，谁都不至那样糊涂，所以我以为这张画表现得非常"传神"：小孩的神气灵活、身体健康，虽不是十分肥白，也比得过一个寻常境遇好的人家的孩子；身旁丢着两个小萝卜，手里拿着一个，玩得很满足，极尽不识不知的态度；在这黯惨的环境里，他算是一点光明；有这样一对精穷的父母，作者把他称作"继承人"，真是"画龙点睛"的手法，寓意非常深刻。

五 罗马的教堂及瓦堤岗

罗马的教堂听说将近有四百所，有位巴德克尔先生记叙并描写过一百五十；这真是多得可惊了。我对于教堂还不十分讨厌，有时多少尚能带些敬重的意思，这并不因为里面有耶稣、有神，是因为这多半都是数百以至千余年前古人的手迹，一件艺术品、纪念品，他们的信仰的结晶，一个时代的印痕。但是里面的教士们那副面相，看着却有些使人难受。他们真是"经济定命论者"，只认得钱，神倒不在他们的意下。你去逛教堂总要遇着几处是关闭住的，一个教士便会极端恭敬地迎着你走来，说这里原是不让人游览的，特别例外地替你打开，因为你是个外国人；于是念咒语般地跟着为你说明这个、说明那个，这是最败人兴会的一件事。临走时，若把他当作体面人，恭敬致谢，一鞠躬后迈步就走，他便马上会抢一步上前把你拦住，伸出两个或五个手指头，对你简捷地说道："都哀里列！"或"请阔里列！"① 就因这点使我少看多少教堂，可是并非惜财，他们那种不招亦来，尽其力而挥之亦不去，反嗡嗡不息地扰人，与蝇蚊无异，我真不大耐烦！所以对于这伙多的教堂，我们就只好有限地谈他几个了。

圣·布登吉纳算得罗马教堂里最古的一个。据传说那里从前原是一个大人物的私邸，他曾因他女儿的要求而招留过圣·庇耶尔教堂的建筑倒没有什么了不得，只是地殿顶的"磨砂意刻"（mosaique）② 是第四世纪基督教在罗马得胜的时代所成，有一看的价值。这怕是耶教最早的艺术作品，但已一变罗马的风格。图上列圣的面容已与罗马人的相异，两旁执着花圈的两个女人头上已是东方覆首的装饰。耶稣坐在宝座，遍身是金，气象与古时的汝必德尔天神自又不同，他的鬈发等一切都仿佛一个叙利亚人。这个"磨砂意刻"开始一种完全的新艺术，在美术史上占有极重要的地位。

在这古教堂侧近，就是圣母·马利·马汝尔教堂，是罗马最宽大最重要的教堂之一，乃教皇自为教长的五首寺之一。和圣·庇耶尔一样，装饰得太华美了，致失去一种神秘意味，致信徒到此仍不能神智清静，作点明心见性的功夫。其中也有"磨砂意刻"，虽比圣·布登吉纳教堂的年代较迟，但美妙却不能及。其非常华丽的方格的天花板，系用美洲初次运欧的纯金所涂，真是灿烂夺目。

胜利的圣·马利教堂，因有白尔离离一座圣·特来斯像而非常著名，游罗马者每特往赏鉴这座名刻。法国文学家布洛士是这样地描写地："圣女是着的修道衣服，晕倒，身向后仰，小口半启，要

① "都哀"即"两个"，"请阔"即"五个"，"里列"是意币"里尔"的多数，一个"里尔"与一个法国"佛郎"同值。——作者注
② 碎石或磁片镶成的画。——作者注

死不死的两眼几乎垂闭；她支持不起了；天使走近她，手里拿着箭要向她刺，却又含着笑容并带着点狡猾神气。"布尔齐尼容，法国画家，却加一句道："要是神圣的爱情就在这里，我懂得了。"我简洁些说罢：这是座"少尼思春"的雕像！

和平的圣·马利教堂，修得很漂亮，并有拉法爱尔的名画《四巫女》，所以特能吸引游客的注意。四个女像中一老三少，各都有天使飞旋左右，少者貌均极美。法国文学家巴列沃洛格曾这样评说过："在严重整理的衣襞下，我们可以猜到些丰满、温柔、壮健的形状。布拉克瑞德列也没有雕刻到更柔软、更调和的身体。在精神方面的表现，这都达到了艺术及诗歌的顶点了；超过了人体的实际。"

还有一个教堂也是一件唯一的作品招引着游人，这是藏有米格兰吉诺的摩西雕像的圣·庇耶尔·卧·里偃教堂。这教堂的建筑在罗马真算得十分平常，其中有一座教皇锐列第二的陵墓，镇墓的石像即米格兰吉诺的摩西坐像。这位希伯来的圣人的头、面、身体都充满了力，其伟大，其雄气，真足与上帝相抗。他头上顶着双角，卷曲的发，如瀑布汹涌般的长髯挽在手中，还有几缕直垂到脐下。他把长袍拽置膝上，襞褶处很显生动，几疑风可吹得起来。据传米格兰吉诺并未先制模型便直接在石上开工雕成的。

圣·安吉诺桥是到圣·庇耶尔教堂必经之路，那桥有三个桥洞，还是一千七百年前所筑，桥上可以望圣·安吉诺炮台，这原是罗马大帝阿德利言所建的陵庙，准备葬他自己和他的后人的。到"蛮人"侵入及中世纪战争时代都曾用牠作过炮台，所以有现今这名字。这座炮台修得笨重而古朴，在斜阳里远远望去，很能引人留恋。

圣·庇耶尔广场，要算世界上最壮丽的一个，只有牠才配得上这耶教最大的教堂圣·庇耶尔。中间正殿宝顶，很像一只鸟的头，两面的廊庑很像略略下垂的两翼，形成了个半环形状。两行排列着像肋骨般的大理石柱，廊庑顶上每当有一柱处便有一尊站立的雕像。正门有五道。右边有一道是圣门，每五十年圣节方开一次。圣·庇耶尔的设计及创修者为布拉茫特，彼死后百余年间不知经过多少名手，最后方由白尔离离继续完成。正殿宝顶是由布氏独出心裁所定的式样，复经米格兰吉诺的修正建造，方有这美满的结果。由地上到顶上十字架尖共有一百三十尺之高，无怪在罗马各处较高地方都能望见。

内部的华丽与藻饰恐怕人间再找不出第二个地方。柱是极好看的大理石制成，墙壁也多是颜色可爱的大理石嵌就的。往游者多心惊目眩，诧叹得未曾见。而法国现代的艺术批评家阜尔却说圣·庇耶尔的过于广大，和装饰得过于戏馆化，实足使第一次往游者稍起失望之感。又说："十分盛大的祭仪在那里增加了这种不好的印象。蒙戴尼即已说过这些'仪式堂皇得比虔敬更甚'。这些列席者坐在高台上，手里拿着眼镜，这些人们散着步或互相接近以便看得更清，这些女人们摇着扇，谈心，互相招呼，很像在沃白拉戏馆的休息室里，这些小孩们爬上柱子，这些瑞士兵穿着杂色的服装，真使你有点发昏起来。的确，排的队伍和歌唱有时还很整齐。但是戴纳很有道理，人们所要听的是一出洛瑞理的歌剧。"这是一个想教堂极端维持其庄严及神秘性者的口吻。

瓦堤岗占地五万方尺，为世界最大的宫邸，也最富于各种艺术品收藏。教皇原住拉特浪宫，自出奔法国阿维尼翁归来后方迁入瓦堤岗内，在这里面举行教皇选举的第一次会议室是在一三七八年。自尼哥拉第五起开始一个极大的建筑，要把所有一切的教务都聚集在里面。自后每个教皇都以使教皇宫益加扩大及美丽为荣。直至十九世纪中叶，毕第九还继续这种传统的习惯，扩大这瓦堤岗建筑。所以游教皇宫不用几日工夫绝难把各处游到，叙述当然非短短篇幅

马宗融 / 127

可尽，故只能及其重要部分的大概。若许多古代名刻，全世界各处聚来的稀世珍品，都暂从略，只谈谈几处最有价值的壁画。

波尔嘉的居室自十九世纪修补后即已公开参览，里面有许多平都里确的壁画。这是教皇亚历山大第六托他画的，他替教皇画了多少像，又把他的家人绘入了圣经故事里去。吕克列斯·波尔嘉被画作圣·加得林，纠娜·法尔来斯被画为圣母。这在教徒眼里看来是有点不高兴，因为他们相传吕克列斯与父兄都通过奸，是个淫妇；纠娜的绰号叫"美人"，女子有色，也是件不妥的事。可是在艺术家眼中却完全变了：她们的美，她们轻妙的举止，正足膏泽他的想象。

锐列第二自信比起波尔嘉教皇是个有道德的，所以不愿住他住过的房子，便在楼下另辟居所，也请了些有名艺术家代他装饰，后来看见少年画家拉法爱尔的画稿，加以激赏，便专托他一一绘画，遂有四"斯堂彻"（Stanze）[①] 的壁画名作出现。

第一是"火警之室"，有他的名画《布尔哥之火警》。这是个神话故事，相传纪元八百四十七年布尔哥大火，经教皇列翁第四对火画了个十字，火立刻就熄灭了。第二是"签署室"，这里的画都是拉法爱尔亲笔。一幅《圣会》，分作两部：天部画的耶稣与圣母等，其上为圣父，下为圣灵，左右则为列圣，既热闹，又生动逼真，至此我们得提出个问题：究竟是神创造人呢，抑还是人创造神？其次《雅典学校》表现的哲学的胜利，其次为《巴而纳斯》，这是希腊神话中诗灵穆司及乐神阿波隆所住之山，图上是阿波隆中坐正弄着梵娥林，环以诗灵及男女诗人。第三是"赫里约多尔堂"，其中有《赫里约多尔被逐于耶路撒冷庙》等，这张画的故事：塞鲁古士王命他的大臣赫里约多尔到庙去盗宝，被天神围击逐出。第四是"君

---

① 四室。——作者注

士坦丁室"，仅有拉法爱尔遗下的墨稿，绘着君士坦丁的战绩。斯当达尔极醉心于四斯堂彻，谓游览其中如登天堂。

西克斯庭是西克斯特第四敕建的小礼拜堂，锐列第二命米格兰吉诺绘饰的。这个礼拜堂的顶壁作广大的长方形，毫无装潢即雕刻的边沿都没有一点，米格兰吉诺决以绘画饰之，遂绘成许多人物及神圣故事。就中以《人的创造》及《女人的创造》尤使人惊其天才独至，与在他以前许多画家或雕刻家所表现者截然不同。上帝是赤足长袍的长鬈老人，但浑身充满了力，气魄亦极伟大，环以天使，飘然似在空中；手指所触即亚当，即此一指便是渡与生命。夏娃体壮姿美，似方出亚当肋下，正向上帝作礼拜状。其余如分水陆、分光暗、降洪水、最后审判等等莫不逼真，几如真正有过这些事件。放下技艺不说，单止这种想象力也不是寻常可及，这样艺术的造诣真到了绝顶！

这是瓦堤岗里的奇迹，最使游人留恋之处，但仰望很容易疲劳，守者遂出租大镜，使得俯首细玩。听说当米格兰吉诺工作时，搭一个高架，置垫其上，仰卧绘画。锐列第二老得梯子已立不稳了，还常常爬上去向他问："你什么时候才画得完？"他总是答道："到我能够的时候。"但为使这位教皇安静，他终于许了在一五一一年的升天节①完工，至日果然完成了大部分，到一五一二年万圣节②便完全画毕。这又是他人所不及的怪力。后来这大艺术家在他的诗里述说他的经验，谓整整十四年他总是仰睡在垫子上绘画，颜色时时落到他的须上、胸前。到他工毕下了那座高架，出礼拜堂时，脚是信步而行，眼睛已不晓得下视。在几个月里他读书或信都要举过头去仰着脸看了。

---

① 八月十五日。——作者注
② 十月一日。——作者注

六　罗马的园林及娱乐

　　罗马花园固不少，但最能吸引游人，最使人留恋，而我个人又有很难忘的纪念者，要算宾曲公园。此园西、北、东与其他数园如麦底隋师别墅、波尔格士别墅及动物园等相接，西南面又能览罗马全景，夜晚灯火齐明时，的确是一种奇观。加以入场虽深夜不禁，故夏夜聚三五同气挚友在广场中那株孤零的棕树下或坐或立地畅谈，不然就默看对面浓密的树荫下一对一对的情侣。不远有小圆池一所，中植石像，石像旁有两股喷水，极为有趣。当斜阳西下时，你若在池后面西而坐，一张非常美丽的图画就会呈现你的面前：两旁的绿树交合，形成一个圆门，下有花坛，望之有似门限；再远望天际，紫霞万道衬着圣·庇耶尔的宝顶，作深黑色，其美妙直难形容！

　　池左树荫下的石凳，可算我们几个朋友的长期会集所，因初夏奇暖，我们每夜饮咖啡后，必定来此快谈。我有一朋友就在这里发生过一段很不美满的情史，那条凳上便是他与他的女友情语密密、要约终身的地方。而今呢，不只他们早已各别东西，就是她的姑父、母，我们的挚好朋友，他们俩也成了分飞的劳燕；为之妻者，现在已从他人；为之夫者，禁锢孤岛，生死莫卜。人事变迁如此，当时何曾想到！

　　宾曲比其他公园还有一点好处，有广大的草坪，可以听人坐卧，因而我们有时无兴郊游，又想共同露餐时，便往宾曲。宾曲与各园交接处每多荒草，深可没人。有一次从那里经过，我的朋友的女友肘了我一下："那里有一对情人！"

　　波兰格士别墅（今名翁白尔笃别墅）是个极广阔、极特色的公园。富于天然景色，罗马无他处可及。这是十七世纪保罗第五的侄子瑞比容·波尔格士大主教所创建，一九〇二年，归于市政府。

此中有法国大文豪，浪漫派的领袖雨果和德国的大哲歌德的塑像。且有小湖一所，十分幽静。沿湖伐木为栏，湖畔立一亭，亭后密树排列，远望如山如云，亭窈窕如美人，风致极佳，而黄昏月上时，尤增妩媚。因此使人联想到波尔格士邸（现已改为博物馆）中所藏的大理石半裸美人像。这是拿破仑之妹波里纳·波拉巴尔特扮作维纳斯模样，斜靠沙发椅上，使加诺瓦用大理石雕刻而成。

罗马的动物园虽不能与伦敦的相抗，但也不算小，狮、虎、熊、豹，各色禽兽都还粗备。狮等各种猛兽，养在一种特别仿筑的山崖上，并无铁栏，其与游人相隔者仅一深濠。只要天朗气清，游人便如山如蚁，可见罗马人的生活是活泼泼的。

即以戏剧一端说，意大利有名戏馆最多，在罗马极有历史，极好的戏馆也还不少。到了暑天有一二处名园中还要组织一种露天演剧，所演大半都是最著名的剧曲。这种露天戏我也去看过，只以座位太远，于是注意不能集中在戏剧上，时时被牵引到一边去了，现在戏情简直模糊了，而引我注意的东西的印象却至今犹新。这是一个人的脑袋。啊！稀罕！一个胖人像山样堆在我旁边，我的身量已不算小，和他一比好像就缩了。他的头简直是个烂熟的无花果，下宽上窄，又肥又软，颔下的肉弹着，没有颈部，也很像一个奇大的无花果正正地放在肩上。

影戏也与其他都市一样，非常发达，我初到时觉得罗马人的趣味很高尚，所演多文艺意味的题材而又辅以极美丽的风景古迹等的背景。但不久以后就知道美国的恶俗化的影片也不在少数。

欧洲各国的中产家庭中，现今也还有师法古意，于每星期中的一日，在晚间设茶会招待友人聚谈；但素非友人，只须有一人介绍，亦得参与。我在他国，因无机缘，不曾亲见此等茶会内容，在罗马却因一位土耳其女画家及一位意大利画家的关系，得参与数次茶会于一个已经定居罗马的法国人家庭。

女主人年纪约在三十左右，姿容秀美，体格健壮，谈吐极佳，座中客常数人以至十余人，她能顾到使每人都不感寂寞；若使她作一会场主席，必能应付裕如。这家的茶会是每星期六晚，大约九时顷开始。客室可容十余人，布置尚称精致，所备为各种名酒及糖果等。来客中绝不缺席者为一少年军官及一少年教士。这位教士的举止有趣，言语滑稽，总是在他身上集中众人的注意。有人对他说："你这样开通，应该穿着普通衣服出来。"他回答道："只要你给我饭吃，我永也不再穿这黑袍。"一天夜里，谈到十二点已经过了，大家举起杯来，他竟不动。据说次早要做弥撒，故十二点后就不能喝酒。经大家的非难和婉劝后，他仍旧喝了。但对于弥撒恐怕并未因而缺席。

七　罗马近郊的名胜

说到罗马的郊野，法国十九世纪大文豪沙笃布利扬曾给我们绘了一个很有诗意的画图："在这里或那里没有人经过的地方，你会望见几处罗马古道的路影，几处冬日悬瀑流过之旧痕；这些痕迹从远处望去岂不有些像筑成而又经人往还着的大路，那知都是一些已枯的水道，现在急流已逝，和罗马民族一样了。你几乎难得发现几根树子，但是到处都有蘁然立着的'引水壁'及陵墓的残迹，这些残迹恰似由死者的尘灰和罗马诸帝的遗骸造成的土著树木与森林。常常在一个广大的高原上，我以为看见了很丰富的收获，待我走了近前：才是枯草蒙蔽我的视觉。没有鸟，没有农夫，没有乡人的活动，没有兽群的噪叫，没有村落。少数残败的农庄出现在童秃的田地上，窗与门都关闭着，那里既不出烟，也没有声响，没有居住者。一种因烦闷而惨白并憔悴的，差不多是赤身的野人占着这些凄清的茅屋，像我们戈底克故事里的鬼魅看守着荒废了的别庄的进口一样。总之，似乎没有一个民族散在那些世界主人的出生地来继承他们，这些田地上好像还丢着散西都士的犁刀或最后的罗马的犁头。"

的确，自罗马灭亡后，水政不兴，地方遂有这样的现象，虽经意人近年极端的努力，地力已渐恢复，但气象仍多未改，所以很能启发人的怀古之感。可是罗马在这郊野所留的并不仅是一派荒凉；风景佳丽，建筑高华的园林也不知遗下有多少。如体物里、阿德利亚纳别墅、弗拉士卡堤及阿匹亚路一带，或极人工的精巧或钟自然的灵秀，处处有罗马人留下的纪念，处处给你以历史的教训：一个民族能够衰亡，文明是永远存在的！

体物里旧名体浦耳，是古代罗马人所最爱的游憩地。诗人荷拉士即其中游客之一，对之颇多吟咏。法国大哲蒙戴尼曾有人评为对于自然很少兴趣的，到此也曾非常地激动。况又有飞泉、瀑布、名园、古庙为之增色。

弗拉士卡堤有很出名的泉水，有瀑布。在阿尔多布朗第里别墅内有极高的石梯，两旁挟以浓郁的绿树；在一座小庭园中隔墙望去，确是稀有的奇景。这庭园的园墙上开有若干洞式的门，颇似神龛，里面均有各种姿势的石像，中间一所门内凿有圆洞，一股飞泉就从那里喷出。此外尚有一喷水池，法人摩来尔称为世界最美之处。因其上下交喷，中部复有水丝进出，水与空气相激成响，清越可听，有如乐奏。

阿匹亚路是纪元前三百十二年由克洛迭斯筑成的一条大道，沿路古迹较罗马他处保存得更多而更完全。圣·加里克士、圣·塞巴士坚等等的墓道都在这个路上。当初期的耶教徒避难时即藏在这些墓道中，教仪也在里面举行。在离圣·塞巴士坚门一籽地方，你可以看见一座"笃弥来，歌瓦邸"（Domine, Quo Vadis）教堂。相传圣·庇耶尔逃出罗马，在此地遇见耶稣，他便问："笃弥来，歌瓦邸？（主，你何往？）"耶稣答道："我再上十字架去。"圣·庇耶尔因而仍返罗马，遂被焚杀。

罗马有过伟大的历史，是西洋文明的源头，游罗马等于读古史，写成的古史篇幅尚属有限，而这个古史则可寻味无穷。就是歌德到罗马住过几日后也有这样的惊叹："一支笔有什么用处，倘若一个人需要有千种的笔法供其应用，并且一到晚来人已感着力竭与疲乏，同时又是惊诧与欣赏？罗马是一个严重的学校，那里每天要说出很多为人们所不敢说的东西来。最好是在这里住几年，若皮达戈尔派似的缄默着。"又说："越是我学到了解了罗马，越是觉得牠像一个大海，你越是前进，它的深度也越加。"可知写罗马是不可轻易从事的。现在我们既限于篇幅，又限于学识，所写仅不过浮光掠影的一点，只在引起人去注意罗马而已，倘能因而提起人研究罗马的兴趣，那已是作者所不敢望的成效了。

选自马宗融：《罗马》，新生命书局，民国二十三年（1934）

李劼人

｜作者简介｜　李劼人（1891—1962），原名李家祥，常用笔名劼人、老嬾等，四川成都人。中国现代最重要的小说家之一，也是中国现代重要的法国文学翻译家，知名实业家和社会活动家。代表作为大河小说三部曲，即长篇小说《死水微澜》《暴风雨前》《大波》；有《李劼人全集》行世。

说昆明（川滇行之一）

一

昆明是好地方。第一天气好，第二湖山好。

天气好到从朝至暮蔚蓝得有如一泓秋水。我在那里的时候，恰恰是风季（二十九年二月初正阴历己卯岁之腊月下旬也），偶尔一朵云花被风吹得一丝丝一缕缕绝似漂白研光的轻絮。正因为风大，所以晶莹的太阳晒到身上，只感觉到如春的和暖。二月一日那天，躺在大观楼侧唐继尧铜像下的草地上，绝对想不到这是应该严寒时候，到处腊鼓鼙鼙、催杀花猪的腊月二十四日。

四季如春，而又不是绝对的常春，所以除常绿树外，在冬季里也一般的叶落草萎，有四时的变化，便不像热带那样单调。

昆明附近十公里内外，就我所见到的，柏与松最多，而且都很秀挺。其次是灰杨，不算甚高，比较重庆附近山中的为矮，可是比较粗大，城内许多段未拆毁的城墙斜坡上，全是此树。

四乡还有一种乔木，当冬季木叶落尽，细枝萦错树杪，远远望去，很像云堆，朋友梁君竟自呼之为云树，到底是什么树，却未问明。

黑龙潭有宋代柏树数株，有三人合抱大，还很茂密，又有唐代老梅一株，大部都已枯死，仅一枝还在著花。著名的滇茶花，这儿已有两株，花确乎有菜碗大，细细一数，确乎也是九心十八瓣，恨树干并不怎么茁壮，与成都状元街原为杨氏花园内的三株比起来似乎尚有逊色。不过杨园茶花到底太老了，每年腊底春初，只管繁华如锦，然而花朵总不甚大，现在杨宅已再易主，而为四川省政府财政厅印刷所，要是那三株老茶能被保留，毕竟算成都一个特色。

二

"五百里滇池奔来眼底"，这是昆明大观楼下，孙髯翁的著名长联的起句。

五百里滇池，在大观楼，只能看取一小角，欲瞰其全胜，须到西山。可惜我在昆明，住得太暂，而且又太忙；朋友们除了按时办公，尚须"跑"警报，不能多抽时间，奉陪到太远处去。其次，还有一最大原因，便是日常生活费用太高。（许多人每每爱说生活程度太高，意思实在指的生活费用超过了用钱标的，而生活的程度哩，并不见得就在水准之上。例如在巴黎，出必以打克西——街市汽车——代步。此"行"的程度，实在比之坐黄包车者为高；而驰行三四公里，所费不及五佛郎，较之昆明黄包车起码三角，上一公里便是七八角者，其费用则为甚低。又如昆明南屏街昆明大旅社三楼房间，每日房金七元，小费另给，而家具则并不高明，尤其是洗澡在外，近来因为炭贵，浴室且不常开，据茶房说，一礼拜内或可洗澡一次，费用不多，而"住"的程度安得谓之为高？此辩明生活费用之高低并无关乎生活程度，二词涵义，实各各不同也。）

不欲过于打扰朋友，又不愿过于浪费自己实等于血液之汽油，以每加仑一十四元四角八分之高价（此二十九年二月五日昆明汽油价值，在前二日尚为每加仑十二元，其后之涨跌如何，自在此文说明的范围以外。）而供我驰驱揽胜，因此，对于西山，只能心向往之，而大观楼的一角，却整整留连了六小时。

昆明湖山实在太美，有名的地方也胜，有些处所，林木的培植也不错，只是中国园林的通病，还是存在，看起来总不顺眼。唯一的大毛病，虽然在人工不够，其实是审美性太差，每一个建筑物不是摆的方位过于错误，就是结构太不考校。例如堆栈式的洋楼，巍然峙立于大观楼之侧，业已刺眼了，而恰恰又做了唐会泽铜像的背景，真有点令人叹气。

城内五华山下的翠湖，也是这毛病。朋友胡君前过昆明，曾寄一信，论及翠湖，诋为臭水一塘。据我看来，所论稍为过甚一点，要是好生布置一下，再多多种些树，将朽败的木桥，更为石梁，再将水面加以清洁，沿湖以外的建筑，稍稍与以归划，虽然不及法国里昂的金头公园，然在中国西南各处的公园中，终可以首屈一指，

中国人对于公共园林的布署，精神都有点不及，这诚然不大妙，但我希望在将来建国大业多少完成之时，精神生活的范围从而扩大。首先是一般能够造作风气的人物，豁然明畅，既不专专迷惘于最摩登的形式，复不要庭草不除，居室不治，块然独坐，大讲其

正心诚意的内学，庶几中国园林，至少可以复到平山横塘之盛。

三

昆明也就因为天气常暖，据闻苍蝇绝多。有朋友说，其多不下于亚比西尼亚的海口其布底的苍蝇，幸好我去的时候。正是风季严冬，尚未亲睹其盛，不过从许多地方，也便足以证明人言之非虚。

昆明街面，全是坚石打成大砖形式砌成。我以为比较成都之三合土街面，牢固经济得多。曾记民国十三年，成都初初改修马路时，我便甚以为三合土之不妙，口头也说过，报纸上间或也说过，主张在灌县选取坚石打成大砖式样数年一翻，可以四翻。四翻之后，尚可修断，即有破滥，取换亦便；自然，木砖街面如上海之南京路，诚然太好，次之如柏油路面，亦何尝不豪华？二者不可得，则毋宁效法昆明。到底人微言轻，说了还是说了，至今成都街面，其为酥锅魁之皮也如故，安望其不费钱费力，随时修随时烂，而天晴之后，全市有如灰城！

不过昆明街面，究竟人工还不够，旧的街道被鞋底车辆磨研久了，倒极光滑，而新的则尚待鞋底车轮慢慢的去磨研，这笔费用，未免太大。

中国各处的城垣，无论从那方面说，（除风水之说外）实在无保留之必要。而城垣拆除，单独将城洞及城楼留下，加以装饰，使其变为好好一座美观的台阁，其下辟为圆场，绕以铁缒，取法北平之正阳门，倒是点石成金的作法。昆明之近日楼，本为大南门城楼，便是这样办的。看起来，实在比较成都城门之化为六个大缺口，高明得多。

昆明除了一般旧式房屋建筑以及街上风沙之大，绝似北平外，余如金马碧鸡两道彩坊，也太像北平，只嫌近三四十年的新建筑，大抵多趋于码头格调的"洋"式。其不美观调和，有如在美人素面上去印上一块图案画。

四

圆通寺靠近城的东北，是昆明城内一个很好的游览处。然而据我看来，唐继尧的陵园，或有过之处。唐陵也正在圆通寺之侧的一个山头上。

关于唐氏，除大观楼的铜像外，据我们所知，在昆明城内还有两个地方。其一，是现今的云南大学，以前为唐氏手创的东陆大学，校址在青云街，巍峙于翠湖之北。所据山头，虽不如省政府所在地五华山之高，毕竟雄伟可观。

大学故址原为试院，一如四川大学文法学院之为旧贡院也。幅员知不及旧贡院之大，而改为大学后的建筑，却远优四川大学。尤其唐氏所造的那所大楼，其堂皇过于旧贡院内现存的明远楼，和至公堂。

其二，即前言之陵园。唐氏埋骨之处，正当一个山头。当面全为云南所产的大理石修砌，气象极佳。园内一部分房屋现租与美国领事作领事馆，别有唐氏藏书之屋一所，书不见多，仅二十余橱。据守者云，尚有一部分藏在别处。唐氏能诗能文，生平颇有抱负。其他不论，单看遗书二十余橱，以及东陆大学之大楼，足以见其胸襟。

五

初到昆明，见牛车满路，因而发生两种想头：以牛车本身言，是南国风光；而就车制言，实足想见大辂遗规，如此陋拙之作，何竟保存至于三四千年，而不变？

牛车之外，复多小马，所驮物皆分载背之两旁。

畜运甚多，人运则少，偶见一二，多□□可笑，如运木条，有长至丈外者，亦以一担担之。我想，这大抵由于畜运方便，故人运乃不技巧。四川省内人运之比较技巧，实缘畜运之不发达。这种相对的道理，从四川官道之进退上，大可见之。

昆明市内外运货卡车，以及长途汽车，是相当的多。在没有空袭警报之时，除了不断的飞机练习外，只这一点，可以看得出抗战的形迹，并且是令人极高兴的。

昆明飞机练习是很勤的。尤其当我在的几晚，每夜都有夜航机声及探照灯的照耀。

滇越铁路终点，距市街不远，长闻汽笛之声，却不曾到站上去参观过。

法国人的势力，在昆明并不显见，东方汇理银行的建筑只简单的有一座两层洋楼，连汉口的日本正金银行的气象都不如。街上的安南人，倒时时可见。金碧路上，安南人的小商店也不少。而南丰饭店的西餐，虽然比一般西餐便宜，每餐仅卖三元，却多少有点法国风味。

六

昆明的生活程度，并不比内地一般高。以清洁整齐而言，似乎比之重庆还有不如之处。而生活的费用，恐怕连今日的香港，也难比其高昂。前面曾略及人力车之贵，这里再稍稍报道点粮食的价值。据我所知，米每担重市称一百二十斤，在二月六日以前，一月底以后，涨至七十八元，并非好米。青菜（昆明人呼之为苦菜，因此有谚曰：云南三怪，青菜叫苦菜，粑粑叫饵块，女人叫老太）每棵重不上一市斤，价五角；洋芋每枚价三分；猪肉每市斤价一元五角；鸡蛋每枚价一角。正义路三牌坊吃过桥米线（米粉也）一份，花费九角，尚是顶便宜者，其他可以类推。

食行如此，（譬如由昆明城内到黑龙潭十公里，来回人力车费非六元不办；到金殿不过四公里，来回人力车则需四元五角）住也不为便宜。小楼二间，每月租金大抵在六十元至一百元，其他服用皆然。人云在二十八年春季以前，并不大贵，以今比之，殆贵十倍，故许多朋友月入在三百元以内者，生活情况都不佳妙。至于昆明本地人之如何过法，以及俸给人员之月入菲薄者又如何过法，以所住日浅无所闻。

生活费用之如此高贵，据云，其理由甚多，而绝非物品缺乏使然。因为在三十公里之外而无外省人旅居之处，便甚中平。

本地产品已贵，而外来货更不消说。姑举一例：在一月底，红锡包纸烟每十支一包者价八角，到二月四日，涨至一元二角，二月六日，甚至市上无货。这中间自然大有道理，而滇越铁路略有损失，也是一小因。

一句话说结，昆明什么都好，如其人事再弄好一点，不要凡事都照着九一八以前之东三省去模仿，再把市政同清洁卫生稍讲求，这里实在是东方瑞士。我希望下次再去，多住些时，再把昆明的美点多发现一些，并且生活过得舒适点，不要令人处处感觉头痛！

原载民国二十九年（1940）三月二十四日、三月三十一日、四月七日、四月十四日《华西日报·文讯副刊》

选自成都市李劼人故居纪念馆、李劼人研究学会编：《李劼人研究》，四川文艺出版社，2016 年

忆东乡县

我到江西东乡县，是清光绪三十年①的三月，离开此地，是光绪三十二年二月，恰满两年。彼时我正在童年，父亲在江西作了一员小官，到东乡县，是为了一件小差事。

今日的东乡县，在浙赣铁路线上，自然交通很便。四十年前的交通工具，则只有轿子与独轮小车。由抚州东行，陆路八十里，并无水道。记得当时在东乡县吃鱼，确是一件不寻常的事。

在前，交通只管不便，因为东通浙江，西接抚河，故在太平天国战事时，也曾作过战场。我所获得于东乡的第一个深刻印象，便是那战迹犹存的城墙。城墙不很高，宽不到一丈，不但雉堞早已没有，而且遍城头全是乱石，有一些还垒在原有雉堞的一面，一定是守城士兵用以投击攻城敌人之用的。城门洞哩，太小了，敌楼与扉门早无踪迹，我去时，正是承平时节，居民已忘记了五十年以前的战乱，城与壕不过聊具形式而已，有城而无门扉，在那时倒无什么了不起的关系。

东门外约有一里远近一条路，满地瓦砾，看来好像不多时节遭过了大火灾似的，原来也是五十年来的兵燹余痕。我到那里时，这东门外毕竟还算是全城的商业区。平常有几十家小商店，且居然有三四家洋广杂货店，最时髦而又最销行的洋货，除布匹外，便是洋油与纸烟。洋油零售价，每斤一角三四分，强盗牌、地球牌纸烟，每盒十支，或带竹烟嘴一支，或带蜡纸短嘴十枚，售洋五分。此二

---

① 即公元 1904 年。——原编者注

者，在当时为东乡县价格最高的货品。

已不甚记得清楚了，不知是二五八呢？抑是三六九，为场期，名曰趁墟，即在东门外。每逢趁墟，那荒凉的瓦砾场，便立刻变成了一条相当热闹的大街。当时一枚滥牌鹰洋①换六百文制钱。鸡蛋每枚二文，顶便宜时到三文二枚；菌类极多，二文一斤，尚是大秤；青蛙最为珍品，每只二文；晚稻米一元两桶，约重今日市秤四十斤上下；松柴八角钱一车，重到二百余斤。

东乡出产，米为大宗，此外则为萝卜、芋头、红苕。东乡称红苕为薯，故当时有歌谣四句，以咏抚州府所辖之六县曰："临川才子金溪书，宜黄夏布乐安猪，崇仁子弟家家有，东乡萝卜芋头薯。"在六县中，东乡为山僻小县，出产最为贫瘠，而人文亦最落后故也。

城以内，最看得出兵燹余痕的，就是县衙门左右二方两大块空地。据言，原是县丞与典史的公署，毁于兵火之后，修复者只有县正堂的衙门，而左堂粮厅（即县丞）、右堂捕厅（即典史）便另买民房驻扎，并在原址上取土筑墙，将两大片空地全围于县正堂的范围内，而取土之处，遂变成了两个大塘。

城内并无大街，只有小巷，除了几家粮食店，和一家肉店外，全是住宅。衙门外半条街最为热闹了，有茶馆，有饭馆，有豆腐店，有小客栈，而最热闹则在春秋二漕②，叫四乡人民踊跃来城上粮之时，然而鸦片烟馆则全城有八十余家，在县衙门四周为最多，开烟馆的又大多是三班差人。

我们在那里的第一年，是为东乡县黄老政治模范时代。那时那位县官，姓周，浙江人，举人出身。教子读书之余，顶喜欢的是抽

---

① 墨西哥银圆，上面铸有鹰的图案（国徽），故名。鸦片战争后，大量流入我国，若干年后才为我自铸银圆代替。——原编者注

② 漕，水运粮食，这里指收获时节运粮。——原编者注

鸦片烟。据说烟瘾不小，而且必要广土才能顶瘾。这位县官，我是看见过的，大约有四十岁，骨瘦如柴，面无血华，十足一位瘾君子，衣服也不考究，一条小发辫，很少是梳光生了的。但是一双眼睛，却有煞气，尤其在夜里十点以后，便衣坐花厅问案时。

周县官一年之内，一共没有问上十案。具只有一件谋杀亲夫的三参案子，问过四五堂，每每一堂总要问上四五小时，夜半三更，书吏、差人都疲倦得不得了，而周知县的精神愈是勃勃。这时节，不但奸夫淫妇，因为抵死不招，被非刑（淫妇则以细竹枝二束，左右二人执之，打在光背上。不上五十下，背肉就糜烂了，血丝每每飞染到左近的花树上，一次几百鞭，还是不招，扶入女监，将伤养好了再问再打。奸夫则跪抬盒，吊软板凳，拶①十指）。弄得鬼哭神号，可以从深深的大花厅内响彻到二堂以外，而且周知县于每次问了正经案子后，必要"比粮差"。

彼时，东乡县三班差人中，以粮差为最重要，全县若干部若干图（数目字记不清了），每图有定额差人一名。但这一名之下，又有若干名下手，称为徒弟，在衙门内，则称为散差，而并无名册。粮差的本等，在催人民缴纳粮银，但粮差并无薪工火食，好像纯是义务，但是每一差头，都穿好吃好住好，而且要供家养口，讲应酬，吃鸦片烟，手下还要供养几十名徒弟，每一徒弟的身口所需，也须得一解决，甚至还有弄到小康的。试问钱从何来？自然是从催粮和代粮、垫粮等等上来。人民应出的粮，每年是缴纳清了的，除非有大势力的土豪，安敢欠上一分一厘？然而在县官的粮柜里，年年总有欠粮，这于是就有了一条习惯法，便是要粮收得多，只有"比粮差"，近的三日，远的五日，到比期，而无银可缴，则以竹板力打粮差两股，打得凶，钱就来得多。按规矩，挨打的应该是差

---

① 拶（读 zǎn），旧时一种夹手指的残酷刑具。——原编者注

头，然而不然，平常应比挨打的，大抵是顶名过堂的徒弟。周知县虽是读书君子，但本分钱是一分也不放松，他知道钱就在粮差的屁股上，尤其是差头的屁股，所以到他在半夜一点以后，"比粮差"时，你就看得出他那有煞气的眼光了。他在审问谋杀亲夫案子时，似乎尚有通融的意思，一到"比粮差"，总是抱着水烟袋，八面威风的咤叱着，一个粮差受比，起码是一千板，非打到两股上现出碗大两个血洼不止。有时一比就是四五人，打人的人有技艺的报着数目，并且有很好看的姿势；挨打的人也是老手，并不要人按头按脚，只安安稳稳平伏在水磨砖的地面上，应着竹板打肉声，而有调子的唤着："大老爷开恩！"

此外，人民的诉讼，便非周知县所欲管了。十控九不准，以致好打官司的东乡县人，控诉无门，除了投凭乡约、保正处理外，只有到粮厅衙门、捕厅衙门去打小官司。衙门小，气候不大，官司打起来也不见得热闹，这一来，东乡县真就办到了政简刑轻（自然，"比粮差"和那件三参案子除外）。加以周知县懒到连初一十五照例的上庙行香，也委粮厅捕厅代行，所以县衙门真个清净到执事仪仗都生了霉，大堂上的暖阁，倒败得和古庙的神龛一样。于是，县衙门里便发生了近乎小说的两件怪事。

第一件，我们去时，曾发现县衙门内大班房中，有一个犯人。据说，是前任拘留下来，尚未讯结的一名偷牛贼。因为是待审的犯人，不能收入监狱，便暂时押在班房里。到周知县手上，政简刑轻，班房中收押的人，渐渐肃清，所剩下的，便只有这位偷牛贼。不知是遗忘了吗？抑或案子太小了，不在县官心上？要知，事主没有催过审，刑房便也不送卷，班房里早已没有看守差人，要是这位仁兄要走的话，确乎没有人去理睬的。但是，他偏能守法，白昼自行出去找生活，做短工，夜里便回班房炊爨，菜米油盐，色色俱备，柴哩，便将就班房里的地板天花、门窗户格。班房成了他的私有财产，大概除卖掉而外，他满可以自行处理的了。这位仁兄的下落如何，已记不清楚，所能记的，是我家也曾叫他来做过短工，虽然已五十多岁，仍旧体壮力强，脾气也好，问到他为什么到此地来，他能毫不隐讳的直言奉告是偷牛。

第二件，则是周知县的政简刑轻的结果，衙门中一班寄生虫，在当时称为"衙蠹"的三班六房，除了粮差、户房而外，全弄到无法为生。有一些不必当班应卯①的房书、差隶，便散而之四乡，各自谋生。比如厅房里一位书办，便实行归耕，偶尔骑着他家一匹曾经上过战场，由祖父传下来的黄骠老马，到衙门溜达溜达，便又飘然而去。其余，如皂班②上的差人，以及县官"坐花厅"时，（上来屡言"坐花厅"，并未说明其体制，兹特略为补叙：县官衙门，在清时，大概全中国都一律，是为定制。大门三楹，外有石狮一对，照壁一垛，壁上照例画一大兽，首西尾东——衙门全是坐北朝南——又像是传说中的青狮，又像是传说中的麒麟，大约取法于哈吧狗，而加减之，使其更为狰恶可畏，而为现实生物中，所绝无者。其名曰"贪"。仰头向上，上有红日，"贪"身绿色，腿际复有火焰，在下角则为海波。画法也全国一律，或亦为定制。大门之内为仪门，亦三楹，再内，东西长庑各一列，为吏、户、礼、兵、刑、工六房。上为大堂，堂有暖阁，非有大事，不坐大堂。入内，又东西两庑各一列，为三班差役，或亲兵所驻。再进，无侧门，东西庑则为门稿大爷、签押二爷等所住。其上为二堂，无暖阁，仅设公案、印架，问案打人，应该在此。但县官坐二堂，例穿公服戴大帽，站堂之差役，录供之书办，俱应长衣戴帽。二堂之东，为大花厅，另一院落也，其中布置，则无定制，大抵必有花木。而县官平

---

① 旧时官衙每天卯时（早上五至七时）查点到班人员，被点名的人须回叫一声"应卯"。——原编者注
② 旧时官衙里的差役叫皂隶，皂班即差班。——原编者注

日办公之签押房，亦在此。东乡县之花厅颇大，又异于它处。县官之"坐花厅"，则比较随便，仅穿便衣，不必戴大帽，并可自己抱水烟袋，不必茶房或亲丁装吸。大抵坐炕床上，摆官架子，行刑打人，则在门外廊前。差役、书办、亲丁亦不必穿青衣、戴大帽，人数亦不若坐二堂之多。衙中其余房舍，以无关本文，虽皆有定制，亦从略。）必须当班的茶房，行刑隶等，因为白昼清闲，于是便利用废时，大伙儿组织了一个徽调戏班。特别从崇仁县请了一生一旦来做师傅，一个月后，居然能够上演《三戏牡丹》。这一个业余戏班，在县城内以及近郊，很为有名，生意也不错。一个出色的旦角，是号房里的，一个出色的小生，则是皂班里的。衙门里越清闲，城内外的戏越唱得劲，一直唱到周知县去任，何知县上任，方才冷落了。

何知县大约是光绪三十一年春漕开征时来的。何知县也是浙江人，出身是进士，年纪与前任差不多，可是不抽鸦片烟，并且手面阔绰，具有威仪，恰是当日一员能吏。刚一接印，衙门便大为热闹起来，而且外自照壁，内到毛厕，都粉刷一新；而且师爷家人一大群；而且天天坐二堂问案；而且三班六房都纷纷复业，兴高采烈的；而且在空地上啃青草的，已不只礼房、书办的那一匹老马；而且衙门外那一条街的生意也好了起来；而且班房也修理好了，随时都有几十人愁眉苦脸的被押在那里；而且衙门里应有的三种声音，也听得见了。何知县把东乡县衙门复苏了，也得了县民的恭维，说何知县是管事的民之父母。

大概何知县的作风是正常的，但是给与我的印象却很浅。像他的作风及为人，在《官场现形记》里找得出来，就是在现今的许多县公署里，或者也有少许相似之处。独有周知县的作风，书上好像不甚找得出，至于今日，更哪能容许这样无为而治的仁兄！并且就在那时节，也能使我这个不知世故的童子感到一种奇趣，所以今日尚能从记忆中搜出两件怪事，以为谈资。而于何知县，则甚为渺茫，因此，就不再说下去了。

东乡县还有一员官，给与我的印象也很深。也是《官场现形记》，以及任何笔记中，所不能找出的。而且从他一个人，又足以征见四十年前所谓政治军事的实情之一斑。我自然得稍为详细的写一写，但是务请读者不要以为是我的创造，我这笨人，实实创造不出像他这样一个有趣的人来！

此官，为东乡县坐汛①的千总，寻常称为总爷的是也。何处人氏，则记不真了，只记得姓苏，号某某，名兰亭。何以记得其名兰亭？因为后来随父亲到抚州，曾在都司那里，看见六县总爷的履历，有四位都名兰亭，由于诧异，故一直记了下来。苏兰亭是回教徒，据说是很认真的，到我们家来，只喝白开水，只吃白水煮鸡蛋。却因为东乡县没有相当数目的回教徒，而东乡县地土薄瘠，更无水田，服劳力田者，并非水牛，即是可以宰食的黄牛。当时禁宰耕牛之令很严，所以苏总爷到必要吃牛肉时，他便下乡了。他有天眼通的本事，能够于数十里之外，查见某处某人，正在私宰耕牛。每次下乡回城，除照例的鸡鹅鸭羊之外，必有两个乡下人，担上好多块真正肥而鲜嫩的黄牛肉，跟在他的马后。这是充公来的。凡与总爷至好，而喜悦牛肉的，也可分担一点责任。苏总爷不但相貌并不起越，身材高而瘦，块头不大，面黄色，微有几团豆斑，见了人极其文雅，极其谦恭，并且一开口，便是之乎也者。据我家一位秀才亲戚说，他认字虽不多，记的书句却不少，抛的文，并不十分不通。

总爷也有衙门，我也到他那里去过。他有一位老太太、一位太

---

① 清代兵制，千总、把总、外委统率的绿营，营以下人员都称"汛"，驻扎地叫"汛地"，当兵的称"汛兵"。"坐汛"意谓坐镇。《说文通训定声》："汛，假借为讯，今用汛地字，盖讯诘往来行人处也。"——原编者注

太、一位大少爷、一位大少奶奶、一位小少爷、一位二小姐，那时快要出阁了。衙门里有一匹马、一名马夫、两名门兵、一名掌标子，即执旗手是也，有无师爷，有无厨子，有无女仆，则已记不得了。总之，上上下下吃饭的人到底有那么多，开销当然不小。在本县应酬不多，然而对于顶头上司抚州的都府①（即都司）三节两生②，却须送一份厚礼的，算来，一年中的巴结费用也不菲。然而问起来，总爷俸禄全年仅九十六两，七折八扣，能够到手的，不及六十两。巴结应酬约占三分之一，当年的生活费用诚然低廉，然而在宦场中的生活水准，并不见得怎么低下，单是穿之一字，从头到脚，公服戎装，单夹皮棉纱，俱有定制，既是现任官，不能不件件齐备，年年补充，至少也得占去四十两银子之一半。而全年所余，仅仅二十两，恐怕除了一马一夫，光叫总爷吃稀饭，也不够罢？于此，我们就用不着惊异于东乡县汛兵名额为六十名，而实际上，就只有总爷衙门里那四名（一名旗手，两名门兵，一名马夫）。其余的五十六名，都在总爷的肚皮里去了。

虽然兵员不足，但是在秋春二季，仍然要举行一月三操。每逢操演，临时派定全城出壮丁十六名，届时齐集操场。制服哩，只有大红哔叽滚青布宽边的半臂一件，包头青布一条，由总爷颁发，操毕缴还，大抵十六名壮丁，每次都不同，老幼壮瘠高矮，都不一律，当时绿营③兵操，犹然一根笋的中国古式操法，绝不是临时凑合来的人，所能办到。因此，这十六名穿大红半臂的家伙，也只是排排队子而已。临到操演，依然是那四名老兵担任了。于是，总爷亲自打鼓鸣金，以为军阵耳目，四名老兵一面旗，便要演出各种花

---

① 清代绿营军官，职位次于参将，分领营兵。——原编者注
② 三节，指阴历元旦、端午、中秋三个节日；两生，指都司夫妇的生日。——原编者注
③ 清代军制，汉籍兵使用旗帜为绿色，故称绿营兵或绿旗兵。——原编者注

样。先使明火枪，演出几个阵式，有所谓四门阵、梅花阵种种，确乎可以使一般观操的民众，为之目眩耳聋，饱闻火药气味。其次，就是南阳刀、长枪、羊骨叉、藤牌、短刀，所谓马下的十八般武艺，都要择优操一遍。在这些地方，你就可以看出苏兰亭的本事了。他虽然不亲自动手，但是要把那四个人调度到好像四百人的阵仗，一点不令人感觉到局面的落寞，煞是不容易，若非由军功出身，打过盗枭，镇压过械斗的苏总爷，任何人来，未有不丢丑的！

还有一件事，更足以见苏兰亭的勇敢与经纶。这是他那旗手亲自告诉我的，自少总有六成的真实性。据说，苏总爷与东乡王捕厅太爷一样，都是极其厌恶赌博的。两方面都放有耳目在外，只要听见某处有聚赌抽头的场合，他们必争着带领手下扑去。王捕厅因为有职责有事权，所以他的办法更严厉些，总要将赌棍们押去，打了又罚。总爷衙门因为不能押人，获有罪犯，理应送县衙门法办，所以他比较仁慈，只举一件，以骇其余好了。

某一天，总爷得到密报，距城二十里处，某姓人家，有人聚赌抽头，进出很是不小；而且当宝官的抽头的，都是本县著名流痞，动辄白刀子进红刀子出，随地随时，腰带里总插有几柄风快的匕首在的。于是，总爷不动声色，在黄昏时节，便率领两名老兵，连裁纸小刀都不带一柄，也不骑马，也不穿戎服，只顺带口袋两条，悄悄的直向那危险地方出发。及至走到，正是夜间赌场顶热闹时候。总爷先将地形察看一番，遂把两个老兵安置在前后门口，切嘱：听见场内发生什么时，只在外面吆喝着，以助声威：第一，不可不待声唤，便妄自扑入；第二，不可出手拿人，免得事情闹大了，不好收拾，而且与一般流痞们结下冤家，总是不利的。于是，总爷便独自一人，暗陬①中遮掩而入，先挤在博徒们的背后，以观风势。等

_____

① 读 zōu，隅，角落，山脚。——原编者注

到场伙正旺、赌注最丰之际，骰盒一推出，总爷便伸出手去，先将骰盒抓了。这一下，全场都激动了，所有的匕首短刀，一齐雪亮的拔出，然而，瞪眼一看，认清楚了是总爷在抓赌，这场面登时改变：一群豪杰，立刻抱头鼠窜。及至总爷将台面清理了后，这才大声吆喝拿人，于是，前后门的埋伏，也吆吆喝喝的助着声威。其后，才将散钱以及零碎滥版鹰洋，帮总爷收拾在口袋里，还顺便收拾些水烟袋、茶壶、茶碗等件，名曰充公。

这么样，所以苏总爷才过活了去，一直到裁撤绿营时。然而，当我离开东乡县时，听闻省城才在开办新兵，武备学堂第一期学生，尚未毕业。

除却上来所叙者外，东乡县值得写的，还有好几件。比如那种易内饮酒，恬不为怪的民风。因为这在我个人看来，并不觉得奇怪，并且也可以说出它之所以构成的因由。但是，读者们难免不朝坏的方面着想，这一来，岂不将我所最喜悦的这个纯朴地方，点染了一些污痕。何况，那是四十年前的风俗，今日交通已便，而去年又曾遭了一次兵燹，自然一切都已改变了，我们旧曾以为坏的，必然业已变好，旧曾以为好的，必然变得更好，因此，我连那时曾去参观过的破天荒的东乡小学，也用不着再写。我只蓄此一个希望，何年何月，让我再能到江西走一遍；而抚州与东乡，恰都在铁路线上，来去已很容易，看一看今日的东乡，究已变成了一个什么样的面目。最可惜的，就是一般童年朋友，别来四十年，不但面目已记不得，甚至连姓名都记不起了。在抚州小学里，只记得一位最调皮的丁鼎蕭，即丁谷音先生是也。还是民国八年，丁先生在四川督军熊克武先生幕中，同我在报纸上打了一场笔墨官司，经人调解晤面，才重新认得。然而又二十四年了，此公究在何处呢？此外，还有一位姓梁的同学，曾于二十年前后，在川边做过县知事，向舍亲杨君说起，方知有此一段因缘。不过没有重晤，甚至榜篆①为何，也忘记了。尤可惜者，丁、梁二公都不是东乡县人。我这篇回忆写到这里，不能再写下去。

选自民国三十一年（1942）《风土什志》第一卷第二三合期

追念刘士志先生

于今将近四十年了，然而每每和几位中学老同学相聚处时，还不免要追念到当时的监督——即今日之所谓校长——刘士志先生。

至今我记忆犹新的，还是和刘先生初次见面的那一幕。时为光绪三十四年，我刚由华阳中学戊班，为了一个同班学生受欺侮，不惜大骂了丁班一个姓盛的学生一顿，而受了监督陆绎之、教务冯剑平不公道的降学处分——即是将我由华阳中学降到华阳小学去——我愤然自行退学出来，到暑假中去投考四川高等学堂附属中学的丁班时，因了报名的太多，试场容不下，刘先生乃不能不在考试之前，作为一度甄别的面试，分批接见的那一幕。

刘先生是时不过三十多岁，个儿很矮小，看上去绝不会比我高大。身上一件黄葛布长衫，袖口不算太小，衣领也不太高，以当时的款式而论，不算老，也不算新。脑瓜子是圆的，脸蛋子也近乎圆，只下颏微尖。薄薄的嘴唇上，有十几二十茎看不十分清楚的虾米胡，眉骨突起，眉毛也并不浓密。脑顶上的头发，已渐渐在脱落。光看穿着和样子，那就不如华阳中学的监督与教务远矣！他们

---

① 榜篆，旧时称呼别人的名号的敬辞。——原编者注

不但衣履华贵，而且气派也十足。刘先生，只能算一位刚刚进城的乡学究罢了！不过在第二瞥上，你就懂得刘先生之所以异乎凡众的地方，端在他那一双清明、正直，以及严而不厉、威而不猛的眼光上。

其时，刘先生坐在一张铺有白布的长桌的横头，被接见的学生，一批一批的分坐两边。各人面前一张自己填写好的履历单子。刘先生依次取过履历单，先将他那逼人的眼光，把你注视一阵，然后或多或少问你几句话；要你投考哩，履历单子便收下，不哩，便退还你。有好些因为年龄大了点，被甄别掉了。有一位，好像是来见官府的乡绅，漂亮的春罗长衫，漂亮的铁线纱马褂不计外，捏在手上的，还有一副刚卸下的墨晶眼镜，还有一柄时兴的朝扇，松三把搭丝缘的发辫，不但梳得溜光，而且脑顶上还蓄有寸半长一道笔伸的刘海。刘先生甚至连履历单子都不取阅，便和蔼的向他笑说："老哥尽可去投考绅班法政学堂。"

这乡绅倒认真地说："那面，我没有熟人。"

"我兄弟可以当介绍人的。"

就这样，在初试时，还是占了四个讲堂。到复试结果。丁班正取四十名，备取六名。就中年纪最大的，恐怕要数我了，是十七岁。其次如魏崇元（乾初）① 虽与我同岁，但月份较小。在榜上考取第一名，入学即提升到丙班，第二学期又升到乙班的李言蹊②，或许比我大点。而顶年轻的如魏嗣銮（时珍）、谢盛钦、刘茂华、白敦庸③、黄炳奎（幼甫，此人有数学天才，可惜早死。绰号叫老弟。）、杨荫堃（樾林）④ 等，则为十三岁。周焯（朗轩，民国元年

① 魏乾初，四川峨眉人，国民党时期四川省参议员。——原编者注
② 李言蹊，当时优等生，后入北京大学。——原编者注
③ 白敦庸，四川西充人，清华学校毕业后赴美留学。——原编者注
④ 杨荫堃，留学日本习纺织，回国后在青岛一纱厂任工程师，直至建国以后。——原编者注

后改名无，改字太玄而以字行）虽然块头大些，其实也只十三岁。如以籍贯而言，倒是近水楼台的华阳县籍，只有两个人，我之外，第二个为胡嘉铨（选之），成都县籍仅一个人雍克元。

四川高等学堂附属中学，是光绪三十三年秋季开办的，第一任监督为徐子休[1]（后来通称徐休老，又称霁园先生），招考的甲乙两班学生，大抵以成都、华阳两县籍居多，而大抵又以当时一般名士绅以及游宦世族的子弟为不少，个个聪明华贵，风致翩翩。丙班学生是光绪三十四年春季招考的，刘先生已经当了监督，如以丁班学生为例，可以知道丙班学生也大抵外州县人居多，也大抵山野气要重些。刘先生对于甲、乙班学生的看法，起初的确不免怀一种偏见——虽然他的儿子也在乙班肄业，总认为城市子弟难免近乎浮嚣，近乎油滑，所以每每训诫丙、丁班学生，一开头必曰："诸君来自田间……"

刘先生对待学生的态度，在高等学堂那方面，大概也无二致，就我们这方面言，的确是光明、公正、热忱、谨严。学生有一善可纪，一长足称，总是随时挂在口上。大概顶喜欢的还是踏实而拙于言词的学生。至今我们犹然记得刘先生常常嗟叹说："丙班之萧云，丁班之胡助（少襄，是时也才十三岁）吾深佩服！……"（胡助后来在陆绎之代理监督时，不知为了一件什么小事，因要拿几个学生来示威，遂没缘没故的同别的五个学生，一齐被悬牌斥退。大家都知道胡助是着了冤枉的好人，陆绎之之所以未能蝉联下去，大概于这件错误的处分上，也略有关系，因为学生们不太服了。）但是一般桀敖不训、动辄犯规的学生，刘先生也一样的喜欢。这里，我且举几个例。

---

① 徐子休（1862—1936），四川华阳人，曾留学日本。濊江书院主讲，并设泽木精舍任教。继任四川法政、高等学堂、中国公学教习。创设大成学会及学校。著有《群经大纲》及《霁园诗文钞》等书。——原编者注

先说我自己。我是刘先生认为浮嚣、油滑的城市子弟之一，而且又知道我是一个不大安分，曾被华阳中学处分过的学生，（大概是陆绎之告知的。那时，陆正任丁班的经学教习——教《左传》，虽然是寻行数墨①的教法，但对于今古地域的印证，却有见地。）于头一次上讲堂时，就望见了我，并立刻走到我的座位前，察看我的名字。我曾大不恭敬的回说："还是这个名字，并没有改。"而且后来在斥退胡助的那事件时，他到丙班讲堂训话，头一名是点着我，大言曰："这一回可没你在罢？"后来，尚起过两度纠纷，不在题内，可不必博引它了。平常到夜间巡视自习室，在我书案前勾留的时间，必较多些，问这样，问那样，还要翻翻抄本，查询一下所看的书，整整一学期，都如此。大概后来看见我被记的小过多了，从记过的行为上，看出了我并不怎么坏罢，方对我起了好感。直到有一次，因我和张新治（春如）开顽笑，互相发散四六文传单，彼此讥骂。而我用的是自己发明的复写纸，发得多些，因才被监学无意间查获了两张；正遇刘先生照例在空坝上公开教训学生时，他立即告发前去。于是把洪垂庸（秉忠）② 和人骂架的案子一结，立刻就点到李家祥③这一案。

　　李家祥的过失太大，当然从头教训到脚，从小演说到大，其后论到本题："看语气，自然是在对骂。那吗，张新治也不对，张新治呢？站过来！"

　　张新治站过来了。一件蓝洋布长衫满是油渍墨渍，而且从腰到叙三个纽扣，都宣告脱离。刘先生于是话头一转，从衣冠不整、则学不固，一直发挥到名士乃无用之物。然后才徐徐问到正案。张新

---

　　① 寻行数墨，只是咬文嚼字，并不说明道理。《明儒学案》郝楚望《四书摄提》。"博士家终日寻行数墨，灵知蒙闭。"——原编者注
　　② 四川外语专科学校毕业，曾任乐山嘉裕碱厂厂长。早故。——原编者注
　　③ 即作者的本名。——原编者注

治是绝口否认他也发过传单。取证到我时，且故意说："两个人共犯，处分要轻些的。"但我决意不牵引张新治在内，并且概乎其言的顶回去道："都是我一个人做的。我不要人分过。请你处分我一个人好了。"

刘先生微微笑了笑："那没别的说头，记两大过。"

教务在旁边说："李家祥，我记得已记了十一个小过，倘再记二大过，就应该斥退的。"

刘先生不借思索的道："那吗，暂时记一大过五小过再说。"

大过、小过的确记了。但刘先生从此就不再把李家祥当作一个浮嚣而油滑的城市子弟。

其次一件事，在当时实算是学堂内政上一件大事，若交给任何监督来办——自然更不要说陆绎之——当然无二无疑的挂牌斥退。而且风闻其他学堂，的确是照这样办法办的。

事情是两个年轻的学生，不知利害的犯了一件小孩子处在一处时所难免的不好行为。不知怎样，忽然被丙班三个学生义愤填胸的认为太不道德，太有关风化了；并认为刘先生不声不响的处理为不当。于是，挺身而出，扛着一面无形的正义大旗，攻向监督室里，要求解决，虽不肆诸市朝，亦应明白逐出学宫，与众弃之。否则，人欲横流，国家兴亡都似乎有点那个。

无形的正义大旗一举，不但那两个将被作为祭旗的牺牲骇得打抖，便是我们一般并非讲仁义说道德的学生，想到刘先生之嫉恶如仇，之行端表正，之烈火般的脾气，究不知将因这面旗子的不可抗拒的影响，而爆发出来的，是怎样的一种可怕动作？然而才真正的不然，在星期六夜间，经刘先生出乎意外的、心平气和而且极尽情理的一解释，这旗子似乎就有点飘摇起来。刘先生谈话的大意是：小孩子不知道利害的糊涂行为，应该予以教训，使其明白这是不好的，并且有损于他们自己。但先要保存他们的耻，然后他们才能革。所以我们只能不动声色，慢慢指教，而绝不应该大鼓大擂，闹到人人皆晓，个个皆知。这样，他们一时的过失，岂不因为我们的不慎，而成为终身之玷，而弄到不能在社会上出头？不但损及他们的家庭声誉，甚而还可损及他们的子孙，这关系难道还小了吗？有许多人都是因了一点不要紧的小过，即因被多数的好人火上加油，弄到犯过者虽欲悔改而不能，因就被社会所指责；懦弱的只好终身受气，强梁的便逼上了梁山。这还说是真正犯了过的。至于某某两人的过失，尚未如你们所说的之甚，不过行为之间，有其可疑之点而已。我们从种种方面着想，只能好好的指教之，——连挂牌记过都说不上，何能即便指实，从而渲染，将人置于不可复生的死地呢？

这种极尽情理的话，已将大多数学生的见解转移了。但那扛着无形的正义大旗的三位，却还还顽强的不肯折服。不过来时是气势汹汹的攻势，去时已只能持着一张大盾来作守势。而这大盾，便是人生的道德、学堂的规则，与夫学生"大众"的舆论。

刘先生本来可以不再理会这三个道学者，但是他一定要说服他们，他不愿意随便利用他当监督的否决权，虽然那时还没有"德谟克拉西"①的"意得约诺纪"②，而刘先生又是著名的性情暴躁的正派人，曾经用下流话破口骂过徐子休，同时还拿茶碗掷过他。因此，到次日星期日的夜间，众学生都回到学堂之后，（当时的附属中学，并无走读制。甲乙两班学生，全住宿在本学堂，丙丁两班则住宿在隔一垛墙和隔一道穿堂的高等学堂——即从前王壬秋③当过

---

① 德谟克拉西，Democraey 音译，意为民主。——原编者注
② Ideologie 音译，意即意识形态。——原编者注
③ 王壬秋（1833—1916），名闿运，字壬父，湖南湘潭人。对《诗》《礼》《春秋》颇有研究，办过尊经、船山等书院。清宣统时受赐翰林院检讨。民国初年任国史馆馆长。著有《湘军志》《湘绮楼全集》。——原编者注

山长的尊经书院①的原址——的北斋。借此，我再将我们那时所住的中学生活，略说一说。那时，我们每学期缴纳学费五元，食宿杂费二十元，我们每学年有学堂发给的蓝洋布长衫两件，青毛布对襟小袖马褂两件，铜纽扣，铜领章——甲乙两班在前一年发的，还是青宁绸作的哩——漂白洋布单操衣裤两身，墨青布夹操衣裤一身，长鞾密纳帮的皮底青布靴两双——甲乙两班在头一年还有青绒靴一双——平顶硬边草帽一顶，青绒遮阳帽一顶。寝室规定每间住四人至六人，每人有白木干净床一间，并无臭虫、虱子，白麻布蚊帐一顶，有铺床的新稻草和草垫，有铺在草垫上的白布卧单，有新式的白布枕头。每一寝室有衣柜一具至二具——别有储藏室，以搁箱笼等。有银样的菜油锡灯盏一只，每天由小工打抹干净后，上足菜油。每处寝室，有人工自来水盥洗所，冷热水全备，连脸盆都是学堂供给的。讲堂上不用说，每到寒天，照例是有四盆红火熊熊的大火盆。自习室到寒天也一样，不过只有一盆火。自然，每人一张书桌，但是看情形说话，如其你书籍堆得多，多安两张也可以。每桌有银样的菜油锡灯盏一只，有一个小工专司收灯、擦灯、放灯、上油。每人每学期有大小字毛笔若干支，抄本二十五本，用完，还可补领；各科教科书全份。至于中西文书籍，可以开条子到高等学堂的藏书楼去借。一言蔽之，每学期二十元，除食之外——至于食，后面再补叙——还包括了这些。所以起居服饰，求得了整齐划一，而又并不每样都要学生出钱，或自备。故无可扰，亦无有意的但求形式一致，而实际则在排斥贫寒有志的学生。因此，学堂也才办到了全体住堂，而学生并不感觉像住监狱的制度。管理是严厉的，早

---

① 尊经书院，清同治末（1874年）吴文勤以"通经学古，课蜀士"请建院。光绪元年（1875年）春成立，设成都城南石牛寺。丁文诚督蜀时，延请王壬秋为山长。光绪末（1908年）改设四川高等学堂，其分设学堂则在侧壁。二十年代为国立成都大学校本部。——原编者注

晨依时起床点名，盥漱后不能再入寝室；晚间，摇铃下了自习后，才准鱼贯而入寝室。灭灯之后，强迫睡眠。星期日薄暮回堂，迟则记过，也是严厉执行着的。记得那位秦稽查，人虽和蔼，但是对于学生名牌，却一点也不苟且，也一点不通融。）刘先生又叫小工将三位招呼到教务室，重为开导。这一次，刘先生却说得有点冒火了，大声武气的吵了一阵之后，忽然向着三人作了一个大揖道，"敬维颉，敬先生！梁元星，梁先生！蒙尔远（文通）①，蒙先生，三先生者，维持风化之先生也。如其他们家庭责问到学堂，我兄弟实无词以答，这只好请烦三先生代兄弟办理好了。……"

这一来，三先生的旗、盾才一齐倒下了。两个可怜虫并未作牺牲，而三先生也大得刘先生的称许。

此外还有一件极小的事件，也可以看出刘先生的通达、机敏和处理有才。

刘先生性情直率，喜怒爱恶，差不多毫无隐饰的摆在面上，待学生们如此，对教习们也如此。当时，学堂里有位英语的教习顾祖仁，不知道是国外什么地方的华侨侨生，年纪只二十多岁，长于西洋音乐，大概回国不久，除流利的英语外，说不上几句国语，至于中国文字，自然更属有限。这与另一位英语教习比起来，那自然有天渊之别了。所谓另一位英语教习者，杨庶堪（沧白）② 是也。杨先生是巴县秀才，中文成了家，而英文哩，据说是无师自通，文法很好，发音却有些古怪。（杨先生曾在丙班上大发牢骚说，甲班学生毁他连英文"水"字的音都发错了。当时，不知道是我的听觉不行吗，

---

① 蒙文通（1894—1968），四川盐亭人，历史学家。曾任北京大学、四川大学等校教授及川大历史系主任。著有《越史丛考》等。"文化大革命"期间逝世。——原编者注

② 杨沧白（1881—1942），四川巴县人。同盟会员。武昌首义时，与张培爵等率军光复重庆。护法运动时任四川省长。1923 年任孙中山先生大元帅府秘书长、广东省长。抗战时回川，被任为四川省主席、国史馆长，均力辞不就。后病逝。——原编者注

如是我闻，杨先生念了十几遍"水"字的英文音，的确不见得怎么对。）刘先生之与他，不但声气相投，而且在那时节，成都学界中加入同盟会敢于革命的，除了高等学堂少数学生外，（如张真如①、萧仲伦②，和已故的祝屺怀③、刘公度都是。）在成都的教习班子里，恐怕只有刘、杨二先生了。因为再加此同志关系，刘先生之对于杨先生，较之对于顾祖仁，那自然两样。所以若干次在甲乙班二个讲堂之间的教习休息室中，我们常常看见杨先生含着一支纸烟，吹得云雾腾腾的在说话，刘先生则老是亲切而诚恳的坐在对面，讲这样讲那样。如其顾祖仁穿着一身笔挺的西服走来，刘先生只管同样起身延坐，但是谈起话来，口吻间却终于抹不了一种轻蔑的意思，老是问着："你不怕冷吗？""你不感觉冷吗？"这，绝不因为刘先生守旧，瞧不起西装。因为杨先生不也穿的是一双大英皮鞋吗？只管是中式棉裤，而裤管还是用丝带扎着的。我们心里明白，刘先生只管在讲革命、维新，毕竟他是下过科场，中过举人，又长于中国史学，先天中就对于中文没有根底，而过分洋化了的人，总有点瞧不上眼。这是四十年前的风气，虽进步的刘先生到底也不能免焉。

刘先生不许学生抽纸烟，（这倒是几十年来中外一律的中学校的禁例，却也是许多中学生永远要干犯的。）每每当众说："我闻着烟子就头痛。"但我们在背后辄反唇相讥："那只有杨沧白口里吹出的烟子，闻了才不头痛。"本来，他两位先生个儿都一样的矮小，不说心性志趣如彼的相投合，即以形体而论，也太感得一个半斤，一个恰恰八两。因此，一个丙班的不免过于混沌一点的学生王稽

---

① 张真如（1887—1969），即张颐，四川叙永人，哲学家。同盟会员。四川高等学堂毕业，由稽勋局考送美、英、德国留学，获哲学博士。曾任厦门大学、四川大学校长，及川大、武汉、北京大学教授，全国政协委员。1969年病故。——原编者注
② 萧仲伦，中医师及成都各中学校教师。——原编者注
③ 祝屺怀，成都人，国立成都大学历史系教授。——原编者注

亚①，有一夜在北斋寝室中，偶然说到刘先生之不讨厌杨先生吹出的烟子时，他才忽然提高了调门，忘乎其形的说了两句怪话。妙在适为刘先生巡查寝室，在窗子外听见了。我们整个北斋的学生，于是都如雷贯耳的，听见刘先生狮子般的声音在大吼："王稽亚！……你胡说些啥？……明天出来，跟我跪在这里！"

我们当时都震惊了。但是一直到明晚灭灯安睡，并无什么事件发生。王稽亚虽是栗栗了一整天，却没有下过跪。其后我们把刘先生这一次的举动一研究，方深深感到刘先生之为通品。

其一，王稽亚原本是个浑小子，刘先生平日便曾与之开过玩笑。有一次，王稽亚为了失落一支铅笔，去告诉监学，事为刘先生所闻，不由大声笑道："连一支铅笔都守不住，你还要稽持亚洲？算了罢！"

其二，浑小子说浑话，任你如何批评，只能判他个"小儿家口没遮拦"。倘若真要认为存心毁谤，目无师长，甚至存一个此风不可长，而严办起来，照规矩讲，何尝不可。但是这不免官场化了，示威则可，而欲令学生心服，则未也。

其三，只管是没遮拦的浑话，毕竟难听，况又亲自在窗外听见。于时，尚未灭灯，寝室外面，来往尚众，如其假作不闻，悄然而逝，岂但师长的身份下不去，即巡视寝室的意义，又何在焉。

其四，像这样的浑小子，放口胡说，若不立刻予以纠正，则将来定还有不堪入耳之言。苟再包容，则为姑息；若给予惩罚，那又近乎授刀使杀然后绳之以法了。

从这四点着想，我们乃大为折服刘先生之处理，不唯坦白，抑且机敏。学生是信口开河，先生则虚声恫骇，结而不结，牛鼻绳始终牵在手里。看似容易，但是没有素养的人，每每就会从这些不相

---

① 王稽亚，北京清华学堂毕业后，送往美国留学。——原编者注

干的小事上，弄成了不可收拾的大故。因此，我常以单是有才，或单是有德的先生们，为经师或有余，为人师便嫌不足。这其间大有道理，从刘先生的小动作上看去，思过半矣。

据我上来所说，刘先生之于管教学生，好像动静咸宜，无疵可举，是醇乎其醇的一位最理想的中学校长了。我难于全称肯定的说：是的。而且我还可以再来一个全称否定说，自我身受中学教育以来，四十年间，为我所目击的中学校长中，能够像刘士志先生之为人的，确乎没有。这样说来，刘先生一定是超人了。其实又不然，刘先生仍然是寻常人中可能找得出的。他之对待学生，只不过公正、坦白、不存成见，同时又能通达人情而已。他的方法是，不摆师长的官架子，不在形式上要求学生的一切都适合于章程规则，更不打算啰啰唆唆地求全责备将学生造成一种乡愿①。但他也绝不怎样过分地把学生当着亲密的子弟，从而姑息之、利用之，以冀强强勉勉灌输一些什么主义、什么学说，而结为将来以张声势的党徒，或竟作为争取什么的工具。不，不，刘先生从来没有这样着想过。他看学生，只不过是一种璞，而且每个璞，各有其品德，各有其形式；他是手执琢具的工师，他要把每个璞琢之成器。但是，他理想中具储的模型极丰富，有圭②，有玦③，有环④，有瑚琏⑤，有楮叶⑥，甚至有棘端⑦的猴。因此，他才能默默的运用其心技，度

---

① 乡愿，一作乡原。指乡里间的外貌忠诚、谨慎，其实是言行不一、欺世盗名的伪善者。——原编者注
② 圭，古代五等诸侯所佩瑞玉，上圆下方。——原编者注
③ 玦，古玉器，如环而有缺口。——原编者注
④ 环，圆中有孔的碧玉。《尔雅·释器》："肉好若一谓之环。"邢昺疏："边、孔适等着一者名环。"——原编者注
⑤ 瑚琏，古代盛禾稷木制祭器。比喻人有立朝执政之才。——原编者注
⑥ 楮叶，《韩非子·喻志》："宋人有为其君以象为楮叶者，三年而成，丰杀茎柯，毫芒繁泽，乱之楮叶之中而不可别也。"后世以喻模仿逼真，如说莫辨楮叶，可乱楮叶。——原编者注
⑦ 棘端，丛生的小酸枣树，枝上有刺。——原编者注

量材料，将就材料，而未致像许多拙匠，老是本着师傅授予的一套本领，不管材料的千形百状，而模型只一个，只好拿着材料来迁就模型了。我们由古代的说法，刘先生之教育，只是因材施教四个大字。由现代的说法，他不过能契合于教育原则，尤其多懂得一些心理学而已。所以我说刘先生绝非超人也。

刘先生在差不多的两年监督任内，还有三件比较大的事情，值得我们的纪念。

第一件，是把四川高等学堂附属中学的招牌，改为四川高等学堂分设中学。

附属与分设这两个名词，从表面上看，好像分别并不甚大。但是按之实际，则大大不然。附属中学，好似高等学堂的预科，五年修业期满，可以不再经考试，直接升入高等学堂的正科一类或二类（即后来所称的文本科理本科）。平时，中学的教习，由高等学堂的教习兼任，即不得已而必须为中学专聘的教习，如每班的国文教习、英文教习等，也由高等学堂监督下聘，也由高等学堂开支。其他如中学的行政费用，学生食宿书籍等一切费用，也全由高等学堂监督下聘的庶务办理。中学监督，也由高等学堂监督或在教习中聘兼，或者向学堂外另聘。虽然也名叫监督，其实等于后世各大学所设的预科或附中的主任。而且因为经费不划分，监督不能聘请教习和辞退教习，在实际上，还抵不住一个主任。刘先生本是高等学堂一个史学教习，由当时的高等学堂监督胡雨岚聘请兼任中学监督。在胡雨岚未死时，因为尊重刘先生之为人，中学这方面的用人行政，自然由刘先生全权作主，即一般高等学堂那边的同事，也能为了胡雨岚敬信之故，而处处与刘先生以便利。但是中国的事情，每每因人而变。及至高等学堂监督换了人后，虽然并不存心和刘先生为难，倒也同样的尊重，同样的敬信。或许由于才能差了一点罢，于是一般勉强能与刘先生合作的高等学堂的同事，尤其管银钱和管庶务的，便渐渐有意无意的自行划起界限来了。这中间一定还有许多文章，还有许多曲曲折折的花头，只是刘先生自己不说，我们也不知道。不过在宣统二年夏，刘先生病故北京，我们为之开追悼会时，高等学堂好些学生送的挽联，却曾透露过为刘先生抱不平的话。可惜记性太差，只记得一只上联，是什么"世人皆欲杀，我知先生必先死"，连送挽联的名字都忘了。

因为如此，所以在宣统元年秋季运动会——距胡雨岚之死大概一年罢——之后，刘先生才借了下文就要说的几件事情，不知道努了多少力，费过多少唇舌，才争到了将附属中学从高等学堂那面，把经费和行政划了一部分出来，成为一种半独立的中学，而改名为四川高等学堂分设中学。我们当时都很高兴，并不以损失了直升高等学堂正科的权益为憾。

后来，我们感到不足的，就是分设中学堂的地址太窄小了，仅有四个讲堂；十几间自习室，甲乙两班的寝室已很够挤，所以才把丙丁两班的寝室，挤到高等学堂的北斋。本身没有操场，没有图书馆。后来因为修了一间阶梯式的理化大教室，连食堂都挤到前面过厅上了。因之，才仅仅办了四班。彼时中学是五年制，不分高初中，而且春秋两季开班。如其在徐子休开办时有永久的计划，那就应该划出地段，准备分期修建十个讲堂，和其余足用的房舍。当时，在石牛寺①那一带，荒地很多，购置划拨，都不困难，何况左侧的梓潼宫相当大，很可以利用。我们不知道最初的计划如何，只是后来并无扩充的迹象，以致丁班之后，不能再招新班；而且待到民国纪元时，甲乙两班毕业后，高等学堂监督周紫庭竟独行独断，宣布分设学堂停办——此即由于当初只争到半独立，而后任监督都

---

① 石牛寺，又名圣寿寺，在成都南较场。据《华阳县志》所载，原址规模宏大，包括今日之人民公园、将军衙门一带。寺内有铁狮，说是汉、唐修造，以镇水怪之物。——原编者注

永和又完全以周紫庭之属员自恃，不但还原了附属性质，而且还进一步办成高等学堂的枝指——而以纹银八百两的贴补费，将丙丁两班移到成都府中学，合在新甲、新乙两班去毕业——当光绪年间，开办学堂，多以天干数定班次，于是甲乙丙丁戊己之下，庚班就不容开了。此缘"庚班"与"跟班"之声同。跟班者，奴才也。大家觉得不雅听，因从庚班起，改为新甲新乙。其后，还是不方便，才改订了以数目字来排列。但是，我想，将来还是要改的——因此，分设中学，便成绝响。但我相信，倘若刘先生不在改换名称之后，急急离去，或者不在宣统二年病故，而能回任，分设中学说不定可能继续办下来的。不过，也难说。以刘先生的性情和为人，又加以是老同盟会员之故，像从民国元年以来的世变，他哪能应付！分设中学纵然形式上存留下来，其精神苟非甲乙丙丁四班时的原样，那又何足贵焉！倒不如像现在这样的"绝子绝孙"，还可以令我们回忆得津津有味，这或者不是李家祥一人的私见罢？

第二件，可以说就是促成第一件的直接原因之一。时为清宣统元年秋季，成都全体学堂——也有外州府县的学堂远远开来参加的，如自流井王氏私立的树人中学，即是一例——在南较场举办了一次运动大会。我们学堂排定的节目，有甲乙两班的枪操。甲乙两班枪操了一学期，所用的旧废的徒具形式的九子枪，自然是高等学堂备有的。而高等学堂的学生，也有枪操节目。这一来，自然就与平日轮流使用不同，非设法再增添八九十支真正的废枪不可了。

我们是附属的学堂，事务上平日既没有分家，那吗，枪之够与不够，自然是高等学堂办事人的事情，也是他们的责任。大约事前，刘先生也的确向那面办事人提说过，或商量过的，因此，在运动会开幕的头二天，刘先生才很生气的告诉甲乙两班学生说："今天你们下了操后，就顺便把枪带回来，放在各人寝室里。"

我们立刻就感觉这其间必有文章做了。果不其然，高等学堂的办事人遂一而再、再而三的前来要检枪。起初还声势汹汹的怪甲乙两班学生不该擅动公用器物，刘先生老是笑嘻嘻的回答道："只怪你们办事不力，为什么不早预备，我们的学生聪明，会见机而作。……至于你们那面够不够，有不有，那是你们的事，我不管。"

后来，演变到高等学堂的百数十个学生，被一般不满意刘先生的办事人鼓动起来，集体侵入到我们的食堂上，非有了枪，不肯走。刘先生一面叫甲乙班学生将寝室门锁了，各自走开，不要理会；一面便亲自到高等学堂，找着那般办事人，很不客气的责备了一番。结果，还是高等学堂自己赶快去借不够用的枪支，而索枪的集团也只得静静的坐了一会便散走了。但是，到运动会举行那天，专为他们高等学堂学生备办了午点，而我们没有。这虽是无聊的报复，却显然给了刘先生一个争取改换招牌的借口，而我们本无成见的学生也愤愤了。

第三件，这不仅是我们中学史上的一件大事，抑且是四川教育史上一件大事，再推广点说，也是清朝末季四川政学冲突史上一件大事。如其我不嫌离题太远，而将那一天的情形，以及事后官场所散布的种种谣言，仔仔细细写出一篇记实东西来时，人们必不会相信这是三十八年前的陈迹，人们必会爽然于近两年各地所有军学冲突、政学冲突、警学冲突的流血事件，原都是三十八年前的翻版文章，不但不算新奇，而且今日政府通讯社和政府报纸所报道所评论的口吻和手法，也不比三十八年前的官告和告示有好多差异。但是我不愿这样做，仅欲赤诚的建议于今日一般有志作"官方代言人"的朋友：近百年史可以不读，但近三四十年的官书却不可不熟，为的是题目一到手，你们准可振笔直抄，一切启承转合，全有，用不着再构思，甚至连调门都不必掉易。你们的主人还不是三四十年前的主人。只不过以前老实点，称为民之父母，今日谦逊点，称为民之公仆而已。

宣统元年秋季运动会，本系成都学界发起，参加者限于文学堂，连当时堂堂的陆军也未参加。但是，临到开幕，忽有巡警教练所的一队大汉，却入了场，报了名。一般主办会事的人觉得不妥，即与教练所提调某官交涉，最好是请他的队伍自行退场，不要参加各种竞赛，以免引起学生们的误会，纵不然，即照幼孩工厂的办法，单独表演一番而去，作为助兴之举。后来，据说那提调本答应了的，不知如何又拒绝了。他的解释，巡警教练所也是学堂性质，如遭拒绝，不许加入学界，那是学界人员存心瞧不起巡警，也就是存心轻视宪办新政。大概正在一面交涉，会场里的竞赛业经举行，教练所的选手便不由分说的参加了几项。我那时充当了一名小队长，正领了一队选手，去作杠架竞赛、木马竞赛，而场子里忽然羼进一伙彪形大汉，运动衣上并无学堂标记，也无旗手领队，大家遂吵了起来："我们不能同警察兵比赛！"一声唿哨，正在盘杠子的，正在跳木马的，便都中途收手，各各结队而散，声言"羞与为伍！"（这一点，我不能讳言，的确是学生们的不对，门户之见太深了。但也可以考见学生之与警察，实是从开始有了这两个名称起，就像是不能同在一个器内的薰莸①。倘若探究其渊源，自不足怪，不过却是别一个题目的文章。）

　　及至我回到我们的学堂驻地时，又亲眼看见场内正在举行障碍竞走。十几个少弱的学生们中间，也有两个彪形大汉。飞跑的时候很行，但一到障碍跟前，就糟糕了。我们正在笑他们像牛一样的笨，却绝料不到他们两个中间的一个，竟举起钵大拳头，朝一个学生的背上擂了起来。被擂的学生好像不觉得，反而被他的腕力一下就送过障碍，抢到前面。倒是我们旁观者全都大喊起来，申斥那出

---

　　① 薰莸：薰，香草；莸，臭草。《孔子家语·致思》："薰莸不同器而藏。"——原编者注

手打人的大汉"野蛮！野蛮！"随后不到五分钟，会场的油印报纸，便将这不幸的消息送达全场。在场子四周的学生驻地上，业已发现了不安的情绪。此刻，在官府的看台前（即后世所谓司令台），正由四个藏文学堂的学生，戴着面罩，穿着胸甲，各人手上执着一柄上了刺刀的枪，在作日本式的劈刺。我们亲眼看见成都府中学堂——时任监督的为林思进①（山腴）——学生驻地内，跑出十几二十来个学生，吵吵闹闹的直向巡警教练所驻地上奔去。我们只听见断断续续的人声："去质问他们！……为啥打我们的人！……"

一转瞬间，委实是一转瞬间，距离我们的驻地三四十丈远的教练所队伍处，我亲眼望见有三四个大汉站在一张大方桌上，每人手中持着一柄上了刺刀的枪，向着跑过去的人群，一连猛刺了几下。立刻，人群像水样的倒流回来，立刻呼叫声像潮样的涌起。立刻，被戳倒的几个学生，血淋淋的被搀了几步，又默默的横倒在草地上，而杀伤了人的巡警也立刻集合起来，等不到排队报数，便匆匆的开拔出场，走了。

事情来得太快，也出得太意外。及至大家麻木的情绪一回复，乱嘈嘈的正待提起空枪去追赶巡警时，整个运动场已像出了窝的蜂子。各学堂的管理人都各自奔回驻地，极力阻拦学生，叫镇静，叫维持着秩序，叫大家继续运动，个个都在拍着胸膛，担保有善后办法。同时，四川总督赵尔巽也带着一大批文武官员，由看台上退下，而他那一队精壮的湖南亲兵，也个个挺着精良武器，摆着一副不惜为主子拼命的凶恶面目，在他身边结了个方阵。

当夜，几乎是成都全学界的负责人，不约而同地集合在石牛寺教育会里，商讨如何办法。大家都要看素负重望的会长徐子休是持

---

① 林思进（1873—1953），字山腴，自号清寂翁。清光绪癸卯科举人，考授内阁中书。民元以后，历任四川高等师范学堂、成都大学、华西大学等校教授，工诗文，善书法，著有《成都兵祸诗》等。——原编者注

的什么态度。后来，据闻，徐会长主张退让，认为学界力量决不是官场对手，假如一定要扩大行动，惹出了什么更大的乱子，那他断不能负责的。又据闻，即由于徐会长的态度软弱，大家很是惶恐，幸得刘士志先生、杨沧白先生，作了一场激烈的争执，然后才议决，各学堂自即日起，一律罢课，但须学生自行约束，不得在外生事；一面推举代表，禀见赵尔巽，要求严办出手巡警和教练所提调；一面将轻重伤学生送到四圣祠外国医院，希望取得外国医生证书，准备向北京大理院去控告；一面请求上海各报在成都的访员，用洋文电报把今天消息拍到上海去登报。又据闻，徐会长因为扑灭不了众人这股火似的热情，而又认为刘、杨二人这种言行，将来必免不了招出大祸，连累到教育会的负责人，于是，他当夜就向众人辞去会长名义，洁身而退，以冷眼来等待刘、杨诸人的失败。

禀见赵尔巽的代表当中，自然有刘士志先生、杨沧白先生。大家自可想象得到，那时交涉之困难，岂与今殊？我们曾经看见刘先生在那十几天里，脸色是非常沉郁，而态度，却每到南院（俗称总督衙门，即今督院街四川省政府所在地。）去过一次，就越是激越一点。同时谣言也流播出来：说那天的运动会里，有革命党在场鼓动煽惑，大有乘机刺杀四川全省官吏，因而有起事造反的趋向，希望大家不要受蒙蔽才好；或曰：巡警教练所的队伍之临时开来参加，是巡警道某某奉了总督密谕施行的。因为总督早得密告，说学生中有不少的乱党在内，深恐无知学子受其摇惑，在运动时难免轻举妄动，自干罪戾，特谕巡警参加，意在一面监视，一面保护。不料果然出了事，可见总督大人是有先见之明的；或曰：学界代表中就有不安本分，唯恐天下不乱的乱党，他们不惜鼓动学生，将无作有，而且每对总督大人说话，很不恭顺，其目无长上之态，随便什么人看见，都觉得不是真正读书守礼的君子。这样的分子，倘再容留他们去教导学生，岂特非国家之福，抑且是四川学界之耻。总督大人已经有话传出了，倘大家再不知趣的安静下来，还要作什么无理要求，那吗，多多少少总要严办几个人，才能把这场风潮压得下去的。

不消说，这些流言，都是有所指，而谁也明白指的是什么人。事实上，赵尔巽的态度，的确很横，他根本就不承认学生是巡警用刺刀戳伤的。他说，巡警向有纪律，不奉谕，是不敢妄动的。又说，四川学风，向来就太嚣张，这都由于办学诸君，没有忠君爱国宗旨，所以养成。又说，所贵乎为人师长者，就是要能管束学生，使其循规蹈矩，象像这样动辄罢课要挟，可见心目中早无本部堂矣。又说，诸君之意，学生全无过失，过皆在官厅，此乱党之言也，诸君何能出诸口端？又说，诸君不论事之真伪，只是处处为学生说话，只是处处责备官厅，岂非诸君真欲附和奸人作乱耶？赵尔巽如此的横蛮，所以消息也就越坏，绅界、中学界中稍为胆小一点的，遂都消极起来，采取了教育会徐前会长的明哲保身的态度。而一直不肯退让，一直迈往直前，一直不受谣言威胁的，已是很少数，而刘、杨两先生则为之中坚。后来得力于廖学章①先生，从外国医生那里，取得了负责签名的证明书，证明受伤学生委系被刺刀戳伤，而并非如官厅之所倡言，是学生自己以小刀栽的轻伤。而后，赵尔巽才因了害怕外国人的张扬和批评，遂让了步，答应惩办凶手，撤换提调，切谕巡警道从严管束警察，不许再向学界生事。对于抚慰学生一层，坚执不许，认为过损官厅尊严，不免助长学生的骄风。

这事之后，刘先生虽隐然成为学界的柱石，但是却躲不过"秀出于林，风必摧之"的定律。官厅对于他，自然是侧目以视，一方

---

① 廖学章，广东（客家）人。前清时，留学日本习英语。回国后历任四川高等学堂、成都、华西、四川等大学外语系教授及系主任。——原编者注

面也怀疑他当真是乱党的头子；即同是学界里的同事们，也嫌他锋棱太甚，不但骂人不留余地，而且在许多事上还鲠直得像一条棒，不通商量。大约定有许多使刘先生不堪再容忍的事罢，所以当他把我们学堂的招牌力争更换之后，不久，已是再两个月就要放寒假的时候，我们忽然听闻刘先生已应了京师大学的史学教习的聘，很快的就要离开我们，到北京去啦。

　　我们那时不知道刘先生之所以不得不走的内情；我们那时都还是不通世故、不知情伪的孩子，也想不到要去探求那中间的曲折原因，以便设法解除；我们那时只是莫名其妙的感到一种很不愉快的心情；我们那时只是凭着我们直率的孩子举动，自动的，一批一批的，去挽留刘先生，希望他不走。而留得最诚恳的，反是甲乙两班学生，反是平日受训斥最多的学生，反是一般为管理人所最头痛，认为是桀敖不驯的学生。而刘先生哩，只是安慰我们，叫我们好好的遵守学堂规则，好好的读书操学问，将来到社会上去，好好的作一个有用的人，却绝口不言他为什么非走不可的理由。仅仅说，住一二年就回来的，本学期暂请陆绎之先生代理监督职务，陆先生是他佩服的朋友，学问人品都高，叫我们好好的听管教。我们那时也真没有想到像后世办法，举行一个什么欢送会，大家在会场上说些违背良心的话，或发点牢骚之类，热闹热闹。

　　刘先生一直到走，差不多在两年的监督任内，并没有挂牌斥退过学生——自行退学的当然有——他的理论是，人性本恶，而教师之责，就在如何使其去恶迁善。如你认他果恶，而又不能教之善，是教师之过，而不能诿过于他。况乎学堂本为教善之地，学堂不能容他，更叫他到何处去受教？再如他本不恶，因到学堂而习染为恶，其过更在教者。没有良心，理应碰头自责，以谢他之父兄，更何能诬为害马，以斥退了之？

刘先生又常能"观过知人"①。他的理论，以为干犯学规的青年学生，正如泛驾之马，其所以泛驾②，盖由精力超群。苟能羁勒有道，必致千里。故对青年学生之动辄犯规，他并不视为稀奇，他只处处提醒你，不要你重犯，不许你故犯。他希望你勉循规矩，出于自觉，而讨厌的是面从心违，尤其讨厌的是谬为恭顺，和假弸老成。

因此，刘先生才每每于相当时候，必将一般顽劣学生叫到身边，切实告以为人之道之后，必蔼然曰："凡人未违于道之先，孰能无过？要在自己知道是过，自己能改。圣人之过，如日月之食，其过也人皆见之，其改也人稍仰之。我望你们在这一端上，人人学圣人。"于是凡记了过的，都在这一篇训诰之下，宣告取消，而大家也知道下次是不容再犯了。所以，在刘先生当监督的任内，我们学堂的学风，敢说是良好的，没有故意与管理人为过难，没有轰走过教习，没有聚众向监督开过玩笑。但是在刘先生去后的两年内，则不然了。平日最善良的学生，也会刁顽起来，平日凡是不在乎的学生，那更满不在乎了。第一坏在陆绎之之固执成见，以为管教之道，在乎严厉，严厉之方，又在乎立威示范。于是在他代理之初，便因一点小过失，斥退了六个学生，胡助便是其一。因为罚不当罪，反为学生所轻视；又因是非不明，便是纯谨的学生也不能不学狡猾了。然而陆先生毕竟还是正派人，还懂得一些办学道理，也还骨鲠无私。及至宣统二年，都永和来接任之后，才完成了把我们良好的学风彻底破坏到踪影全无。由今思之，丝毫不解办学为何如事的都永和，何以会为周紫庭赏识，而聘为我们学堂的监督？或者以

---

① 《论语》本为知仁，朱晦庵解为仁义之仁，我以为与殷有三仁之仁，和"井有仁焉"同解，即仁者人也。古字多通用，不若直写作人字为便。——原编者注

② 泛驾：不受驾取。《汉书·武帝纪》："夫泛驾之马，跅弛（放荡不羁）之士，亦在御之而已。"颜师古注："泛，覆也……覆驾者，言马有逸气，而不循轨辙也。"——原编者注

都永和之为人，颇像一个佐杂小吏，而能善于巴结上司乎？总之，都永和不但把分设中学弄得一团糟，而且还把分设中学的生命必诚必敬的送了终。

这里，我只好谈一件很小的事为证。当我们要给刘先生开追悼会时，都永和不准我们在学堂里办，说是于体制不合——他之动辄闹京腔，打官话，引用些不通的文句，以见笑于学生的事，几个插班学生如曾琦（慕韩），如涂传爵，都是在刘先生时代来插入丙班的，所以他们尚知道刘先生的一鳞一爪；如郭开真（沫若），如张其济（泽安），则都是都永和时代来插入丙班的，已经不知道刘先生——都可证实。而且定还记得他那喇嘛绰号之由来——要我们到隔壁梓橦宫去办。他起初态度很顽强，还训斥我们为不知礼。继后，我们请了全堂教习去与之理论（陆绎之先生竟自开口骂起他来），他才像打败的牛一样，屈服了。但临到行礼时，都永和又妄作主张，只须向灵位三揖，而免去跪拜。他的理由是，以功名而论。刘先生是举人，他是廪生，相去只有一间；以地位而论，刘先生是卸任监督，他是现任监督，似乎还高一簨片；以礼制论，已有上谕免去跪拜，而三揖已为敬礼。陆绎之先生很生气的道："各行其是吧！"遂迈步上前，行了三跪九叩首的大礼。一般教习先生，都毫无顾忌的效了陆先生的作法。都永和也贯彻了他的主张，作了三揖，只是把他所聘任的两个监学难坏了。两个都是惯写别字的老秀才——可惜张森楷（石亲）先生早死了，不然，他很可以告诉你们，他曾亲眼看见这两个秀才在监学室里，要写一张条子，叫泥工修葺房屋，写到"葺"字，两人商量了一会，还是写成"茸"字——站在旁边，不知何从。我亲眼看见他两个交头接耳一会之后，也不跪拜，也不作揖，乘人不备，一溜而走，自以不得罪活人为智。

像如此的监督，如此的管理人，以之为刘先生之继，诚然害了学堂，害了学生，却也害了都永和本人。"人之患在好为人师"，不其然欤？

刘先生的私生活，也值得一述。他当我们中学监督时，并未将家眷携来，身边仅随侍着一个儿子，即在乙班读书的刘尔纯。监督室恰在学堂中部两间形同过厅的房内，一间是卧房，又是书斋，一间是客室，也是召集学生说话之所。刘先生在学堂的时候极多，遇有公事出门，也照例坐轿。他是举人，有顶戴的，但我们从未看见他穿过公服，只有一件青缎马褂。平常的衣履，并不华丽，但也不像名士派之不修边幅，大抵朴素、整洁，款式不入时，也不故作古老。在学堂时，除了自己读书和教课外，教务、监学办事室和教习休息室二处，是常到的。巡视讲堂，巡视自习室，巡视寝室，没有一定的时间。学生有疾病，随时都在问询医药。厨房、厕所必求清洁，但不考求与当时生活条件过于凿枘①的卫生。他不另自开饭，（这是当时各学堂所无。后来都永和继任，首先立异的，便是监督的饭另开。起初只是菜蔬不同而已，其后还在大厨房之外，另设监督的小厨房。只不像余舒——苍一又号沙园——任潼川府中学监督之特设监督专用厕所而已。据说，都是官派。）日常三餐，全在学生大食堂上同吃。学生吃什么，他吃什么。（我们中学时代的伙食，的确远胜于后世，而我们中学更较考究。桌上有白桌布，每人有白餐巾一方，每一桌只坐六人，上左右三方各二人，下方空缺，则各置锡茶壶一把，干净小饭甑一只。早饭是干饭，四素菜，一汤。午饭自然是干饭，三荤菜，一素菜，一荤汤。晚饭也是干饭，三素菜，一荤菜，一荤汤。不许添私菜，其实也无须乎私菜。但在都永和时代就不行了，菜坏了，也少了，也容许添私菜了。在打牙祭

---

① 凿枘，亦作枘凿，即方枘圆凿的简语，比喻不相容，或不相配合，《楚辞·九辩》："圆凿而方枘兮，吾固知其鉏铻而难入。"凿，榫眼；枘，榫头。——原编者注

时，甚至可以饮酒，甚至可以饮酒猜哑拳，而学生并不叫都永和的好。）菜蔬不求精致、肥甘，但要做得有滋味，干净。设若菜里饭里吃出了臭味，或猪毛、头发之类，不待学生申诉，他先就吵闹起来。厨子挨骂之后，还要罚他每桌添菜一碗。所以当时若干学堂都有闹食堂的风潮，而我们中学独无。尤其是我们中学规矩，吃饭铃子响后，学生须排了班，鱼贯而入食堂，一齐就定位站着，必须监督、监学坐下，才能坐下举箸。记得有一次，王光祈（润玙）因为在自习室收拾书籍，来不及排班，便从走廊的短栏处跳入行列。被一个监学拉出来道："那不行，不许这样苟且。"结果，罚他殿后，但并未记过。

刘先生死后，一直到如今，还未听见有人给他作过小传和行状。从前我们太不留心了，连他编的讲义，都未曾保留一份。如今要找他的著作，简直万难。民国三十一年我在重庆遇见杨沧白先生，谈到这点；杨先生也浩叹平生最抱歉的事，就是刘先生的诗文稿，原交他代管，都在这次逃亡中损失罄尽，今所余者，仅为杨先生所□雅作的一篇序文而已。又因刘尔纯世弟归隐故乡多年，甚至连刘先生的身世和家庭情形，以及有几个世兄弟、几个世姊妹，都不得而知。细想起来，全是我们之过。我们少数存留在成都的同学，也曾聚会过几次，就是顶热心而记忆力顶强的洪祥骝（开甫）谈起刘先生的一切来，也未能弥补我们的缺憾。

刘先生已矣，而我们中学堂的地址犹存。今为私立成公中学的一部分。四十年的风雨剥蚀，连房舍都不像样了！而成公中学的老训育罗为礼（秉仁）犹是住丙班时的模样，只是胖了，有了胡子。

刘先生讳行道，字士志，清四川绥定府达县举人，清宣统二年夏病故北京，生卒年月，皆不能详。

一九四六年七月三日敬述。时正燠热之后，大雨如注

附　杨沧白先生七律一首成都送士志入京（巳酉）

　　冠盖京华憔悴行，忽将血泪向时倾。

　　一生知己惟刘琰，何日还山了向平？

　　细雨骑驴知剑外，秋风归雁忆辽城；

　　会当各返鹤猿乐，白发相看无世情。

序后赘言

　　我要谢谢王介平[①]君，得亏他几次婉转催我，要我实践为他的《花与果》作序的宿诺，我才无可奈何的，乘数日阴雨之暇，写成了这篇回忆。如其没有这合适的机会，就连这一点小东西也无法着笔，真真无以报刘先生的恩意了！

　　王君为人孤介骨鲠，为我所喜。平生研究教育，从事教育，并将终身倚之，这种锲而不舍的精神，又为我所佩服。故在去年初次阅看他《花与果》稿子时，就自动许他写一篇序，谈谈我们的现代教育。但是后来一想，我不是教育专家，而且脱离教书生活于今已十三年，纵然可以打胡乱说，不但不会中肯，还一定会贻笑方家，顺带连累了《花与果》的前途。越想越难着笔，几几乎要曳白[②]了。不知如何，忽然想到《花与果》是为一般中等女学生"说法"之作也，我何不将我们中学生活，回忆一段，以为读者的借鉴？虽然我不是女性。反至提笔一写，自然而然就专写了刘先生，并且不能自休，一来就是一万五六千字，作为一篇序看，不免是一顶蒙头盖脸

────────────

　　① 王介平：二十年代中期，因投稿给作者主编的《新川报副刊》，深得作者奖掖、资助，考入成都大学文预科，并受业于作者。清华大学毕业后，在大、中学校教书。1949年后，在四川大学任教。——原编者注
　　② 交白卷。——原编者注

的大草帽。

　　虽然不像序，但不能说和正文的意思没有丝毫关合，只要关合得拢，就真不像序也罢。文章既是这样写出了，只好这样送出去。用与不用，以及别人的议论如何，那我可不再管。

选自民国三十五年（1946）《风土什志》二卷一期

致陈晓岚①

晓岚兄鉴：

　　一月以来，辛劳过度，所受打击亦太大，直至四月十五日始向董会请得短假数日，藉资休息。日来腰腿疲楚，起居不适，不知是疲劳之征欤，抑湿气所致也。今日努力写此一信，亦只略道梗概而已，当望看后转寄北平中老胡同三十二号附十九号张真如兄处，因真如兄于公司事甚关心，屡有信来，弟实无气力再写一封长信复之也。兹先言彬文之病况及其死亡，彬文每年十二月廿五日前必返昆明度圣节②，度新年，已成定规，而去年独否，且于十二月廿八日遄赴乐山，监督将两机第二烘缸上好，监督建筑清水池，计划自行造碱（此事是我发动，彼当初反对，继乃赞同者），计划以第三号机专门造白色毛道林纸，不久，即闻其因患重感冒卧床不起，又不

---

　　① 陈晓岚（1900—1975），四川武胜人，造纸专家。早年留学德国习造纸，回国后历任浙江嘉兴民丰纸厂工程师，"中央技专"教授，嘉乐纸厂总工、厂长，民丰纸厂厂长兼民丰、华丰两厂副总工。中华人民共和国成立后任轻工部造纸设计院副院长，并全国一、二、三届人大代表。"文化大革命"期间蒙冤被斗，病逝北京。——编者注
　　② 即圣诞节。——编者注

久得其信云：感冒已愈，而痔疮大发，已请医到厂割治。弟当时尚去函戒之，谓痔疮不可乱割，即需割治亦应来省为之，乐山未必有好医生也。其后，即闻其因痔疮割后不合口，仍卧床不起。乐山信来如此云，乐山人来亦如此云。至三月十二日接得其八日所发信，自云病已渐好，所列论仍是如何造白纸事，并要求股会定于四月十一日（星期日）开，彼赴会后必请假半月回昆明小住。但同日接得另一同事信，则云彼牙龈流血已二周不止，失血约数磅，已劝其到高西门仁济医院住院医治，大约三月十一日可出院云云。到三月十六日上午八点，弟正在菱窠早饭，公司工役即飞送一电报来，系青萍于三月十五日夜所发急电，云彬文病危，请我速去乐。弟仅饭一碗即进城到公司，共程、吴二君及王晋瞻秘书（彬文之亲妹夫，推荐来公司已久，直至三月初始嘱其来省，暂时委以董事会秘书，为谢扬青之下手）研究其病危之故，并即请梁伯言太太（其堂弟媳）、王克敬小姐（其亲外甥女即王晋瞻之女）共同商量。上午十一点即发一特快电去，云拟派专车去乐接彬文来省就医，问能乘车否，下午三点半得回电云不能乘车，仍请我即去乐山。经众商量我单身去无益，必须聘一名医同去方妥，于是由王小姐几次电话省府法治室主任聂仲升君（彬文之老表）来公司商量，聂君不俟省务会议完毕即驰来公司，商决，唯有聘请省立医院院长黄克维君去较妥。盖黄君与董秉奇齐名，董长外科，黄长内科故也。时已下午六点，天又下雨，我即偕同梁伯言太太、王小姐、聂君、程云集同到少城永兴街黄君私宅。其间经过甚长，最后，黄君始允明晨同乘小汽车前去，唯出诊费须一亿元，时间来回不能过三天，皆允之，同时因病情不明，只能逆臆是流血过多所致，黄主带血浆去，并言当夜即出外寻觅。弟返到公司已入夜许久，方吃第二顿饭。小汽车已包定，言明来回作三百二十六公里算，每公里十万零五千元，在省及在乐城内驰驱另作十公里算。但是夜弟则不能交睫，忧心忡忡，无时或已也。三月十七日黎明即起，便偕曹鉴君（曹适往宜宾打捞失去之马达刀片，由泸州转内江来省回乐）乘汽车，先接得梁伯言太太、王克敬小姐，再去接得黄克维君，又奔驰城内外，借得血浆二盒及其他药品。飞驰至下午二点抵厂，下车后，曹青萍乃见告彬文病情复杂并非割痔疮及单纯之牙病也。其后，黄克维君偕同梁伯言太太、王克敬小姐，及厂内职员乘汽车赴医院诊察（我因疲乏不堪，而又不胜激刺，决稍停再去医院）来回两次，始得病情侦悉。原来彬文之病并非割痔疮，乃系花柳病中之一种鱼口也，所割此鱼口，非痔也。大概彼得此疾在成都，病发始借故到乐，秘密医治，绝不使一人知，所请医生姓孟，河南人，在乐山天主堂出诊，同时任技专校校医，由技专新任校长裴鸿光所推荐，彬文借口孟医生是天主教徒，彼与其谈教义甚洽，故孟医每到厂，二人必紧关房门，不令一人进去（其实，孟医住厂医治达二周之久），而孟医亦采受病人之嘱，守口如瓶，对人只说割痔疮。其初医法似尚不错，曾打盘尼西林二瓶，割后，又敷盘尼西林二瓶，本已起床，大约彬文急于求愈，乃令孟医于一周内打浓度九一四针四针。据黄克维言，鱼口花柳本无毒菌，而九一四一到血管，无毒可杀，遂侵入骨髓，残杀白血球，牙龈出血，乃系中毒现象，其名为走马牙疳。然据人言，彬文在牙龈出血后，尚由孟医再打九一四针计四针（前后八针）。十日由工厂同人劝说，始到仁济医院检查，犹认为是牙病；十一日住进医院；十三日由医院渐渐传出其病之真相，而工厂同人仍不知也；十四日蒲济川在院主张验血，始发现兄白血球至一千二百个；是日，便倒床不起；十五日上午，青萍始知牙病源及打九一四等情，是日下午彼始亲口告青萍，平生谨慎，不意此次疏忽，死于庸医，在前病重时，不许人令我知，更不许人使我去乐，尤不愿人函知其昆明家属，但自知不起，屡言决死在乐山，至十五日下午，始令青萍电请我去乐，故青萍是夜始发电；而我至十六日上午八点始知之也，迨黄君至乐，病已九分九厘。黄君言，今唯有输血，使其骨髓受刺激，自行生产白血球，一面仍打盘尼西林，使牙龈及唇腮不致疾速滥掉，登时即验血型，至夜八点半，输血一百六十西西，而反应却不好。黄君又言，尚有美国新药两种，亦系刺激骨髓者，但乐山却无，不知成都有否，立既从长途电话询问，而终于听不明白，我以乐山医院设备既不好，药又难得，乃询黄君，可否将病人载运成都医治，黄云可以，但据梁伯言太太、王克敬小姐言，病人却不愿走，我又请黄君再去劝告之，时已夜九点，黄君回言病人允诺，决明晨起身，并准备盘尼西林三针，沿途打入。是夜我又不能交睫，即黄君亦然。三月十八日晨，一切准备齐楚，我方偕医与青萍及梁太太、王小姐到医院，一见之下，令我心伤，盖形神皆非矣！彼与我只一言曰：你来了！似笑似哭之容，真难入目，彼即掉头与医言，而我亦退出病房，不忍再见之。至九点始由众将其抬入小汽车，横卧后座，梁伯言太太、王克敬小姐与青萍等将其衣物收拾清楚，载入汽车，我与青萍留下，遂由黄克维君、梁太太、王小姐偕之驰省，至即入省立医院，加入揣怡然医生及新医院院长曹钟梁共同诊治，一面输血，一面求药，然其白血球仍逐日减少，由一千一至五百至三百，遂于三月二十五日夜十点故世。其到省后经过，我不甚详，然据病人告人言，自彼卧病以来，乐、蓉两地同人实实对得住他，而公司不惜医药之费尤可感云云，则其到省以后，同人对彼之情形，可想见矣！

我上来所言之啰啰嗦嗦，此盖欲使同人知彬文之病，由于自取，其死，由于自误，公司为其所花医药棺殓，达三亿九千余万，在目前经济万分困难之际，亦真可谓对得起朋友。然而其太太、其女明嘉、其子明海，至今犹口口声声说公司不先使他们得知，为不周到，不急速使其上省就医，为冷酷。而梁颖文来信，行行称其积劳致死，要求公司既须按王怀仲之例，又须按照钱子宁君之对朱尊民之例，提出三个条件：其一，需抚恤美金五万元；其二，月薪支至其子女成立有职业为止，每月仍须照众调整；其三，其子女教育费，支至在外国大学毕业。吾兄思之，此可能否。怀仲以身殉职，身后萧条，经股东大会议决优待，已不可为例；而中元纸厂情形不同，何能更引中元之例为例？如以例为言，则施步阶①先生对嘉乐是何等功劳，而其死后，仅照支月薪三个月而已。成都启明公司高级职员，服务三十年病故，仅由启明公司送支月薪三年。而与怀仲同时炸死之尤君，则强华公司除予棺殓外，并无所表示。所谓各各之经济情形不同，何能言例，何况彬文前年曾手订有疾病伤亡抚恤条规，已成定案，二年以来皆在施行，核实按之，似其所患之病，医药费且须自理（彼秘密医治，不使人知，其亦有关，而急于求愈，打针中毒，则系急于在股会后回昆明故也。至今，彼之病源、病情，为顾及其子女面子起见，尚未令知，其非直系家属、其亲戚、其朋友、其同学、其同事谁不知之。我虽未直接写信与颖文，彼岂有不知之理，今伯雍已由江安来省，众已告之矣），何来抚恤？纵言抚恤，照其在公司所处时间，前后不过八年，照其自订例规算来，不过几千万元耳。但四月十二日经本届董事会商议，绝不接受颖文所提，只是从人性上着想，除按章抚恤作为一亿元外，再由公司馈赠二亿元，共为三亿元。其数以法币价值言，诚不算大，然公司今日已负债达卅二亿，每月付息在八亿以上（月息每月为廿五分五）。白纸未造出，黄纸销路日减，收入少而支出多，正在困难关头，筹措此数已为不易，即以三百七十余户股东言，今年以廿亿之股本，所分红息只四亿七千余万，职工二百余人，辛苦终年，所分红酬，不过三亿余万。而彬文一人所费，连同抚恤，便是七亿之

---

① 施步阶，生卒年不详，乐山商会会长，嘉乐纸厂开创者之一。——编者注

谱，于情于理言之，公司并不负人也。何况彬文病中亲口告张华①，其太太手上有越南币十万元，其太太在花旗银行之存款，见其二月份之对账单，则为四千七百四十五元二角五分之美金，又有美金公债若干，黄金几两（当伯雍及众人打开其封存在重庆分公司之皮包，此次，其女由重庆带省者，但见公债一大卷，其太太遂急遽取去，并为点数，故不知究有若干，黄金大小六块，亦匆匆取去，不知其重若干也）。此外，则利昌公司有股若干，乐山华兴染织厂有股若干，华西后坝有屋基二亩，现值三亿元，嘉乐有股三千余万（以九亿之股本额言），如此积蓄为公司同人所无，其中虽有一部分是其在利昌所积，然亦有一部分是在嘉乐所积也。其由来弟颇知之，但不欲明言耳。既有积蓄，则非如怀仲死时之身后确实萧条可比。以君子周贫不济富之义而言，公司以一次抚恤三亿元，不及其他，亦可谓仁至义尽矣，且公司又允按照彬文遗言，将来将其灵柩送回其长宁县祖坟。当四月十四日，董事全集公司，推黄肃方先生代表，将此次议决，向梁伯雍兄提出，烦其转达梁彬文太太去后，乃梁太太并不接受，期期以颖文所提之美金为言，继责弟不为尽力，谓公司对彬文之死，太占便宜，并云，其子女将如何生活云云，然而众董事绝不让步，伯雍兄亦甚为难，不欲再任疏解，令此事陷于僵局，只好待黄肃方先生本月二十五日飞京时，面告颖文一切后再说。然公司不能多出一文，则是已定之局，不然，只有召开临时股会，宣布一切，恐股东尚须责备董事会太厚耳，兄意云何？

彬文太太得公司电告后，即偕其子女于三月廿五日由昆明飞渝（彬文即于是夜病故）。三月廿六日，彬文太太先一人飞蓉，廿七日其子女始飞蓉，廿八日在省立医院棺殓，其中尚有许多文章，梁伯

---

① 张华（1902—1987），四川成都人，水电专家。早年赴法勤工俭学，入华罗伯大学水电工程学院。20世纪30年代任民生机器厂、武昌水电厂总工程师。中华人民共和国成立后任至四川省水利水电勘测设计院副总工程师。——编者注

言太太及其几个女亲戚且大有打丧火之举动言谈，以吴书浓之好脾气，且曾与之大吵，可以想见。而彬文随身之美金存款单、支票本以及现金千余万，皆于病故失落，不知去向。据医院女看护言，其临终时，是其非直系亲属在旁，此一文章之一，彬文太太之哀怨自可想见，彼甚怪公司为何不早通知，其实三月十八日王克敬小姐回省后，即依我之请写有一信寄昆明，交梁明嘉，乃明嘉住校未回，故未前知也。现彬文太太及其子女仍暂住公司内，颇受优待，以待结果。彬文灵柩则于三月卅日由医院寄殡于外东一和尚庙内，弟于四月四日始于公司得见彬文太太，除安慰外，无它可言。彼时，知伯雍将来省，故一切皆待伯雍来后再谈。伯雍于七日到省，亦住公司，八日大雨，我未进城，九日得见后，我曾劝彬文太太将来移住成都，子女受教亦便，我等照管亦便，公司帮忙亦便，而彬文太太依然牢执存见，绝不采纳，并表示将来要回法国，言谈中似其子女皆已入法国国籍也。股会第三日，即四月十三日，我又邀请伯雍及彬文太太全家，并王晋瞻等来菱窠便饭，意亦在使其知成都乡居实美妙也，然而次日彼乃横目责我，略无半点人情。故弟今后绝不再与之言矣，非我族类，其心必异，信然，信然。

上来言彬文病死前后，及今情形颇似怀仲死后，所以不惜笔墨，盖欲关心如兄者，恍然知其全面。今所言则为工厂情形矣。工厂第一大事为二机之后各加烘缸一只，使其所出之纸两面较平，今已全部完成。第二大事则为修建清水池，本月内亦可完成，将来治水之后，不只锅炉少锈，而一年四季皆可造白纸矣。第三大事则为添打浆机一个，置于新厂房内，并将全厂浆缸内之刀片一齐换新，此工作已得一半。第四大事为添购马达若干部，以拖动所有打浆缸，并添置漂洗缸二只（只在新厂内）以及方棚（皆 100KVA 者）二具，使全厂电动化，此项工作不过三分之一，尤其漂洗缸一层，是我这次到厂方决定作之者，尚未着手。第五大事而尤为重要者，则是自己造碱。此事说来甚长，要为碱价太贵，购买不易，自己造来成本既轻，而又不受欺，业于此事投资十五亿，取得硝井一口（在丹棱），厂内正修造反射炉，五月廿日决可出碱，每日有碱二吨半，自己用不完，尚可出售易漂粉。此事最为头痛。第六大事为充实化验室，以后用碱用漂粉须化验，打浆后亦须化验，总期所成之品标准化。凡此种种，在彬文去年去乐时，全已商定，期在今年四月初，即有白纸样本出世。乃彬文一病之后，精力不济，所期完成者，不及大半。因此之故，弟于三月十八日，送走彬文后，即留厂检讨，其初听众报告，其次即实地观察，其次即开会研究，其后即勒定何种部门、限何时完成。又因许多东西，尚未运到，斟酌其缓急，分别催促。设不因股会定在四月十一日开会，弟实不应在三月卅一日便匆匆返省也。以大概情形而论，造碱部门最是问题，盖主其事者，非我原来之干部，彬文不死可以掌握之，青萍则不足语者。其他配合尚好，刘明海颇得力，但经验不够（现为工程师），以张华轩辅之（现任股长），似较鲍冠儒时代尚有进境，牟中谨在彬文进医院时始调主制造（现亦为工程师），陈治邦辅之（现任股长）于化工一层，亦能精研。唯是电机化学二大部门，太少联系，而彼此又势均力敌，唯一毛病，便是不能相商相助，事情可以推动，但不能抢取时间，一言蔽之，彼此都有见解，而彼此都不能负全责，其原因则在见得多，做得少，大家经验都不够耳（不过上提之四人都是很好的干部，即在其他工厂亦为难得者）。弟乃念及不能不急切物色一位好厂长，以为中枢。当彬文病卧时，曾有二长信，推荐张华继任厂长（裴鸿光自三十四年十一月任职以来，毫不管事，比罗济清尤劣，彬文不耐久矣，至今年一月，教部任其为乐山技专校校长，彼大喜，告人曰，办教育之兴趣，实较办工厂为浓，彬文乃趁此促其辞职，然迟至二月，待彬文面告知，始辞职），但张华为强华公司之创办人，而兼厂长，今年强华正在好转之际，彼恶能舍去强华。弟深知其窍，故于三月内张君来省时，与之一谈，张君推谢，弟便未之坚挽也。及至乐山，为暂时计乃又思及张君，恰张君于三月廿三日由峨眉来，我即挽之暂兼嘉乐厂长，条件为彼每二周必因事到乐山一行，即请其住厂一周。而后去峨，间一周来乐住厂一周，算来每月住峨眉二周，住乐厂二周，彼学电机，而有办厂经验，因可两头兼顾，游刃有余也。张君意肯，但须杨震东点头，我又商之杨、施二君，初不肯，疑我用手段，挖墙脚，继乃允诺默许，而不公开认可，盖恐张华因此委强华而去也。三月廿六日约张君来厂就职，正与之介绍干部时，便得省电告彬文病故，不详哉！于是一连五日，张君每早都来，到处视察，随时咨询，公开开会商讨者二次，个别谈论则无数次，一般干部对其印象皆佳。张君定三月卅一日进峨，弟亦即于是日返省。不意日前得张君信，谓强华事烦，不能协期出乐，但犹称我所委托之事，必注意完成。昨日得其第二信，直谓龙池匪警，彼决不能离开，兼职事，不得不坚决辞去。似此，嘉乐工厂既无厂长，又无总工程师，虽有中级干部，但无一为之中枢，而青萍既非内行，能力亦实有限，且太无野心，不唯不能以资统率，且连函惶恐，表示难负全责。窃念嘉乐公司运气太坏，当廿八年正在转关之时，而怀仲殉职，中间耽搁二年，可惜之至。此则须彬文负责，彼既允继任厂务，而只在廿八年八月回川，住一月即返昆明，我于廿八年底亲去昆明询究竟，彼允廿九年初必离昆回川，但直至廿九年七月始回住一周，即丁外艰，遄返长宁，随即返昆明，不再回川，亦不言辞，屡屡去信，置之不答，使黄金时代，瞥眼而过，惜哉！惜哉！怀仲所订造纸之第三号机器，直至卅年六月兄来就任厂长，我出而兼任总经理，始于千辛万苦中合并四川纸厂，完成之。试机在卅一年春季，鲍冠儒君乐极，因而压坏右指，兄当忆之否？设当时若不完成第三号纸机，何能有新第二号机，更何能有今日？足见辛苦之年，并不在卅二年八月，彬文任总经理之后，实实在卅年六月起，至卅二年四月，在乐山开股东会，吾辈痛受黄远谟、牟云章、金存良排挤痛斥时也。我常言若彼时彬文存心事业，不想在生意上求发财，能于廿八年切实任职，则建国纸厂可以不办。一部好机器，一部压光机早为嘉乐所得，即在卅二年八月至卅六年六月任职期间，苟能如卅六年八月以后之念念于嘉乐，念念于事业，则与兄偕行偕进，嘉乐亦不止此。九千美金之一部造纸机，三千美金之一部压光机，亦已运回，而二万美金之积蓄，四十万美金之官价都可到手，今日应用之，岂不绰绰有余？第二次黄金时代又轻滑过，只好令人长叹，然此不能独怪彬文，我之责任实大，以后再谈。得□兄乃渐进佳境，不料胜利突之，兄又非去不可，令彬文才有转念，正在努力，偏又自误而死，今日情形又颇似廿八年怀仲死后情势。所不同者，只今日已经干部育成，略□可闪折耳？不过长此下去终非办法，何况我正另有一打算（以后再谈），盖与我厂相辅相成者，我将以全力赴之，则工厂之中必须有一负责之人在也，不过此一人太不易，须有电器及化工之切实技术，又须有行政经验，而品德须好，性情须佳，又必须有事业上之野心。张华较可，然不可留；其他若张汉良（已有毛病），则自顾非凡，不屑俯就；李季伟①脾气古怪，绝不敢惹。其他熟人非半吊子即野狐禅，欲求一人如兄之齐全者，弟心目中殊一时想不出也。再而吾厂厂长之人选较它厂尤难，现有廿余年之历史，又有独立特殊之风格，今更有比较成熟之中级干部，非其人临驭之，则不为无益，反而有害，得其人矣，而其性行又必须与吾人能相合者，且自彬文之死，梁颖文之无理要索，更使人不敢动辄约人。盖一个公司团体，高级之负责者伙，能尽职者靡不自谓有功，稍有岁

---

① 李季伟（1899—1972），名嘉秀，号子蔚，四川彭州人，早年赴法学习造纸。曾自办天台纸厂，并川北农工学院。中华人民共和国成立后在四川大学、天津大学、四川师范学院任教。——编者注

月，则自谓积劳。人孰不病，人孰不死，死于职，公司格外酬之可也；死于花柳，死于自误之医药，而朋起称积劳，动辄作不情之要索，公司是人寿保险公司乎！然而此过虑也，绝不因梁颖文之要求而生戒，盖公司已有疾病伤亡之抚恤条规在，全公司二百余人遵章之，固不能以立法者亡而便毁之也。今谨商之吾兄，厂长或总工程师之人选，当望吾兄留心推荐，一则以兄继任本届董事，责有攸关，二则吾兄有四年半之经验，厂中情形较熟，可以审度之也。不过川中情形不同于下江，生活费用较低（乐山低于成都三分之一，成都又低于上海三倍），月薪酬报，自不能丰，今再显言之，薪津自不多，但办公费则可自厂价四令增至八令（纸），视其人如何而定（以今日而论黄纸每令厂价为二百万元，自以黄纸为标准）。不过此亦非定规，俟兄物色得人，再商约可也。今公司决策以三号机造白色毛道林纸，纯用草料，前已试之有成，大约四月底可先造出几百令之样品，五月、六月可共造出三千五六百令，六月内漂洗缸完成，便可增产，希望每月可出二千四百令，成本决较西纸为低。省内销不完，将销省外。第二号机仍造黄色纸，现此机已用熟，每日平均可出六十余令，每月决可出二千令，专以之销省内。今则以正在绝续之交，故负债不赀，然绝不致再售预货，蹈卅年之覆辙。程云集已升任为总经理，吴书浓已升任协理，二君有事业野心，而又绵密细致，合衷共济，其情形必较去年为顺适。今之所缺，独少一合手之厂长耳，张述成以襄理兼任重庆分公司经理，曹青萍仍任乐山分公司经理兼副厂长。今年股会顺利开成，董事十七人改选，任期三年，只梁彬文之缺由吴书浓填补，陈蕴崧即为陈光玉，其他无变动，监察三人亦照旧。弟仍蒙众推举忝长董会，所以未绝然坚辞者，以目前正在乱流中，尚未容我引退，不能不与诸公共艰难。三年届满，我已六十，无论公司如何，我必退休也。今日集半日之力，哓哓，写此十三纸，腕弱而目眊，偶一为之，不可以再，希阅后转寄真如兄为荷。此颂刻安！

弟　李劼人　顿首

卅七年四月十七日　黄昏于菱

凡关公司购置事，全由书浓着手。故此信不涉及，以后再不迳达，免生错误。

据李劼人故居博物馆所藏手稿照片整理

漫谈中国人之衣食住行

照题目所标，应该先谈衣，而后才是食，才是住，才是行。但为了暂时躲懒——不！不是躲懒，而是怕热，乃取了一点巧，将一部分陈稿子翻出来加以修改，提前发表。这一来，把口头说惯的衣食住行的自然秩序，遂乱了一下，成为食衣住行。可也无伤。既然标明了漫谈，即是闲话，即是随说，自非什么璚皇典丽的大块文章，而是顺笔所之，想到那便说到那。略可自信的，只管漫谈，倒并不完全以趣味为主，而中间实实有些儿至理存焉；不过以随笔体裁出之，有时似乎比什么正经说话反而表白得更清楚，更醒豁。

此陈稿原曾登载于成都出版的《四川时报》副刊《华阳国志》上，（《四川时报》已于三十七年七月停刊，据说正在整理内部。至于副刊，整理得更早，就记忆所及《华阳国志》这名称，似乎没有用到半年。）由三十六年二月下旬第二期登起，每天一段，中间只漏了一天，一直登到第四十五期，换言之，即写出了长长短短四十三段。当时是为了日报的副刊写的，实在大有可以斟酌之处，今加修改，亦本孔夫子作春秋之意：笔则笔，削则削，因此才连当时副刊编辑洪钟先生苦心所加的每一个题目，都遭了池鱼之殃。同时复在谈食之余，附入谈饮若干段，故第一分目，乃名之曰饮食篇。（不曰食饮，而曰饮食，也只是从口头习惯。其实是食在前，饮在后。）将来拟援此例，于谈衣的分目下附入冠、裳、履而名《衣裳·冠履篇》。

除上所说，还得声明的，今兹改写，出以本名，而在去年《四川时报》副刊《华阳国志》上则用的是笔名：菱乐。菱乐者，零落也，意若曰此一篇《谈中国人的食》，原本是零零落落不成片段之东西也。情恐天地之间，难免没有一位果真叫作菱乐先生，或谐音的林洛先生……猛可地杀将出来，声称李某为文窃公，岂不是"把自己的婆娘打成了刁拐案?"怄气事小，笑人事大，怪事年年有，莫得今年多，特先说穿，以为预防。

一九四八年八月十二日写于成都菱窠

第一分目　饮食篇

一

尚能立国于天地间，而具有五千年不断之历史，人口繁殖到四万万五千万上下，自然有其可数的立国精髓在焉。不过时至而今，数说起来，足以受他人尊敬，而自己想想也毫不腼腆的，好像除了指南针、天文仪、印字术、火药、几桩有限的古董外，真可以尚能贡献于人类的，恐怕只有做菜这套手艺了！孙逸仙先生出身在广东地方，深懂此理，故说中国菜是中国文化的象征。也得亏他孙先生说了这句话，方把近一二十年来全盘洋化的潮流，砥柱了一部分。只管大买办、中买办，小买办、准买办们穿洋衣，住洋房，坐洋车，用洋家伙，甚至全家大小亲戚故旧皆话洋话，行洋腔，看公事也只限于看洋文，批洋字，但是除却花旗①水果、花旗冰淇淋外，还是要常常吃些考较的中国菜；据闻在 T. V. 某公②的行箧中，广东香肠、宣威火腿也居然俱与花旗干酪并列在一块。而且自新生活运动③勃然兴起，横冲直闯，几乎代替了三民主义以来，丰富的中国菜单，在表面上只管被限制得寒伧到两菜一汤，然而可幸的是到底还容许蒸煤炒焖的中国菜的存在，尚未弄到像在对日作战的几年内，号称陪都的重庆市面上，只许开设咖啡店，以高价出售咖啡牛奶、印度红茶，而绝对不许开设纯中国式的茶馆，出售廉价的土产茶时，那种说不出苦的茶的命运。此孙先生一言之惠之实例一。即在招待洋国贵宾的场合中，香槟酒余，交际舞会，也才敢于以银盘磁碗捧出纯中国作法的菜肴，而无愧焉。这种了不起的自信和自尊，你能说不也是孙先生的遗教之力吗？呜呼！"君子无易由言"，岂不信乎？

二

曾有颇为通达，号称融会东西文化的世界主义者，如是说过："讨日本老婆，住西洋房子，吃中国菜，是最为合理的人生。"这话究竟对否，前二句姑且保留。至于吃中国菜一层，据受过洋教育而

①　从前称美国的星条国旗为花旗，也称美国为花旗国。——原编者注
②　T. V. 某公，即曾在国民党政权中担任财政部长、行政院长的宋子文。T. V. 是他英文译名的缩写。——原编者注
③　新生活运动，系蒋介石为加强其"训政"统治，于 1934 年在南昌发起，以"固有道德礼、义、廉、耻"为准则的所谓"全体国民之生活革新运动"。——原编者注

把所谓科学通了一半的先生们则批评曰："中国菜好吃，却不卫生。"这伙先生所訾议的，大概以为中国菜油大味厚，富于脂肪，吃多了容易疲倦，容易得胃病。真理诚然有一部分，但执一以论中国菜，则不免为偏见。因为这伙先生，本身就是高等华人，高等华人即准劣等洋人，对于中国菜，自然只曾厌其精，何曾解其粗，只会哺通肥甘①，并未咬过菜根，就他们所吃的而言，卫生不卫生，已是问题，即令不卫生，又岂止于容易疲倦，容易得胃病而已哉？克实说来，还很不道德哩！譬如吃人。我所言的吃人，并非抽象的吃人，例如"庖有肥肉，野有饿殍"；例如"朱门酒肉臭，野有饿死骨"；例如宗教家言面包是神的肉，葡萄酒是其血也。而是确确实实的把一个活生生的同类宰杀了，洗刷得一干二净，甚至抽筋、剔骨、刮毛、伐髓，而后像猪羊般烹之蒸之，加上佐料，大家还恭恭敬敬，礼让着来吃哩。自然，这绝非在围城之际，纵然就出到十亿元的法币，也买不到一斤高粱米，而不得不出于易子而食的吃人；也不是鼓励士气，把姨太太砍成八大块，拿来犒军的吃人；也不是天干水涝，兵燹遍地，加征加借，在草根树皮泥土之后，再加以失望的不变（即是以不变应万变之不变），乃不得不仰承在上者残忍作风，来苟延一日之命的吃人，而是信史上明明载着的：为了祭祀神天，以人为牺牲的吃人；为了朝会后期，被圣人整煮在鼎中而宣扬德教的吃人；为了表示威望，讨厌别人说话，动辄把"思想有问题"，"言论不纯正"，"存心犯上"，"想来你定有什么异议"等的看不顺眼之辈，炖个稀烂的吃人，为了恐吓敌人，其实是暴露自己的不行，将敌人的亲属或煮或烧烤在阵前的吃人；为了发挥蛮性，把仇人生

---

① 吃得又精致又肥美。通，这里解作纯而精。肥甘，见梅尧臣诗《依韵和春日偶书》："瓮面春醅压嫩蓝，盘中鹅炙亦肥甘。"——原编者注

咬几口，像成都人之吃跳虾①一样的吃人，吃完了不算，还要把脑壳砍下，漆了，做夜壶；或是像张献忠先生似的，把朋友的头砍下，摆一桌子，举杯相邀，还美其名曰聚首之会的风雅办法。这都是略举一二以为例的古代高等华人的吃人方式，请想想，可卫生吗？

三

非抽象的吃人，自是以往之事，可不具论。现代的人在失却理性，以及蛮风犹存的民族内，或许尚有存在。而在我文明古国中，大概也仅有最受礼教之毒，而深蒙君子所夸奖的愚孝子们，还不惜在生割自家的肝子或股肉，以为疗亲的灵药。不过这只算是药，犹之以人头之血浸入白面包子，而认为是补品之一。如以人肉或内脏为药，像史册中所载的种种，倒只在兵荒马乱时，偶见新闻纸上载有杀敌壮士吃鲜炒人肝的盛举。但是未敢相信，总疑是文人笔下的渲染，犹之食肉寝皮的成语类也。设若我们执教育之柄的先生不再牢牢的要恢复中国的本位文化——吃人也是我们本位文化之一，例如割肝股的孝子；例如食肉寝皮杀敌致果的忠臣义士，岂不皆包括在提倡四维八德的圈子中间的吗？影响所及，故如斩首之后，将血淋淋的脑壳高挂于城门之上的古典作法，不是在一九四八年三月的松江地方，尚来过一次？友邦人士不了解我们的特殊国情，而诋为野蛮，这真该由我们陈立夫副院长在道德重整令上加以阐发的——我们倒真可放心，从今以后或者真不至于听见有吃人的事件。并希望维护正义的宣传人士们也不要再渲染那些太不人道的残酷行为，以免间接教坏了人心。

---

① 或称醉鲜虾，吃法是：将活的塘虾洗净盛入盘中，稍浇大曲酒，用碗复盖片刻，趁虾晕醉未死前，蘸椒麻味料而食，取其活鲜之味。——原编者注

四

要而言之，中国菜诚然为中国文化的象征，但须从好与歹两方面去看。单如高等华人之所享受，那只算是一方面，吃多了，不卫生，也是事实。但是我们也得掉过眼光，把百分之八十以上的老百姓所服食的东西瞧一瞧，而后我们再作议论好了。克实说，中国老百姓桌上的菜单，委实不大好看，举例说罢，（读者原谅，因为我是成都土著，游踪不广，见闻有限，故每每举例，总不能出其乡里，至多也在四川省的大范围内，这得预先声明的。）四川省是不是一般人都认为地大物博之处呢？尤其在对日作战之时，到过几个大城市如成都、重庆、内江、泸县、三台、遂宁，旅居过的一般外省朋友，谁不惊异家畜野禽的肉类是那么丰富，园中畦内的蔬菜是那么齐备，而蔬肴的作法，又各有其独到与精致？如其以为其余六千多万的川胞，都在这样的吃，那就非常错误。我可以坦白告诉大家，在天府之邦内，能满足此种口福的，仍是少数的高等华人，而绝大多数川胞，还不必计及处在下川东、大川北、上川南（今日应该说是西康省），以及僻处在川西之西的人，光说肥沃的川西平原内，成都附郭的乡村罢，若干种田莳菜的劳苦大众，一年四季连吃一顿白米饭尚作为打牙祭①，而主要食品老是玉蜀黍，老是红苕、芋头，老是杂菜和碎米煮的粥，老是豆多米少的饭，这还是有八成丰收后的景象。他们要求的，只在平平静静的终年吃得饱，那里还敢涉想到下饭的菜肴！倘若每顿有点盐水泡菜，有点豆腐或家造豆腐乳，有点辣子或豆瓣酱，那简直就奢华极了。他们没力量来奉行

---

① 打牙祭，见于唐代《丛谱》。据说，每月初二、十六，例以三牲祭幕府的牙旗，在四川，以遗俗至今，每月初二、十六吃肉一次，便名打牙祭。——作者注

"食不厌精，脍不厌细"的圣教，也没力量来实践节约运动，这便是中国劳苦大众顶基本的吃！

五

全中国劳苦大众的基本的吃，好像很卫生，因为我们从未听见过他们在吃了之后，有闹疲倦、闹胃痛的把戏。他们有时也不免要闹胃病，除了小媳妇子挨骂受气，每每以眼泪进饭，得点心口痛外，大抵便因吃了淀粉质食料或什么过分不能消化的东西，塞得太多，胃格外扩大。不然便是简直没吃的，连印度已故圣雄甘地在绝食时所用的清羊奶橘子汁都没有——自更不能想到绝以食来争取义务的国代先生们所服用的那些代替品——而强勉装进去的，只有天然的水，这样，胃就只好格外的缩小了。要医治这两种胃病，绝非专门学医的名医们所能奏效，除非有大勇大悲的医国圣手，能够从中国政治经济脉案上，或从外国的各种科学上，去寻取一种适合人情的什么大药，而小心的、公正的、勿固勿我的，来处理，真不容易为功啦！不过，这种圣手并不世出，而一般劳苦大众倘遭到了上说的两种胃病时，仍只有自己医治之一法。其方为何？曰：治胃扩大的奇方，莫如少吃；治胃缩小的奇方，就是见啥吃啥，甚至吃太阳的红外线紫外线。再不好，还有两种猛药：死与逃。至于最卫生的方法：造反，那却要在科学不昌明，闭关自守时代，才用得着，非所以语于今日"有朋自远方来，不亦悦乎"的中国。

六

曾经作过一篇《白种人之天下》的吴君毅①先生，同时发表过几句名言曰："北方是牛羊之邦，南方是鱼虾之邦，我们四川则是蔬菜之邦。"此言大体不差。倘必吹毛求疵，那吗，北方的白菜、萝卜、洋芋、山药，以及上好的豆类瓜类，岂能排挤在牛羊圈外？何况北平业已有西红柿，业已有红油菜薹，而阴历元宵灯会时节，且有在暖室里提早培植出来的王瓜。在我们蔬菜之邦的成都，不在阴历十月里可能吃蚕豆，腊月里可能吃春笋，然而在数九天气吃王瓜，好像还没有听说过（将来可能有的）。又譬如云南是回教徒很多的地方，所以昆明西门洞的清真馆清炖牛肉就比天津"老乡亲"的好。而同时昆明的苦菜，也并不下于广东的芥菜，虽然与四川涪陵的羊角菜两样。就四川说罢，诚然蔬菜种类又多又好，略举几色为例：重庆的青菜心，洋莴苣；江津，合川的子芽姜；下川东一带的沙田豌豆、糯苞谷（玉米）。上面已提到涪陵的羊角菜，也就是作出有名鲊（或写作酢，写作柞，皆非也）菜的原料；川北一带的红心苕，又是粮食，又是好菜；峨眉的苦笋，乐山的蓝菜，梓橦、剑阁一带的蕨苔，上川南的石花菜（这是南宋陆放翁最欣赏的一种藓苔类植物，连这高雅的名字，也是放翁赐的）、头发菜、鸡枞菌②，皆不过窥豹一斑耳。至于成都平原的菜蔬，那就更齐备了。大抵因为气候，土壤，肥料，都适宜罢，许多别处不能培养的东西，它都出产，而莳菜的艺术，也行。譬如最难移植的外国露笋、

---

　　① 吴君毅，字永权，曾留学日本习法律；历任成都大学、四川大学教授与川大法学院院长。——原编者注
　　② 鸡枞菌，亦名鸡菌。李时珍《本草纲目》："鸡枞出云南，生沙地间，高脚伞头，土人采供寄远，以充方物；点茶烹肉皆宜，气味似香蕈，而不及其风韵也。"——原编者注

石莲花，居然能以培壅芹黄、韭黄的手法，将其繁植起来。又如出产牛角红辣椒的丘陵地带，便非常适合于栽种番茄（即西红柿，又名洋柿子，译名应为"多马妥"），这东西的入成都，不过二十六年，为大众采用，更只八九年的光阴，但现在已保有三十几个优良品种，而且生产期也颇长，每年三季，可以延长到九个月，最迟的可能到阴历腊初，倘将老的根茎保护得好，不为严霜所欺，则次年立春后不久，市上又有新鲜番茄出现。由此观之，吴君毅先生所说的蔬菜之邦，其以成都为代表乎？但是，成都又岂只是蔬菜之邦吗？

七

成都又岂只是蔬菜之邦？自然还得加以说明的，不过我先得插一段正面的闲话，即是：纵令它可以专擅这个名词，而所以造成之者，岂是昔之所谓士大夫、今之所谓高等华人的功勋？而筚路蓝缕，以启山林，又几何不是劳苦大众之力！天下至理，不外由错误偷懒而有发明，不外由需要好奇而有发现。神农之尝出百草，绝不是像旧派历史家所说：有一个圣人叫神农氏者，闲得不耐烦了，忽然起了仁心，要为他的子民，发现某些植物是良药，某些是毒草，并为后世走方郎中作一种大方便。非也，十二万个非也。依我的见解，第一，神农氏就不是一个人的榜篆，而是一族人自乃祖乃宗到若子若孙若干世的通称，而且这称谓，也好像是后世人给与他们，若有巢氏、燧人氏等，而并非他们图腾的自名；第二，这族人若干世不断的尝百草，并非都闲得不耐烦，而存心去发现什么药物，乃是在庖牺驯兽之后，肉类仍不足支持大群人的生存，忽然想到马牛羊鹿等已驯之兽，居然专门吃草得活，于是乃亦偶然采草为食，暂用疗饥，一个人吃得起劲，公然可饱，于是一群人也就逐渐摩而仿之；第三，他们所尝，绝不止于百种草。百字，言其多也。换言之，即是饥饿到没有动物吃时，也就不免于见啥吃啥。官书上不曾云乎，草根树皮，是为民食。官电上不曾报道乎？今日长春城内的树叶，已值到几千万元法币一斤。以今逆古，可见神农氏那族人一定遭过什么荒年，没有肉吃，便只好吃草，而且是见草就吃，无心肠去分清某有毒某为良卉，也无此分别的能力也；第四，最初虽无分别能力，但久而久之，却有了经验，知道某些草好吃，某些草可以致人腹痛呕吐至死。辗转相告，口口相传，后人得其益，乃疑其有心发现；第五，此一族人，积若干世来尝草，何尝是为了走方郎中？且不言上面所说几层理由，即单就神农之农字着想，亦可大为恍然，他们在前不过为了疗饥而胡乱吃草，其后乃又从偶然之中发现了草之实，与实之仁，不但比卉叶好吃，而且又能保存，又能滋生，于是乃进而发明了耕耘播植。故战国时的农家，在孟子书上遂直书为"为有神农之言者"，后世以稷为农始，犹《说文解字》序云"称仓颉者一也"似的，到了稷，而后耕耘播植之事始发皇光大，并且改良罢了。

八

好些蔬菜，几何不是劳苦大众像神农氏之尝百草般，逐渐逐渐，从偶然，从经验中，发现的呢？姑举一二例为佐证：其一，如蕨苔，这就是历史上有名的以绝食来抗议暴力的伯夷、叔齐二公，在首阳山上，不得已而吃出来，而后世的四川人，也敢于采为菜蔬的一种野生植物。最原始的吃法，是否如鲁迅先生的《故事新编》上所描写的那样，姑且阙疑，现在的四川人则将其与黄豆芽合炒，是为家常办法，其味较佳于芹菜叶之炒黄豆芽。还有，将其置于鸡鸭汤内清煮，好固然好，却未免对于孤竹君的两位公子太给以讽刺。还有将其晒干打成粉末，再将粉末团合成饼，加入荤腥之内烹之炖之。作法太多，不必细表。大致后来的踵事增华①的吃法，其功绩必须归之名厨师和刁钻古怪的好吃大家；其二，如成都人最嗜吃的苜蓿菜。这更显而易见，其初必是劳苦大众犹之神农氏那一族遭了什么天灾，而感染到急性胃缩小症时，无其他东西以疗饥，乃不得不把畜生啃的东西抢来尝试，不料居然消化，而且维他命还相当多，因而就口口相传的吃开了。不过，在西汉时，由天山传入的这种壮马壮牛的三叶植物，必然是和现在欧洲农家特为牛马播种耕耘以作冬粮的东西一样，那真可观啦！巍然而立，有五六市尺高，其茎几如我们的红甘蔗。据说，牝牛吃了此物，不但壮，而且新鲜奶汁里还含有橙花香味。而现在被成都人采为蔬菜的，却变成了小草，很为娇嫩。成都人口音轻快，呼苜蓿为木须，令人几乎生疑是另外一种东西。

九

上来业已说过发明大半由于偷懒，由于错误；发现大半由于需要，由于好奇。我们可以想见，到荒旱饥饿时节，连死人都不免变为活人的食料，何况草根树皮！于是见啥吃啥的结果，乃多有发现，例如洋芋，自法王路易十三世起，据说才因荒旱而成了主要食品。而枸杞芽、猪鼻孔、荠菜、藜藿、泥鳅蒜，甚至连椿树的嫩芽，连农家种来作绿肥田之用的苕菜苞儿，其所以从野生而变为蔬菜中之妙品者，几何不是因了大多数人的经济情形不佳，不许可有好的东西吃，而一半出于强勉，一半由于好奇，才吃出来的？年来

---

① 踵事增华，意谓继承前人事业，并使它更美好更完善。萧统《文选序》："盖踵其事而增华，变其本而加厉。"——原编者注

成都乡间又新出一种野菜名曰竹叶菜，草本而竹叶，丛生路边，不过范围尚小，作法亦未研精，吃的人还不多耳！苟舍蔬菜而引伸及于肉食，也可看出许多在今日高等华人菜单中称为名贵食品的，其先，大都出于劳苦大众迫不得已而后试吃出来，例如广东席上的蛇肉，已是人人知道开其先河者，乃穷苦无依之乞丐也。因其为人人所已知，故不再具论。兹介绍近几十年来四川所特有的四项食品，虽皆尚未登大雅之堂，然已逐渐风行，瞻望前途，殆不下于驰名四远之麻婆豆腐焉。

其一曰：强盗饭，发明时期大约只二十余年。发明地点为川东之华蓥山中。发明者，打家劫舍、明火执杖之强盗也。据说，某年有强盗一伙，被官兵围困于盛产巨竹的华蓥山，最使强盗头痛的，就是在丛山中找不着人家煮饭吃。由于迫切需要，于是一位聪明家伙便想出一个方法：将山上大竹截下一节，将携带的生米用溪水淘净，装入竹筒，一半水一半米，筒口用竹叶野草封严，涂以稀泥，放于枯枝败叶中，燃火煨之。待至枯枝败叶成灰，筒内之米便成熟饭。既软硬合度，又带有鲜竹清香。每一竹筒，可有小小两碗饭。如其再奢华一点，加一些别的好材料，的确是别具风味的好食品。不过条件太苛了，要相当大的竹，要应用时旋截，不能用变黄的陈竹，要容易成灰而火力又甚猛的枝叶，这些都与正式庖厨不合，而作出来的量又不大，费一个人的精力只够一个壮汉的半饱，说起来也太不经济。像这样，实实在在只能让逼上山林的豪杰们去享受。风雅一点，也只好让某些骚人逸士，在游山玩水之余，去作一次二次的野餐，庶几有滋味。譬如乡村美女，只管娟秀入骨，风神宜人，倘一旦而摩登之，鬈其头发，高其脚跟，黛其眼眶，硃其嘴唇，甚至蔻丹其手脚指甲，纵然不化西施为嫫母①，似乎总不如其

---

① 传说中黄帝之妻，貌极丑，后为丑女代称。——原编者注

在乡村中纯任自然的受看罢！此强盗饭之所以不能上席而供高等华人之口也。

其二曰：叫化子鸡，叫化子偷得一只活鸡，既无锅灶，如何弄得进肚？不吃罢，又嘴馋。叫化子思之思之，于是计来了，因为身边无刀，便先将鸡头按在水里闷死，然后调和黄泥，将鸡身连毛一涂，厚厚的涂成一个椭圆形的泥球，然后集合柴草，将这泥球一烧。估计差不多了，或许已经有了香气，便从热灰里将泥球掏出，剥去黄泥，而鸡毛、鸡皮也连之而去，剩下的只是莹白的鸡肉了。鸡的内脏，也连血烧做一团，挖而去之。这在作法上言，很简单，在理论上言，似乎颇有美味，但实际并不好吃，既有鸡屎臭，又有鸡毛臭。不过后来传到吃家手上，作法就改善了，鸡还是要杀死，还是要去内脏，去鸡毛。打整干净，将水份风干，以川冬菜、葱、姜、花椒，连黄酒塞入空肚内，缝严，再用贵州皮纸打湿，密切的裹在鸡身上，一层二层，而后按照叫化子的手法，在皮纸上涂以黄泥，煨以草火，俟肉香四溢，取出剥食，委实比铁灶扒鸡还为美味。虽然也可砍成碎块，盛在古瓷盘内，端上餐桌，以供贵宾，然而总不及蹲在火堆边，学叫化子样，用手爪撕来吃的有趣。这犹之在北平吃烤羊肉样，倘不守在柴炉子边，一面揩着烟熏的眼睛，一面在明火上烤一片，吃一片，请想想还有啥味儿？由这样吃烧鸡的方式，不禁油然想到吃烤鸭的同样方式来。成都鸭子，并不像北平白鸭子那们肥大，但也有像北平侍弄鸭子样的特殊喂法，其名曰填。一直把只平常瘦鸭填得非常之胖，宰杀去毛风干，到挂炉里烤好后，名曰烤填鸭。因其珍贵，吃时必由厨师拿到堂前开片，名曰堂片，亦犹吃满洲席之烤小猪样也。不过成都的烤填鸭，并不如北平的好，因为鸭子填得太胖，皮之下全是腻油，除了吃一层薄薄的脆皮外，吃不到一丁点儿肉也。至于不填的瘦鸭，也可以在挂炉里烧，其名就叫烧鸭。寻常吃法，是切成碎块，浇以五香卤汁，这不算好吃法；必也准时（以前多半在正午十二点钟）守在烧鸭铺内，一到鸭子刚由炉内取出，抹上糖清，皮色变红，全身犹热烘烘时，即用手爪撕下，塞入口内，一面下以滚热的大碗黄老酒。这样吃法，自然不是布尔乔亚①以上阶级的人所取，而真正的劳苦大众则又吃不起。在前，成都市上很多这类的卖热老酒的烧鸭铺，四十年前，青石桥南街的温鸭子，北街的便宜坊，都最有名，而西御街东口的王胖鸭店，则是后起之秀，而今已差不多全成古迹了。（王胖鸭店因为几次拆房让街，已安不下一张桌子，鸭子也烧坏了，毫无滋味。老胖、小胖皆已作古。所谓王胖，是人胖也，并非王姓而卖胖鸭也。今只有提督东街之耗子洞烧鸭店尚可，然已无喝滚热老酒之余风，遑论乎以手爪撕吃热烧鸭乎！）

其三曰：牛毛肚，是牛的毛肚，并非牦牛的肚，此不可不判明。牦牛者，氂牛也，司马相如《上林赋》注云，出西南徼外，至今仍是大小金川、康边、西藏一带的特产，且是重要的交通工具之一。毛肚者，牛之千层肚也，黄牛之千层肚肉刺较细，水牛之千层肚则肉刺森森，乍看犹毛也。四川多回教徒，故吃牛肉者众。自流井、贡井、犍为、乐山产岩盐掘井甚深，车水熬盐，车水之工，则赖板角水牛（今已逐渐改用电力、机力）。天气寒浊，水牛多病死，工重，水牛多累死，历时久，水牛多老死。故自贡、犍、乐一带产皮革，则吃水牛肉。水牛肉味酸肉粗，非佳馔，故吃之者多贫苦人。自贡、犍、乐之水牛内脏如何吃法，不得知，而吃水牛之毛肚火锅，则发源于重庆对岸之江北。最初是一般挑担零卖贩子将水牛内脏买得，洗净煮一煮，而后将肝子肚子等切成小块，于担头置泥炉一具，炉上置分格的大洋铁盆一只，盆内翻煎倒滚煮着一种又辣又麻又咸的卤汁。于是河边的桥头的，一般卖劳力的朋友，和讨得

---

① 布尔乔亚，法语 bourgeoisie 的音译，意指资产阶级。——原编者注

了几文而欲肉食的乞丐等，便围着担子，受用起来。各人认定一格卤汁，且烫且吃，吃若干块，算若干钱，既经济，而又能增加热量。已不知有好多年了，全未为小布尔乔亚以上阶级的人注意过，直到民国二十三年，重庆商业场街才有一家小饭店将它高尚化了，从担头移到桌上。泥炉依然，只将分格洋铁盆换成了赤铜小锅，卤汁蘸料，也改为由食客自行配合，以求干净而适合各人的口味。最初的原料，只是牛骨汤、固体牛油、豆瓣酱、造酱油的豆母、辣椒末、花椒末、生盐等等，待到卤汁合味，盛旺炉火将卤汁煮得滚开时，先煮大量蒜苗，然后将凉水漂着的黑色的牛毛肚片（已煮得半熟了），用竹筷夹着，入卤汁烫之，不能太暂，也不能稍久，然后合煮好的蒜苗共食。样子颇似吃涮羊肉而味则浓厚，（近年重庆又有以生鸡蛋、芝麻油、味精作调和蘸料，说是清火退热，实为又一吃法。）最初只是如此，其后传到成都（民国三十五年）便渐渐研制极精，而且渐渐踵事增华，反而比重庆作得更为高明。泥炉还是泥炉，铜锅则改为砂锅，豆母则改用陈年豆豉，格外再加甜醪糟。主品的水牛毛肚片之外，尚有生鱼片，有带血的鳝鱼片，有生牛脑髓，有生牛脊髓，有生牛肝片，有生牛腰片，有生的略拌豆粉的牛腰肋、嫩羊肉，近年更有生鸭肠，生鸭肝，生鸭郡肝以及用豆粉打出的细粉条其名曰"和脂"者（此是旧名，见于明朝人的笔记）。生菜哩，也加多了，有白菜，有菠菜，有豌豆尖，有芹黄，以及洋莴笋、鸡窠菜等，但蒜苗仍为主要生菜，无之，则一切乏味，倘能代以西洋大蒜苗译名"波哇罗"的，将更美妙矣。然亦以此而有季节性焉，必候蒜苗上市，而后围炉大嚼，自秋徂冬，于时最宜。要之，吃牛肚火锅，须具大勇，吃后，每每全身大汗，舌头通木，难堪在此，好过亦在此。高雅而讲卫生的人，不屑吃；性情暴躁，而不耐烦剧的人，不便吃；神经衰弱，一受激刺便会晕倒的高等华人，不可吃；而吃惯了淡味甜味，一见辣子便流汗皱眉的外省朋友，自然更不应吃，以免受罪。牛毛肚火锅者，纯原始型之吃法也，与日本之牛锅仿佛，又似北方之涮锅，只是过份浓重，过份激刺，适宜于吃叶子烟的西南山地人的气分。故只管处在清淡的菊花鱼锅的反面，而仍能在中下层吃家中站稳者，此也。

其四曰：牛肺片，名实之不相符，无过于明明是牛脑壳皮，而称之曰肺片。中国人吃猪皮已为西洋人所诧异，（猪皮作的菜颇多，至高且能冒充鱼翅，而以热油发成的响皮，简直可媲美鱼肚，此关乎食谱，非本文旨趣所应及，故不细论。）而况成都人且吃牛脑壳皮焉。牛脑壳皮煮熟后，开成薄而透明之片，以卤汁、花椒、辣子红油拌之，色彩通红鲜明，食之滑脆辣香。发明者何人？不可知，发明之时期，亦不可知。在昔，只成都三桥上有之，板凳一条，一头坐人，一头牢置瓦盆一只，盆内四周插竹筷如篱笆，牛脑壳皮及牛脸肉则切成四指宽之薄片，调和拌匀，堆于盆内。辣香四溢，勾引过客，大抵贫苦大众，则聚而食之，各手一筷，拈食入口。凳上人则一面喝卖，一面叱责食客曰："筷子不准进嘴！"一面以小钱一把，于食客食次，辄置一钱于有格之木盘中以计数，食毕算账，两钱三块，三钱五块也。有穿长衫而过者，震其色香，欲就而食，则又腼腆，恐为知者笑，越趄而过，不胜食欲之动，回旋摊头，疾拈一二片置口中，一面咀嚼，一面两头望，或不为熟人察见否？故此食品又名"两头望"。今则已上席列为冷荤之一，皇城坝之摊头亦易瓦盆为将瓷盆，于观感上殊清洁多多。

其五曰：麻婆豆腐，□上文已及麻婆豆腐，以其名闻遐迩，不能不谈，故言四项，于兹又添一项，并非蛇足，不得已耳。以作豆腐出名之麻婆，姓陈，成都人皆称之陈麻婆。既曰婆，则为老妇可知，既曰麻，则为丑妇可知，然而皆于作豆腐无关。□陈麻婆者，成都北门外万福桥头一家纯乡村型的小饭店之老板娘也。（万福桥已于民国三十六年阴历丁亥岁被大水打毁，迄今民国三十七年阴历戊子岁八月犹无修复消息，据云，此桥系清光绪丁亥岁重修，恰恰享寿一个花甲六十岁。）万福桥路通苏波桥，在三十七年前，为土法榨油坊的吞吐地，成都城内所需的照明和作菜之用的菜油，有一多半是取给于此。于是推大油篓的叽咕车夫经常要到万福桥头歇脚吃饭，（本来应该进出西门的，但在清朝时代，西门一角划为满洲旗兵驻防之所，称为少城，除满人外，是不准人进出的。）而经常供应这伙劳动家的，便是陈家饭店。饭店没招牌，遂以老板娘为号，而呼之为陈麻婆饭店。乡村饭店的下饭菜，除家常咸菜外只有豆腐，其名曰"灰磨儿"。大概某一回吃饭时，劳动家中的一位忽然动了念头，想奢华一下，要在白水豆腐、油煎豆腐、炒豆腐等等素食外，加斤把菜油进去。同时又想辣一辣，使胃口更为好些。于是老板娘便发明了作法：将就油篓内的菜油在锅里大大的煎熟一勺，而后一大把辣椒末放在滚油里，接着便是猪肉片，豆腐块，自然还有常备的葱啦、蒜苗啦，随手放了一些，一脍，一炒，加盐加水，稍稍一煮，于是辣子红油盖着了菜面，几大土碗盛到桌上，临吃时再放一把花椒末。劳动家们一吃到口里，那真窜呀！（窜是土语，即美味之意。有写作馫字的，恐太弯曲了。）肉与豆腐既嫩且滑，同时味大油重，满够激刺，而又不像用猪油作出那们腻人。于是陈麻婆豆腐自此发明，直到陈麻婆老死后，其公子小姐承继衣钵，再传到孙辈外孙辈，犹家风未变。虽然麻婆豆腐在四五十年中已自乡村传到城市，已自成都传到上海、北平，作法及佐料已一变再变。记得作者在民国二十六年"七七"抗战以后，携儿带女到万福桥陈家老店去吃此美馔时，且不说还是一所纯乡村型的饭店：油腻的方桌，泥污的窄板凳，白竹筷，土饭碗，火米饭，臭咸菜。及至叫到做碗豆腐来，十分土气的幺师（即跑堂的伙计）犹然古典式的问道："客伙，要割多少肉，半斤呢？十二两呢？……豆腐要半箱呢？一箱呢？……"而且店里委实没有肉，委实要幺师代客伙到街口上去旋割，所不同于古昔者，只无须客伙更去旋打菜油耳。

十

克实言之，成都实非止蔬菜之邦。因为好的蔬菜固然有，由外方移植而来，能繁衍而不十分变劣的也多，又因天时地利人工，使若干蔬菜的产期也长，可是到底不能封它为蔬菜之邦者，以外方还有许多出类拔萃的好蔬菜，而它还是没有也。例如江南的莼菜，岂是我们的冬寒菜——又名葵菜——所能匹敌？营盘磨菇，岂是我们的三塔菰、大脚菰所可企望？（西康的白菌和鸡枞菌，其庶几乎！）推而论之，即是全四川全西南也未能承此美称，再从另一方面说，也不能有此限制的称谓。何也？以蔬菜之外，依然有牛羊之美，有鱼虾之美也。譬如说，成都、昆明的黄牛肉就很好，只是有山羊而少绵羊，是一缺点。说到鱼类，话更长了，简而言之，如乐山的江豚——一般人都称为江团，甚至团右加一鱼字傍，其实即江豚之讹，后有机会，再为详论——泸县之癞子鱼，雅安之丙穴鱼——又名嘉鱼，涪陵之剑鱼，峨眉之泉水鱼，都不亚于松花江之白鱼，黄河之鲤鱼，江南之河豚，松江之鲈鱼，长江之鲥鱼和鳜鱼也。（岷江流域也产鳜鱼，也产四腮鲈鱼，成都市上偶尔可见，但不常不多耳。）虾亦好，虽不肥大，但无土气。所最缺憾者，只是没有螃蟹。但仁寿县的蟹即是南蟹种，苟得其法蓄养之，亦可弥此缺憾。且峨眉山出产之梆梆鱼，又名琴蛙，乃食用上品，若有人饲之，其壮大嫩美且过于美国之牛蛙，而昆明翠湖之螺黄，则又特产中之特产。故曰，蔬菜之邦之称，成都不任受，四川不任受，西南亦不任受。推而论之，牛羊之邦，鱼虾之邦，亦殊难为定论矣。（西北确有一些地方，只以牛羊为食，有谣曰："鱼龙鸡凤菜灵芝"，言鱼如龙，鸡如凤，蔬菜如灵芝草，皆不易见不易得也。但不能以此一隅而概广大之北方，此理之至明者也。）

十一

我以为中国菜之所以驰名全球之故，一多半由于作业的原料之多，而其作法又比较技巧，比较繁杂。其他姑且置之，单言发酵的过程，是够玩味了。西人有言曰，食料之最好者，端在发酵之后，变其本质，使其成为一种富于滋养的东西。本此，则知吉士（即奶饼，即干酪，即塞上酥，即西康、西藏之酥油。吉士为英文译音，又写作启司，其音近于鸡丝。法文译音则曰"拂落马日"。）确为由脂肪变出之珍品。若夫由植物发酵，重重变化出来的食物，不其更为美妙乎哉！例如黄豆，新鲜的已可作出多种的菜，甚至连梗带荚用盐水花椒煮出，剥而食之，可以下茶，可以下酒，无殊笋干也。倘将干的磨成粉末，和以油糖，可作点心；盛于瓦坛内，时时以水浇灌，使其发出勾萌①，谓之豆芽，摘去脚须，可煮可炒，可荤可素，这已经在变化了。设若将干黄豆用水泡软，（鲜豆亦可，但必须配合少许干豆，凡研究过食物化学的可以说出其所以然。）带水磨出，名曰浆，或曰豆汁，或科学其名曰豆乳。据说，其功用同于牛奶，但研究过食物化学者，则嫌其不甚可以消化之质素稍多，此豆之一大变也。再将豆浆加热，点以盐卤（四川人谓之胆水）或石膏，使之凝固，（用胆水点，则甚固，较坚实。用石膏，则固而不坚，此有别也。）不加压力者，名曰豆花；或冲之，则另成一品曰豆腐脑，（或曰豆腐酪，亦通），此二大变也。略加压力，使水份稍去，凝固成块，名曰豆腐，其余为豆渣，此三大变也。再使之干固，或略炕以火，或否，生味已不同于豆腐，对其所施之作法更多不同，名曰

---

① 勾萌，即引发的幼芽。——原编者注

豆腐干，此四大变也。再使豆腐干发酵生毛，名曰毛豆腐，此五大变也。而后加以香料酒醪，密贮陶器中，任其再发酵，再变化，相当时间之后，又另成一种绝美食品，名曰豆腐乳，此六大变也。六个变化，即六个阶段，而每一阶级，又可独立作出种种好菜，而且花样复极多。倘在每个阶级内，配以其他蔬菜肉类，则更千变万化。倘将中国各地特殊作法汇集写之，可以成书一厚册，不第可以传世。如《齐民要术》之典册，且可以供民俗、民族等科之研究，而为博士论文之所据焉。上述，不过豆变之一派。其变之第二派，则豆油是也，豆饼是也。豆饼可以用作肥料，荒年又可充饥。其变之第三派，则豆豉是也。亦由发酵而来，不置盐者，曰淡豆豉，又作入药。置盐及香料者，曰咸豆豉，江西人旧称色豉，可作佐料以代酱油。咸豆豉之经年溶腐，色如乌金，不成颗粒，而香料配合极好，既可单独作菜，又可配合其他菜蔬肉类者，四川三台县及射洪县太和镇人优为之，即名曰潼川豆豉或太和豆豉。咸豆豉不任其发酵至黑，加入红苕（即红薯）生姜者，曰家常豆豉，团如小儿拳大，太阳下晒干，可生食，亦可配菜。然有不食之者，谓其气味不佳，喜食之者，则谓美如岂士，其臭气亦酷似云。咸豆豉发酵后，蓄醇其涎，调水稀释（淡茶最好），加入干萝卜丁、生盐、花椒、辣椒末者，乃成都家常作法，名曰水豆豉。以有季节性，不容久置，故无出售者，惟成都之旧式家庭中克以享受。要之，黄豆是中国人食品之母，亦犹牛奶是西洋人食品之母。西洋人从牛奶中求变化，中国人则自黄豆身上打主意，牛奶之变化有限，而黄豆之生发无穷。上来所言，仅就已有已知者而略及之，而将来如何，未知者如何，虽圣人不能言矣。况乎黄豆一物又为中国所独有，（欧洲无黄豆，美洲也无，近闻美国有移植者，不知情形如何。）历史亦复悠长，（黄豆即古之菽），吾人赖之而生存则无论己，即以其作法之多，技巧之盛，滋味之美而言，已足矫世界人类之舌，而高树中国菜之金字招牌。旧金山之豆腐乳，不过其一斑耳。

十二

　　肉类、鱼类、蚌蛤类可以用单纯的手法作出，而成为妙品。闻之福建福州有蚌蛤曰西施舌者，即用白水烹之，鲜美绝伦。吾于食鲜牡蛎、鲜瑶柱、以及血水蚶子之余，诚信其不诬。至于蒸蟹、醉蟹，以及成都式的醉跳虾，更用不着说啦。鱼哩，譬如某种鱼的生片，略蘸酱油，和紫菜食之，此日本式也，亦佳。加拿大出产之梭猛鱼，在冰藏之后，其肉酥松，生割成块，和黄莎士（souse，即法文译音之"马约迺斯"）食之，至为可口。其他如菊花锅之生鱼片、生鸡片，如涮锅之生羊肉片，以及各种烫而食之，烤而食之种种鱼片、肉片，几何不是半生半熟，而即入口之美物乎？不过，此种作法看似单纯，而终须配以繁杂之佐料，甚至绝好之汤，仔细想来，实不如法国式之带血子牛肉。其作法，只将子牛肉一片下锅煤之，一面已熟，一面尚生，刀叉一下，血水盈盘，而其佐料，亦只盐与胡椒末耳。然其味之美，实过于多少红烧清炖，黄焖素煨。如此想去，单纯之作法尚多，然欲求其既须单纯，又鲜佐料，又滋美绝伦者，实不可多得。故中国菜以单纯著称者少，而横绝今古，无与匹敌者，端在配合之繁复及其妙也。

十三

　　其实中国菜之配合亦复简单，提其纲，挈其领，也只几句话而已：曰，肉类配合肉类，肉类配合鱼类，鱼类配合鱼类，肉鱼类配合蔬菜类，蔬菜类配合蔬菜类。而且一品配合一品，一品配合多品，多品配合多品。其中又有直接配合，间接配合，直间接与直间接之配合，几次间接与一次直接之配合。这么一来，似乎就近于匪夷所思，而又加以煎也、炒也、煠也、炟也、溜也、烤也、烧也、焖也、煨也、熬也、炰也、蒸也（这一字类又须分为饭上蒸、笼内蒸、隔碗蒸、不隔碗蒸、干蒸、加水蒸，不一而足）、煮也、烹也、炖也、炕也、煸也、烙也、烘也、拌也，此二十手法，看来渐觉眼花，何况其间尚有综合之法，即煠而复蒸，煮而又烧。有综合二者为一组，有综合三者四者而为一组，则奇中之奇，玄之又玄，岂特不有素修之西洋人莫名其妙，即中国人而无哲学科学头脑，以及无实地经验无熟练技巧者，亦何能窥其奥哉！就中最足以自矜者，尤在作蔬菜的手法，吴先生所封蔬菜之邦，其指全中国而言乎？诚以西洋人之作蔬菜，除少数种类，能变一些花样外，大多出以单纯方式，倘不是白水煮好，旋加黄油、生盐、胡椒，即是揉之成泥，糊涂而食。毕竟法国人文明，尚能懂得较为复杂之配合，所不足的乃是在二十种手法中，只具有煎、煠、烤、煮、煨、拌几种。就这样，已经高明之极，较之专讲科学卫生，配合热量的美国人，便前进了不知若干年代。呜呼！食乃人生大事，求其适口充肠可也，何苦牢牢披记科学羽毛，而将有良好滋味之菜蔬，当成药吃哉！

十四

有人说，大凡历史悠久的民族，其食品都相当复杂，固不仅中国为然。比如从古籍上考察，像腓尼基人，像迦太基人的食单，已很丰富了，而古希腊人、古罗马人，也都是好饮嗜食的民族啊！这话诚然有理，但我现在所讲的，只是指现代民族所通常具有的食单，并非要作食的历史的研究。何况食之为物，一如衣冠居室，都脱不了环境的支配。设如此一民族所生长的地方，人不得天时，不得地利，赖以口腹之资的，不是牧畜的牛羊，便是野生的熊鹿，确处在"鱼龙鸡凤菜灵芝"（谓得鱼之难如得龙，得鸡之难如得凤，得菜蔬之难如得灵芝草也）的境地，我想，这民族纵即有万年不断的历史记载，而它的食单也未必能有我们《周礼》（北方的）、《楚辞》（南方的）上所记下的那些名词罢？我们可以这样说，一个历史悠久，而行踪又广阔，和其他民族接触又频繁的民族，其食单是丰富的，其制作食品的技术是复杂的。此即古代腓尼基人、迦太基人、希腊人、罗马人的食单之所以有异于现代蒙古人、爱斯基摩人的原故。

十五

便是有悠久历史的民族的食单，也还有其时代性哩，换言之，即是在某一时代作兴吃什么，而过一个时代，或即不作兴了，或另有一种可吃之物起而代之。我们光就中国方面说罢，据史籍所载，我们在商朝时代有所谓豢龙氏、屠龙氏两氏族。龙者，大爬虫也，豢者，驯养之也。大爬虫已被驯养，想来便如今日我们之驯养大蛇者然。驯养了干什么呢？自然为的杀了来吃。有专门杀此大爬虫者，大约特别有杀之技巧，父子兄弟相传，故名之曰屠龙氏。环境转移，大爬虫不适于生存，抑或也和大象一样，驯养了便难于生育传种，以致徒留龙之名，故到周朝时代，便不再见有以龙肉所作的食品。虽然迄今在小说上尚时见有龙肝凤髓之说，那也不过用来形容食品之稀有和珍贵罢咧。龙肉之不再登盘餐，以其无有，此可不谈。至若《周礼》上所列的许多酱类（都是一些特殊字体，若一一引出来，便得劳烦印刷者逐字刊刻，予人不便，何必炫博，故不录引），至今还是有的，姑举一例，如蚳酱，据考证家说，即是蚁子酱。此蚁子，是否即为今日寻常蚂蚁之卵，因考证家未曾确说，想来总是蚁类。然而今日有吃鱼子酱的，却未看见有用蚁子酱的（听说南非洲倒有食蚁的人），曾见明人某笔记上说华南瑶人或苗人有用蚁卵作酱，但今日仍未见此特殊食品传到汉人席上，想来也已过时了。此已足证我所说食品也有其时代性。还有一例，如吃狗肉。在《周礼》上看来，中国古人已常吃狗，《礼记》也说过：士大夫无故不杀犬豕，可见中国古人是把狗当猪羊一般宰了吃的，而且屠狗这门职业中，还出过好些英雄好汉，如专诸，如樊哙。不知为了什么原故，后世忽然不作兴了。虽然今日也还有一部份要人一年吃它几回，甚至也还吃得香。听说考较的还特别把狗关在栏里，像喂猪样用粮食荤腥喂得肥肥的，到冬季打杀了来吃，说是壮阳补血。而广东朋友还能从经验中告诉你：吃狗要嫩，不要过一岁；吃猫要老，定要过三岁。不过把狗肉当作珍馐，搬上大餐台子，以宴嘉宾的终究没有，而最大部份人，还是不要吃它。此外，我本人记得在很幼小时——由今言之，大约五十三年前了——随大人走人家坐席，吃过一样乌鱼蛋，以后便少吃过，民国十八年在北平东兴楼才吃到第二次，及至回川，偶见南货店中有此物事，问他们销行地方，据说只有外州县或四乡厨子来买。如何作法，连南货店的老主人都不知道。后来翻到外家一本旧账簿，才知道在一百三十年前，成都宴席上，原来每次都有乌鱼蛋汤的。

十六

中国食单除了环境常变，时代推移，肉蔬配合，愈演愈变愈精致外，其所以能够超越其他古老民族，而无止境的造到今日这种境地的原故，仔细寻思，这于中国民族博大容忍的特性是大有关系的。中国人的这种特性，第一表现得非常显著的，在于宗教信仰之自由。窃考古中国人自商朝信鬼重巫教、重祭祀以后，它本应该一如其他民族滚到宗教界阈上去以求了解，然而不知怎么突然大跨一步，跨到重理智、重人文的周朝，于是思想马上得到解放，而孔夫子的"未知生，焉知死""未能事人，焉能事鬼""祭如在，祭神如神在"的至理名言，也才立稳了脚跟，传诸后世。请想，这是何等的进步，何等的自由！自此，中国的宗教便没有成立。我们可以说墨教之中衰，并不因为它的巨子丧失，而确是由于人民之没有宗教信仰。诚然，其后也有海滨的方士，也有西南山岳的"米贼"①，也有由二者结合而成的道教，但我们只能说这是由于印度佛教传入后的一种自尊的反动，绝非出于民族狂热之不得不有也。而且佛教也罢，道教也罢，即读书人强勉凑成的儒教也罢，巫教②也罢，乃至随后传入的景教③也罢，天方教④也罢，拜火教⑤也罢，以及近五百年追踪而来，凭藉物质文明以展布其野心的天主教（基督教旧派）也罢，娶妻生子而与中国人见解大不相同的耶稣教（基督教新派）也罢，总之，一到中国，中国人都能容纳之。你以为他们毫无信仰吗？未必然也，奉行的人还是那么多，而且中国的哲学、文学曾受过外来宗教的绝大影响，甚至影响到普遍的人生行为与思想。你以为他们果真信仰吗？又未必然。首先，凡宗教信仰应具有的排他性，和"之死矢靡它⑥"的狂念，在中国人身上就发现不当。别的不说，我们但看欧洲中古世纪，只由新旧两种教派之争，可以大群

①　"米贼"，东汉顺帝汉安二年（公元142年），张道陵在四川崇庆鹤鸣山（一称鹄鸣山）建道教，参加者须缴五斗米，称"五斗米道"。东汉末，张角的太平道和张鲁的五斗米道，一时成为农民起义的旗帜。——原编者注

②　巫教认为自己有超乎自然之力，是一种原始的社会信仰，也是天文、历算、宗教的起源。古代巫的权力极大，道教便渊源于巫。后世活跃于民间的巫师即是遗存之一种。——原编者注

③　景教，唐代传入的基督教聂斯脱利派。贞观九年（公元675年）在长安建寺，先称波斯寺，后名大秦寺。——原编者注

④　伊斯兰教在我国的旧称。我国史籍中，呼阿拉伯为"天方"。——原编者注

⑤　拜火教古代流行于伊朗和中亚细亚一带，称琐罗亚斯德教。认为火是善和光明的代表，故以礼拜"圣火"为仪式。南北朝时传入，唐代建寺于长安，名火教、火祆教、祆教、拜火教或波斯教。——原编者注

⑥　语出《诗·鄘风·柏舟》，意谓虽到死也誓无他心。原意为不嫁别人。——原编者注

大群的杀人，可以因为不改变教宗而活活的被烧死；"五月花船①"之去美洲，也是由于此一教派不胜彼一教派之压迫虐杀，乃至希特勒之残杀犹太教徒，也一小半下根在宗教的排他性上。然而在中国哩，我们却看见某一代皇帝喜欢佛教，他可以下令天下道士全剃头发作和尚，下一代皇帝忽然喜欢了道教，他又可以下令天下和尚蓄起头发来作道士。其他势力的宗教，更不必说，统名之曰旁门小道，曰邪教，曰污民的邪说，随时可以剿杀之，扑灭之，而奉行这种宗教或邪说的人民也并不见得有什么至死不悟的狂热，而竟成千成万的去殉道。一般尚有所谓通品者，无所不信，其实是无所信。例如六朝时张融病卒，遗言：左手执《孝经》《老子》，右手执小品《法华经》，这就是一般艳称的三教归一的办法，也就是多数中国人对于宗教的态度。至今，听说四川新津县某一大庙，一夜之内就供奉着孔子、老子、释伽牟尼、耶稣、穆罕默德，称为五圣，愚夫愚妇求子求财求福求寿的，全可燃烛焚香，磕头礼拜，而并不分彼此。像这样的宗教信仰态度，你们能在别一民族内发现得出吗？如其不能，这便是中国人的特性，也可誉之为中国本位文化。中国人既是修养到了无须乎有宗教信仰的狂热，那吗，关于一种什么主义的奉行，也就不能以洋国情形来说明中国，谓洋国曾是如何如何，中国未来也定然会如何如何，那也便错了。所以大而言之，治理中国，绝不是光能懂得洋道理，光能博得洋人之首肯称誉，而便可也。小而言之，知道了中国人的这种特性，也才理会得出中国菜单何以能至今日的境界啊！

---

① "五月花船"，1620 年英国第一艘驶往北美州的船，载着 102 名清教徒移民，历四月抵普利茅斯。所定《五月花号公约》，成为 1691 年成立自治政府的依据。——原编者注

十七

　　表现中国人博大容忍之二，就在中国人能够接受各地方民族所
固有的文化之一的食，而毫不怀疑的将其融会贯通，另自糅合成一
种极合人类口味的新品，又从而广播于各地方各民族；既无丝毫
"中学为体，西学为用"的妄解，也无所谓"尊王攘夷"的谬想，
更无所谓唯美主义的奴见。例如在西汉时候，西南夷特产的蒟蒻
酱，只管西南夷诸国被灭亡了，其后全改土归流了，然而这食品却
被汉族采纳，遗留至今，是即今日成都所通用的木芋豆腐，又称为
黑豆腐的便是。从酱而至豆腐，已经不是原先作法了，现峨眉山僧
再将其置于冰雪中，令其发泡坚实，谓之雪豆腐，或共鸡鸭肉红
烧，或置于好汤内同烩，较之以生木芋豆腐来，果然别有风味。
有人说，用生木芋豆腐作的豆腐乳，其美味实不亚于旧金山的华侨
豆腐乳，其他如烤羊肉之来自东胡[①]，鱼生粥之遗自南越，亦斑斑
可考。目前云南人的耳块，岂非就是僰人[②]的成饭米粑的译音乎？
昆明有谣曰："云南有三怪，姑娘叫老太，青菜叫苦菜，粑粑叫耳
块。"所谓怪，就因名称之怪。足以征见这可怪的名称，绝非由于
明朝初年，大部分南京富豪被谪居时所遗下，而实实由土著摆夷[③]
所传留也。四川尚流行（目前已经稀少了）一种咸甜俱可的，米粉
包馅的，旋蒸旋食的东西，名曰哈儿粑，此为满洲席上的点心之
一。哈儿粑也是译音，犹之甜点心中之"撒其玛"也。满洲全席今

---

　　① 东胡，古族名，居匈奴（胡）以东，因名。春秋战国时为燕国击败，迁到
今之西辽河上游。秦时因犯匈奴事败，退居乌桓山的一支名乌桓，退居鲜卑山的一
支称鲜卑。——原编者注
　　② 僰人，古族名，在戎州北临大江地建僰国。春秋战国前后，散居以僰道
（古县名，今宜宾西南边）为中心的川南及滇东一带。——原编者注
　　③ 摆夷，清代到 1949 年对傣族的通称。——原编者注

已不兴，但哈儿粑与叉烧小猪与挂炉烤鸭，却单独的被流传下来了，而后二者且成为中国食单中可以炫耀的美肴。自对日战争以后，与洋国交往日频，由洋国传入的食品和作法，被采纳而融会贯通的也不少，例如鸡鸭清汤煨露笋，蒜薹脍马喀洛里（macaroni，即意大利通心粉），番茄酱烧海参，咖喱炒虾仁等，岂但已经成了中国的固有菜，而且实在比其原有作法还好吃得多，若将中国食单仔细研究，可以看出大部分食单的来源，皆不免如我上来所说。这种态度，也与容纳外来的宗教一样，只有中国人才具有。你们不信我这说法吗？但请想想，并且多问，无论哪一洋国人说到中国菜，都恭维，都喜欢吃，但若干年来，他们的菜单上几曾采用过好多的中国菜来？诚然，技术之不容易学得，也是一因，然而没有中国人这种风度，却是顶重要了。

十八

食单因宗教之说而受限制，这真是一桩最可悲的事件。清真教徒不吃猪肉，并且不吃无声无脾无鳞的好多生物，这不但使食单的范围业已缩得过小，而且在配合与作法上，也失却了许多自由。婆罗门教①徒尊视牛为神物，不敢吃它，这也使完备的食单，失去了一根重要支柱。至于佛教徒之什么生物都不吃，只吃谷物与蔬菜，虽然成都许多大丛林的香厨师，和上海居士林素饭馆的大司务，可以从豆类、菌类、笋类，与芝麻油、橄榄油，以及其他植物油中，想方设计，作出种种鲜美而名贵的素菜，然而一则过于精致，再则也不免于单调，无论如何，终不能作出多大的花样。我这里且举出

---

① 婆罗门教，印度一古教，约公元前七世纪形成，以膜拜婆罗贺摩（梵天）得名，是一种多神教。八、九世纪间，经改革，吸收佛教和耆那教（与佛教同时兴起，实行苦行主义）教义，改名印度教。——原编者注

两色寻常川菜，一是家常式的，一是餐馆式的，并不算精致，也不算名贵，但一涉及宗教，则皆作不出来。家常式的，如将盐水泡青菜的叶茎横切成丝，加盐水泡过的辣椒丝，加黄牛肉丝，以熟炼后之纯菜油炒之（凡以牛肉炒菜，必用植物油而忌猪油，此经验中之定例也），这样菜，如不加牛肉丝，光是素炒出来，未尝不可口，但加牛肉丝炒后，而又不必吃牛肉丝，仍然只吃盐水泡青菜的叶茎，其味就大大的美妙了。餐馆式的，如将较嫩之黄豆芽摘去两头（即芽苞与脚须），加入煮至刚熟后而又缕切成丝的猪肚丝，以熟猪油炒之，佐料除黄酒外，光用盐与白胡椒末，作法也简单透了，然而比起光是素炒豆芽，光是荤炒猪肚，那真不可以道里计。仅就这两样寻常用的菜而论，除了干犯三种宗教（回教，婆罗门教，佛教）不计外，即令顶讲究口欲的洋国人，又何能懂得其奥妙！第一是，青菜必须用岩盐的盐水泡熟，而只用叶茎；第二是，猪肚必虽煮至刚熟，而不用生炒。这中间自有其道理，而不仅仅关乎技术，非有悠长历史及本位文化之中国人，真不易语此也！

十九

中国之有许多行事，是行之有素有效，而并不知所以然者。究其行事之初何以致此，则十九先出于偶然，其后乃成于经验。以其说不出一个"为什么"，故自清末维新以来，许多略窥门径之徒，遂不惜本其半罐水的科学常识，（蜀语之半罐水，即长江流域所谓之半吊子，盖指千钱得半也。甚至再打对折而谓为二百五，斯更刻薄之至！）而动辄訾议之曰不科学。延长之则不卫生，则不文明。不文明，便是野蛮啦！但又念及我们到底是个古国，也有文化，而文化中更有食之一种足以骄人，于是只好改而自谦曰：我们是弱小民族，是积弱之邦。于是民族自尊自信之心，乃为此等宣传一扫而光。例如我们以往有好多人，在无意间将指头弄破，血淋血滴，如何是好呢？于是香炉灰，蜘蛛网，腐烂鸡毛，门斗内积年尘垢，在乡间则是污泥黄土都是止血上品。在毫无科学头脑的人说来，则曰："从祖先人起就是这们干的，有啥道理可言！"有完全科学头脑的人见之，便应该细心研究，从而说明其所以然。但半罐水的先生却只摇头叹息曰："岂不怕染上有毒害的微生物乎？"然而其结果偏又出乎所谓科学常识之外，不但血居然可止，疤居然可结，而创伤居然痊可，此又何也？曰：彼时尚未知积垢污秽之中，有盘尼西林之妙药藏焉。此种似是而非之行言，在讨论食物时，尤为显见。例如洋人曾说菠菜中含有维生素甚多，食之卫生，于是许多高等华人（因为半罐水中十九皆高等华人也），皆奉为圣旨，不惜什么更富滋补养料的好东西皆不敢吃，而乃专吃半生半熟之白水菠菜。洋人在昔一闻未达时，又曾说过动物内脏都不卫生，尤其是猪的。因而亦有若干高等华人便炒腰花、炒肝片都拒绝入口，甚至连叉烧大肠头（雅名叫"叉烧搬指"），藜霍汤煨心子，也不免望之蹙额。然而至于今日，由于较为完全的科学证明，动物的肝与血岂特食之卫生，而且还是妙药，还更证明，内分泌荷尔蒙也应该从动物的肾脏去设法，这已甚为合乎中国古老就已行之有素有效，而不知其所以然的道理："你的血虚吗？多吃点牛羊猪的血罢！鹿血顶好了，但是难得，鹿茸则血气两补。""你的心神不交吗？那是用心过度，心血亏耗，煮个神砂猪心子来补一补，包管见效。""你肾亏腰痛吗？赶快吃点甘枸杞煨牛鞭，或常常吃点炒羊肾也好。"而且一九四八年三月，我们最可相信的某美国医生复证明说，菠菜不宜多吃，吃多了无益有害。按照他的意见，岂独菠菜如此，无论其他什么有利东西，都不可服用过多，过多则一定会出毛病。在吃的这一点上证来，此理尤为不可动摇。我向来就感到，像我们中国的食单，有时表面论来，好像都不大科学，即是说都不大卫生和文明，其实只要多多研究一下，倒是许多东西，颇多作法，都甚合卫生之理，只要你吃得不太多，太多了，弄到消化不良，那才真个不卫生哩！

二十

半罐水的科学说法中，尤不为伦的，便是"北方人好吃生葱、生蒜，西南方人好吃辛麻的辣椒、花椒，如此过份的刺激之物日常用之，岂但肠胃容易受害，即清明的头脑也会因之而弄到麻木不仁。西国人之所以比华人强健聪明者，食物之清淡卫生合乎科学，实为一大原因。"呜呼！其然，岂其然乎！我们姑试一追究英国与荷兰的东印度公司因何而成立，及印度、南洋群岛与爪哇因何而被夷为殖民地，无它，只缘胡椒、豆蔻、肉桂、咖啡等调味品之作祟耳！并闻之西班牙、意大利以及法国南部地方，亦颇产牛角红辣椒，据说，那般西国人之吃起来，不但不比中国西南人弱，似乎比自流井人吃七星辣椒的还要狠些。又闻俄罗斯人除生葱、生蒜不吃外，还在火酒"伏特加"中加入辣椒末，这比一般中国人都利害了。以前还听说有某一德国人常常出售本身血液而不匮竭，后经医生考验，始知其人惯食生葱，于是证明生葱乃生血之物。又闻一九二二年法国巴黎某医生发表论文，谓大蒜精为扑杀肺病菌之良药，一时称为伟大发现。由此，足见中国人伊古以来莫知为而为之[①]的吃生葱大蒜，在东方环境中，实为卫生之至。辣椒、花椒之在西方潮湿之区，其必然之需要，亦犹生葱、生蒜之于风沙地方也。只不过辣椒多吃，或不惯而乍吃后，容易使人脸红出汗，在仪容观瞻上，未免面对尊容稍感忸怩耳。生葱、生蒜则因吃后口臭，第一，

---

① 莫知为而为者，见于《孟子·万章》："莫知为而为者，天也"，指自然。此指自然地、天生地。——原编者注

在想象中似乎不便对天神祈祷，故古者斋戒，必避五荤，何谓五荤？葱姜韭蒜薤也，并非如今日居士们之以血腥为荤；第二，不便迎待嘉宾。诸公若到北平八大胡同遛达遛达，自知禁忌。

二十一

一面夸奖中国菜，不愧为孙逸仙先生的忠实信徒，一面又诋其不卫生，则又无惭于洋人的应声虫。我前已说过，中国菜并非不卫生，乃至如半数中国人所不能吃的红辣椒，以其所含维生素甚富，而又适合卤气甚重的潮湿地方人的胃口，亦复甚合科学，甚为卫生，所云不大卫生者，实为一般有钱人之桌上餐耳！有钱人的食品，大都过于刁巧，过于精致，致令食物上许多有益于人的东西，每于加工之后，丢个干净。米的谷皮，若是全碾为糠，不留丝毫余痕，煮而成饭，粲白则诚粲白矣，但是吃久了，却不免于脚气病。故凡害脚气病的人，大抵不是惯吃糙米饭的穷人。为了弥补此种缺乏维生素的缺憾，乃有于饭后调服药房精致过的细糠一盏。此新法，恰如俗话说的"脱了裤子放屁"，何若不必考较，就吃糙米饭之较为明智合理？如已为人众周知之无聊举动，可无论矣。至于富人所常服燕窝、鱼翅、银耳、哈士蟆①等物，穷人因为吃不起，故不敢吃，或做梦也未吃过。纵令傲天之幸，偶然得吃，亦因其为高贵之品也，震惊则有之，适口而充肠则未必焉。此缘穷人的吃，主旨皆在吃得饱（生命的卫生），吃得有正味；而富人的吃，主旨则在于滋补（胃脘的卫生），在于色香味以及形式的技巧和美观。由前言之，为实际之需要，得之则生，不得则死，因有种种道理可谈。由后言之，为技术之欣赏，得与不得生死无干，已无许多至

---

① 食疗用青蛙，加花生煮汤，可滋养补虚。——原编者注

理。所谓卫生云云，非为一般而设，故不具论。

二十二

考较吃，如何才得吃，才吃得有味道，才好吃，这可以说是中国人的通性。自然啰，没有钱的穷人，其基本吃法，便是见啥吃啥，主旨只在一个饱字。然而待到他稍有力量，则他所要求的，就不止一饱，而是如何弄来才有味，才不致于死板板的一个呆样子。举例说罢，一块猪肉一把蔬菜，若将其放在美国中等人家的主妇手上，她的作法，大约从元旦到除夕，永远是那样；肉哩，非烤即煮，以熟为度；蔬菜哩，可生拌则生拌，不生拌即以白水煮熟，要以吃得下去，合乎书本上所说，与夫能够发生若干卡洛里热量为止，其最大要求，不过如见啥吃啥的中国穷人，取其一饱而已。然而要是这一块肉和这一把蔬菜，落到了中国人的中等人家主妇手上，那吗，我敢担保说，至少三天就有一个变化。我们可以想象得到：第一次是白煮肉和炒素菜；第二次必然是红烧肉和肉丝炒菜；第三次必是肉菜合作。这一来，花样就多了，煨啦，炖啦，烧啦，蒸啦，甚至锅辣油红哗喇喇的爆炒啦，生片火锅般的烫一烫或涮一涮啦，诸如此类，其要点只在怎么样将其变一变，而吃起来味道不同，不致于吃久生厌。从元旦到除夕，虽然这只是一块猪肉一把蔬菜，总之，作出来的，绝不止是一个永远不变的味道也。为什么如此？说来简单，即是中国人对于吃的要求，在饱之外，还要求不常。而主妇们的脑筋，又乐于用于此上，因为她们把这个吃字看得甚重故也。看重吃字，乃有欣赏之情绪。岂非人生之要义也欤？

二十三

　　中国菜之何以能传之久，传之远者，还幸亏中国人对于这类艺术尚不怎样的神秘视之，神秘葆之。中国人向来有个大毛病，即是对于所谓"道"，很愿意传授人，而且还拼命的想传授人；对于所谓"术"，即技巧，即技术，进一步言即艺术，却异常悭吝，异常自私，每每秘而不传；不得已而传，也必将其顶精奥处留下来，以防弟子打翻天印时，有一手看家中本领，这在技击和音乐上，尤为痼疾。在作食的艺术上，也有这类人，如西晋时，石崇家咄嗟①可办的豆粥，就偏偏不肯告人。这犹可说是因他要与同时代的豪门王恺竞争，不得不尔。但如《南史》所载："虞悰家富于财，而善为滋味。宗武帝幸芳林园，就悰求味，悰献柵②及杂肴数十舆，大官鼎味不及也。上就悰求饮食方，悰秘不出，上醉后，体不快，乃献醒酒鲭鲊一方而已。"这就未免太那个了！从人品上讲，虞悰不屑对权贵低头，这比起成都那个动辄以御厨自称，却以亲自伺候过叶赫那拉氏、又伺候过蒋中正委员长为荣的黄某，其高尚真不知到何等地步，可惜的就是虞悰未能超越那时的环境，敢于出头开一个大餐馆，将其治味之秘，公诸大众，即不尔，也应该勒成专书，让大家抄传于世，岂不更值得后人欣佩？从心胸和见识上讲，我们该责备他太悭吝，太自私，岂但不及苏子瞻（因有东坡肉作法传世）、袁子才（因有《随园食谱》传世）之为人，甚至连北平、成都作豆腐的查与陈，连北平作鱼的潘与吴，连广东作脍面的伊，皆远不如

---

　　① 咄嗟，即吆喝。——原编者注
　　② 柵字从米册，音策。以牛羊豕肉切丁，合豆蔬二成而成之。只不知如何作法，其味必甚复杂而美，故谓连御膳房连官厨子所作的阔席面且都不及。——作者注

也。幸而中国善治味作食的人如石崇、如虞悰者，尚不多，而大都在自己欣赏之余，还高兴表暴出来，教育大众，使众人都能像自己一样的欣赏而享受。此是传艺术者之心胸，也是传道者之心胸，确乎值得我们的歌颂。

二十四

作中国菜的要诀，以及要研究中国菜之何以千变万化，我告诉你们，惟有一字真言曰：火。秦始皇嬴政的生身父亲邯郸奸商吕不韦，使其食客们所代辑的《吕氏春秋》上，便曾点明出来，曰："凡味之本，水最为始；五味三材，九沸九变，火为之纪。"水，且等说到饮字上再论。兹只言火。不过要言火，必先详知其器具，换言之，炉灶是也。除了高等华人外，一般中国人的炉灶，一如一般中国人的肚皮，也是随方就圆，见啥吃啥，从一切草一切木，直到一切煤一切炭①，凡可烧者，并无择别。我们知道外国科学家就以煤的不同，炭的各异，而特为设计出种种适合煤质炭质的锅炉，中国人作饭治味的炉灶，又何独不然？他们虽画不出什么方程式，虽不明白XY等于什么，可是凭了需要，凭了经验，凭了常识，他们也居然能够作出经济的适应。我们且说成都罢。成都是平原地带，产煤产炭的地方都在西北百里以外的灌县、彭县，而且皆不通水道，也无铁路，虽有短短一段公路，可是用汽油用酒精的大车，连载人且不够，而又向不知道利用兽力来拉运；以前人工便宜时，多费些劳力汗水，倒不算什么，但是愈到近来，人工愈贵，而我们成都百分之二十的住户，仍然在烧着这种不经济的煤炭。因为烧炭也有条件，比如人

---

① 草与木一作为燃料，名字也改了，叫柴与薪。煤是由矿内取出，直接可作燃料者。炭必须加工。由煤加工者为焦炭，四川叫岚炭；以生木加工者为木炭，四川人叫枵炭，木制不坚者叫泡炭，又叫桴炭，成都人家则叫桴楂。——作者注

口众多，时间较长，方划得来，无此条件的其余百分之八十的住户，便只好烧木柴了。而木柴的出产地，在一百五十里外眉山县和青神县。幸此二县皆在岷江之滨，虽是逆流上行，到底比在几十里的陆地上，纯用人力搬运的，较为便宜。却是也因运费日昂，使得七十余万的成都市民，对于必须生活费用中，最感头痛而开支最大的，就是这个燃料。成都人为了要非常经济的来使用木柴，岂但是古人所说的像烧"桂树"，而且吻合了许多田舍人家所讥讽的在烧"檀香"，确乎其然，柴是劈的那么短，那么细，那么匀，排在小巧的灶肚内的铁桥上，又那么精致；弄菜弄饭要大火时，可以一口气排上四五根，只要菜饭一熟，喊声"退火"，便立刻将柴拉出弄熄。成都人得燃料不易，故于用火亦极为考较，作饭不说了，其技之精，能在一口铁锅内，同时作出较硬较融两样米饭。即以作菜言，无论蒸炒煎炖，也极讲究火候，而尤长于文火的煨、焐、薶、煏①。以成都为例，便可推而知之在烧草根兽粪的地方，用火方法又不同，作食方法自必随之而异。一言蔽之，中国之大，燃料来源各殊，炉灶不能划一，大抵只能以食品去将就火，不能全然以火来将就食品。但大体别之，火分文武，文火者，小火也，微火也，加热于食品也浙②，所需时间较长；武火者，猛火也，其焰熊熊之火也，作食极快，例如炒猪肝片，爆猪肚头，只在烈火熟油的耳锅中，几铲子便好也。无论文火武火，而要紧者端在火候，过与不及皆不可；其

---

① 煨、焐二字，通常在写用，大家自然明了。薶字从火从草从卓，韵书从直教切，成都人则读若靠字音，意在靠在火旁，使其继续增热，但又与煨、焐少异。煏字，韵书从户感切，应读为额，成都人读为郎字音，即含之阳平音，意为菜已作好，火候亦到，不妨让其在微火上稍留片刻，或令再加软烂，或使汁水更为浓缩。此外，尚有炜字，读为川，例如炜汤。爒字，读为聊，例如青菜炒一炒，或爒一爒，便可作冲菜作辣菜。炰字，本读袍字音，成都人别读为跑字音，意比爆字还要迅急，常言只须在油锅内一炰即得。此数字，皆成都厨房内常用之字而难得写用者。尚有炽字或写作煤，皆通，但多少人写作炸，比如炽鱼，写作炸鱼，义近爆炸，望之骇然。——作者注
② 浙江（今钱塘江及上游）古称"渐江"，故"浙"同"渐"。——编者注

次，即在调味用铲，如何先淡后浓，如何急挥缓送，皆运用于心，不可言宣。故每每同一材料，同一用具，同一火色，而治出之菜公然各殊者，照四川人的说法，谓"出自各人手匕"，意在指明每一样菜皆有作者的人格寓乎其间，此即艺术是也。

二十五

艺术，就免不了艺术界的通例：有派有别。所谓派，并非有东西南北地域之分，亦不在山珍海味材料之判，而是统地域，统材料，专就风格及用火方面，从大体上辨之，为家常派，馆派，厨派是也。此三派，犹一树之三干，由干而出；当然尚有大枝，有小枝，有细枝，有毛枝，甚至有旁生侧挺之庶枝蘖枝，但皆不能详论，仍止就三干略道其既焉可耳！先言厨。厨者，厨子也，法国人视作厨之艺术甚高，并建筑、音乐、绘画、裁缝等列为人生十大艺术之一。中国古人更重视之，考于古籍，有彭铿和滋鉴味事尧，有伊尹以割烹要汤，而助天子为治的宰相，称为调羹手，即喻其能调和五味，善用盐与梅也。因其在历史上有地位，故我们在口头上辄尊称之曰：某大师傅，简称曰某师①。此一派，介乎家常与馆之间，能用文火，也能用武火，也讲求色香，也讲求刀法形象，但不专务外表，同时又能顾到菜之真味，例如作笋子，就不一定切得整齐，用水漂到雪白，漂到笋味全失，他就敢于迅速的将笋剥出切好，并不见水，即下油锅。尤其与馆特殊者，因能作小菜，与家常不同

① 记得去年某月曾写信与某厨，称用大师傅。宋师度君见之笑曰：好尊贵的称谓！我曾答之曰：不然，古之乐工虉不称师，师旷、师聪、师挚皆是也。人子八岁出外就傅，傅亦不过是男性干奶妈耳。后来乃师傅二字，专归为教读夫子，而天子三公，亦称太师、太傅、太保，这才尊贵起来，弄到与天地君亲并列于祖先堂上。我们既不随俗，则亦何必各此称谓而一定要写为大司务哉！不过写司务亦通，盖即雅言之执事是也。——作者注

者，因能调好汤。短处在好菜不多，气魄不大，勉强治一抬席面，尚觉可以，两桌以上，味道就不妙了。以前专制时代，士大夫阶级同巧宦人物，大都要训练培养一二名小厨房的厨子，（也有不是外雇的厨子，而是姨太太或通了房的丫头。据说，比雇的厨子可靠，因能体贴入微，而又听说听教，决不会动辄跳槽也。）除了自奉之外，还用以应酬同寅，巴结上司，或者盒奉精馔数色，或则柬邀小集一叙，较之黄金夜赠，岂不既风雅而又免于物议？此等厨子，都有其独到之处，或长于烧烤煨炖，或长于煎炒蒸溜，除红案外，兼长作面点之白案，此又分工专业之馆所不及处。凡名厨，必非普通厨子、伙房之终日牢守锅边，故其空闲较多，能用心思，其本人也定然好吃好菜，好饮美酒，好品佳茗，绝不像普通厨子、伙房成日被油烟熏得既不能辨味，而又口胃不开，临到吃，只是一点咸菜和茶泡饭。而且此等名厨，脾气极大，主人对之须有礼貌，不然，汤勺一丢，掉头便走。记得清朝光绪庚子前后，江西巡抚满洲旗人德寿，便曾为了发膘劲，厨子不辞而去，害得半个月食不下咽。然而倘遇内行，批评中窍，亦能虚心下气，进而请益，或则犹挽起衣袖，再奉一样好菜。自从几度革命后，此等阶层已有转变，风尚所趋，亦渐不同，许多私家雇用的厨子，大都转至于馆，易伺候少数，为服务大众。不过公共会食之制未立，私门治味之习犹在，人口稍众，经济宽裕之家，依然有所谓厨子或伙房在焉。只是战火频仍，生活太不安定，征逐酒食，大多改用西餐，谁复有此空时闲心，作训练厨子雅事？故至目前此派渐衰，能执刀缕切，不动辄使用明油、二六芡^①者，已为上乘，无论如何实实说不上什么艺术矣。

二十六

馆是餐馆，越是人口集中的都市，餐馆越发达，越利市，四面八方的口味都有。顶大顶阔顶有为的餐馆，人人皆知，可以不谈，所欲谈者，乃中等以下之馆，及专门包席之馆耳。中等以下之馆，大多为本地口味，以成都市上者为例，在三十年前，红锅菜馆最为盛行，虽然水牌^②上写着蒸炒俱全，其蒸的只有烧白和蒸肉，白菜卷酥肉等；炒哩，大抵肉片、肉丝、肝花、腰花、宫保鸡丁、辣子鸡丁等。最会用猛火，即武火是也。最不会作蔬菜，有些甚至连烩白菜都炒不好。如其菜品较多，加有海味，加有鱼虾，则称之南馆，这大概是南派馆子之简称。以前，此等馆子，只能临时点菜，备客小吃，而不能备办席面。专备席面的，为包席馆。包席馆可以一次办席几十桌，专供红白喜事之用，也可精心结撰的办一桌两桌，以供考较口味者，应酬宴客，但是馆内并无起坐，只能准备好了，到人家去出菜。此两派虽历有变化，但有一与前之厨不同者，即菜单有定型，甚至刀法及放在碗内的形式，通有定型。吃一次是此味觉，吃百次还是如此味觉，所谓落套是也。此缘人人口味各殊，不能将就人人口味，只好取得一种中庸之味，使人人感到"都

---

① 明油者，菜已作好，于起锅之际，格外加上一汤勺之热猪油，表示油大之意；刻下一般红锅饭馆和乡厨，依然秉此师承。二六芡者，以二成芡实粉，和以六成之水，调为稀糊，无论何种菜蔬，在下了佐料之后，必加此糊一大勺，问其何以？答曰老师傅所授，谓不如此，则味道巴不上也。刻下芡粉云云，已只名存而已，其实皆碗豆所打之粉，近已渐去芡粉之名，而直呼豆粉，除豆粉外，洋芋粉尤佳，西洋多用。有些菜，确乎需用此种粉糊，不过不应色色之菜皆用也。——作者注

② 水牌，也称粉牌，旧时商店及茶楼酒肆常备之物，是一种漆作白或黄色，画上红格的木牌，临时用以记事、记账或作告白。用毕，以水帕将墨迹抹掉。——原编者注

还下得去"而已。及至私家之厨，分人于馆，虽在菜单及口味上起了变化，多了些花样，然而久而久之，还是要落套的，其故即是厨只在服事少数人，只求馔之如何精，脍之如何细，而用钱则不计。馆哩，除了服事多数人外，而每一席的成本，终不能不有所打算也。

二十七

家常菜的味觉范围更窄，经之营之的时间更从容，故一切都与厨馆不同，除了馆派之拙不能用，除能兼用之文火外，（以岚炭为原料，必使火焰熊熊高出炭外数寸者，为武火，宜于煎炒煤烩，器为耳锅。亦用岚炭，而不用火焰过大，有时须专用木炭，即枫炭，即硬木如青枫、檀木等烧出者，更有专用泡木烧成之炭，名柈炭，或桴楂者，名文火，宜于煨煮焖炀，红烧清炖，器以沙的陶的为最佳，搪瓷者次之，不得已而再思其次，则点锡纯银之器差可，顶不可用者为铜与锑。据说，法兰西之煨家常牛肉汤，至今仍用陶罐，此一色菜，即曰"火煨罐"也。）尤能用温火，温火之器曰"五更鸡"，成都人曰"灯罩子"，以竹丝编成，中间置燃棉绳之菜油壶，比燃煤油之"五更鸡"尤佳。举实例言之，如用温火制燕窝、银耳，可使融而不化，软而有丝；以煨鸡汤海参，则软硬之间，尤难言喻。然而前者一器，须费十小时，后者一器，须费三十小时，其软化如烂熟了的寻常的红烧肉，苟以此法此器为之，已绝非文火所做出者可比，自然更谈不到武火。即此一例，厨派、馆派如何梦想得到？

最近，报上曾载美国正在试验之雷达炉，据说：煮鸡蛋七秒钟即熟，以纸裹包饺人之，三秒钟熟，而纸仍完好，科学诚科学矣！然而未必艺术，亦惟美国人能发明之，能利用之，何也？因其距吃的艺术之宫，尚有十万八千里途，此途又非飞机可达，必须脚踏实地，一步一步的走也。然而高等华人，未必解此，据说他们已科学化了，早饭是白蒸猪肝和花旗橘子，如此的自卑自贱，还有何说？自然雷达炉子首先采用的，便是此等人了。

二十八

上面所举用温火之例，未免太贵族，其实家常菜之可贵，是不讲形式，不讲颜色，只考较香与味。比如作笋，如上面所说，馆派则难免加上一些二六芡，厨派则不用芡，但必须将其漂之至白，取其悦目，而味则无有，家常作之，乃有菜之真味。又如上面说的冬寒菜——川人以为胜于莼菜——馆派就根本不能作，若叫强勉作之，必仍油大味重，而菜未必熟。厨派作之过于精致，每每只摘取嫩苞，不惜好汤火腿口蘑以煨之。好却好吃，然而绝吃不出冬寒菜之味，这就须家常作法了：连苞及嫩叶先以酱油炒之，加入米汤烹煮，不加锅盖，色自碧绿，若于沸之后，再加入生盐合度，菜既熟而微一带脆意，无其他佐料，乃有清香，有真味。然而为其寒伧，只好主人自享，以为奉客，客则不悦，故为显客者，殊无此口福。不过已往士大夫之家常菜，重在精致刁巧，以求出奇争胜，故往往在大厨房之外，更有小厨房。主持小厨房者，多半为姨太太，或由太太训出之丫头，收用了为姨太太者，如西门大官人府上之孙雪娥焉。初不解为何必用姨太太，后闻人曰：凡雇用的厨子，每不可靠，学到了手艺，不是骄傲得忘其身份，就是动辄喜欢跳槽，或一跳就跳进了馆，而自立门户，于是思之思之，鬼神通之，乃有专门训练姨太太之一法。而今只有抗战太太、前线太太、接收太太[①]——民国初出，成都尚有义务太太、启发太太[②]，以地方色彩太浓，不必具论——已无姨太太制度，故此种封建风尚，不愁不连根拔去。得亏我们许多有识的太太们，尚未整个走出厨房，故家常菜仍得保留一部份，将来之变化如何，不可知。或许再进步后，此种古典派的艺术，便将成为历史的名词而已。

二十九

譬如为山，馆派是基层，厨派是中层，家常派则其峭拔之巅也。无论走到何处，要想得其地方风味，只到馆子中吃吃，未可也。能进而尝试一下私家厨味，庶乎齐变至鲁[③]矣！除非你能设法吃到若干家的家常菜，而确乎出于主妇之手，或是主妇提调出来的，那才是鲁变至道，你才可以夸说登了山顶，不管风景如何，奇妙不奇妙，总之是山顶也。本此途往，便知中国菜到底算是何处好，何处更好，何处最好，何处绝好，殊不易言！何哉？以无此一人吃得遍全中国之馆、之厨、之家常，而又非常内行，起码也得像清道人[④]之"狗吃星"一样也。无此种人，便不可表论中国菜，尤其不可作食谱；食谱或亦可作，但不可妄标科学方法，譬如说某菜

---

① 抗日战争胜利复原时，国民党政府派员到沦陷区大搞接收，连女人也接收作太太。——原编者注

② 四川方言称趁火打劫为"打启发"，"启"是开箱捣柜，"发"是发财。这里指抢夺成婚者。——原编者注

③ "齐变至鲁"，"鲁变至道"，出自《论语·雍也》。原句为："齐一变，至于鲁；鲁一变，至于道。"这里引申之义是：想吃地方风味的菜肴，到馆派那里是不行的，到私家厨派去品尝，地方的风味算传播到这个派，但吃上几家家常调做的菜，确又出于主妇之手，那种烹调艺术才是多姿多采的真品。——原编者注

④ 清道人，即李瑞清（1867—1920），号梅庵，别号清道人，江西临川人。1895年（光绪二十一年）登进士。晚年居上海，以鬻字为生，在书画界影响颇大。四川书画家马骀、张善仔、张大千曾师事之。大千的书法一直是清道人的路子。——原编者注

煮若干分钟，今试问之：用何种火具？而火的温度，究在华氏或摄氏之若干度上？如不能表而出之，则所云科学者，只半吊子科学，亦只一知半解之高等华人信之耳。何况说到底，好的菜品，根本就不能太科学，例如利用外国机器切刀来切肉丁，你用最精密的尺子来量，几乎每颗肉丁，其六面俱相等，但是你炒熟来，却绝对没有用不科学的手，切出来的其大小并不十分一致样的肉丁好吃，何也？盖面积大小相等了，则其受热和吸收佐料的程度亦相等，在味觉上显出的只是整齐划一的一种激刺，而无参差不齐的激刺，好不好吃分别在于此；馆派、厨派、家常派之差别，高低亦在于此。本此孤证，便知道一门艺术，真正说不上科学也。

三十

中国人对于其他生活要素，由于顶顶重要的"自由"，大概都可模糊，有固然好，精粗美恶倒不十分计较，只要有哩，并不一定拼身心性命以求之。独于食，那便不同了，在川人中间，按照旧习，见面的第一句话，并非是"你过得怎样？""你好吗？"而是"你吃了饭没有？"或曰"吃过了没有？"而且在询问时，还带有时间性，在上午，问的是早饭，过午，须问午饭，四川语谓之"饷午"，读若"少午"；入暮则问晚饭，谓之"消夜"；其严格犹洋人之问早安，日安，晚安也。其他，凡与人相交接，团体与团体相交接，大至冠婚丧祭，小至邻里往返，庄严至于纳贡受降，游戏至于"撒烂"打平伙①，甚至三五小儿聚而拌"姑姑艺儿"②——黄晋龄的餐馆名，引用为"姑姑筵"，亦通——无一不有食之一字为其经

---

① 四川方言，"撒烂"原意被逼至绝境。这里意为不惜倾囊，含豁出去之意。打平伙，即凑份儿聚餐。——编者注
② 四川方言，是孩子们玩办酒食游戏的称谓。——原编者注

纬。笔记载：以前漕河总督衙门，顶考较吃了，诸如吃活猴脑，吃生鹅掌，一席之肴，可以用猪八九头，每头只活生生的取肉一块，余皆弃之。这种暴殄之处，姑不具论，甚至一席之肴，必须吃到三整天方毕，这真可以表现中国人好吃的整个性格，而且不吃不行。乡党中许多事故，大都由于不具食而起，谓人悭吝，辄曰：某人是不肯请客的，"要吃他么？除非钉狗虫！"言之痛切如此，甚至"破费一席酒，可解九世冤；吝惜九斗碗①，结下终身怨。"可以说，中国人对于吃，几乎看得同性命一样重，这不但洋人不能理解，就是我们自己，亦何尝了解得许多！

三十一

中国人只爱重视吃，而孙逸仙先生也不惜称之赞之。但是就各文明国家说来，却顶不平等，而阶级性带得顶强烈的，也是中国人的食。别的一切倒姑且不举，只请你们——读者先生们随处留心瞧瞧罢！是不是从古至今，从这儿到那儿，都有点"朱门酒肉臭，路有饿死骨"的诗味儿？如其有，这就是中国，而且也是现代的中国。然而在讲究命定的中国人来说，并不认为这是社会的不平等，与乎有什么阶级，跟美国人，尤其是苏联人的讲法不一样，这般中国人的解释，则全是归于命，可以傲然曰："我之吃得好，是我的命好，换言之，即我之福气好也！"吃有吃的福，即所谓口福是也，大抵都是命中注定，不可非分希冀，亦不可妄自菲薄。于此有二例焉，都是说了出来，便可令你们咬菜根的，甚至吃观音土②的穷汉

---

① 九斗碗，流行于四川城乡，是一种起码的普通筵席。菜品尽系蒸、烧、烩之类，以九个大碗（四川俗呼"斗碗"）盛出之。大概起源于农村，又称田席。后来有的减少一个品种，称之为"八大碗"或"肉八碗"。——原编者注
② 观音土，是四川民间的俗称，又叫白泥巴、白鳝泥，呈浅蓝色，带黏性。从前每遇荒年，灾民便以它充饥，平日则以洗涤衣物。——原编者注

心安而理得焉。

其一例：在若干无聊文人的笔记上载得甚多，无非是某达官某贵人也者，平生好吃什么什么，总之，吃得多，而且吃法出奇。考其所以然，原来某人少年时，就曾做过一梦，梦见有了许许多多东西，据说全是他的口粮，非吃完了，不能寿终正寝，于是仍然吃之，"颠沛必于是，造次必于是"者，贵人之口福然也。

其二例：亦见于什么文人的笔记，云：有一泥工在一富室工作，日见主人食必四盘八碗，而皆少尝辄止，乃喟然叹曰："暴殄哉，若人！设以我当之，必餐足焉！"主人闻之，乃令庖人具食如常倍之，邀泥工共盘餐，谓曰："尽尔量，勿拘礼教！"泥工啖之露盘底，余汁亦必啜尽。不一周，食渐减，迨后，乃对食颦蹙，若不胜苦楚。主人笑劝之。工曰："真不能下咽，强之，胃不纳，必哇出乃快。"于是主人大噱曰："我早知尔必如此，尔岂不闻人各有其口福哉？……"

有钱人仗此福气，故敢大吃特吃，吃到发生胃病，丝毫不怨。而一般民众，纵即隔朱门而嗅到肉香，甚至回味黎藿而馋至口角流涎，亦丝毫无此怨尤者，诚自知无此福气故也。得方定命论，于是中国人至不平等之食单，乃能维持于不败。

三十二

中国人的菜单，从品质上讲，确实越到晚近越是进步；但讲到吃起来的形式，恰相反，越到晚近，倒越简朴得不成名堂。在昔，我们原是讲究礼貌的，讲究排场的，考之三礼，斑斑可见。就是士大夫平常服食的方式，在《论语·乡党》篇也载得颇详细，但是一到革命生活情形变了，譬如，汉刘邦业已从马上抢得天下，而一般从龙的臣子，尚能在金銮宝殿上大吃大喝，大呼大叫，甚至于毛手毛脚，拔剑砍柱，但生活安定了，礼貌排场便随之而兴。倘把十月革命后的苏联人的废除礼貌运动，及至十余年来，苏联在外交酬酢上的节仪思索一下，更可证明中国从前的那种对于饮食的排场，实是跟社会经济的安定与否有绝大的关系。我们现在只重实际的吃，不重形式的吃，是从满清末年，宴客改用圆桌时就兴起了。愈到后来，愈是简朴，一张大圆桌，一次可以请上十六位嘉宾，而且纵然在某些必须讲究礼节的场合中，也可大打赤膊，表示豪放。一直到现在，这种不拘的形式，说来好像是中国所独有。不过近年盛行的洋式鸡尾酒会，却也表现出繁重的洋式外交宴会，也渐渐从庙堂风、沙龙风，而趋于乡野风了。时代大轮随时在向前滚动，此即中国古代《易经》的大道理：豪杰之士，明顺逆，知时务，便能操纵之，创造之，自己更新，与人更始，丢了旧的，成功一个新的。而非豪杰之士，才会时时想到持盈保泰，巩固他非法的既得利益，拼命迷恋骸骨，歌颂骸骨，并且时时提倡些什么本位，什么运动，其实只显得糊涂而已。试问他：请客时还能不能用八仙桌子①？还能不能摆上二十围碟的大席面？还能不能吹吹打打音尊候教？至少，还能不能穿起大礼服，用包金的象牙筷恭恭敬敬去奉贵宾一枚清汤鸽蛋？

三十三

汉朝人有句挖苦暴发户不懂得穿吃艺术的成语："三世长者，知服食。"后世，将其译为白话，便成为，"三代为宦，才知穿衣吃饭。"虽也有点道理，但舍艺术而就形式论，还是经不住谈驳也。三世之岁月，不能不算久矣，倘以中华民国建元以来说，三十五年

---

① 八仙桌子，即方桌，因可坐八人，喻作八仙，故名。——原编者注

又两个月，尚不过一世多点①，其间变动而不居的情形，则如何？小的不论，先看大的：袁贼世凯，强奸舆论，费了九牛二虎之力，丧尽祖先一十八代的德，不过想把时代向后挪一挪，将中华民国的民字，改为帝字而已，他成吗？张贼勋只管做了民国贪财好色的武官，老留着一条油光发辫，自以为愚忠砥柱，在民国六年时，把溥仪捧出来，不过浑水摸鱼，自己想当几天军机大臣而已，他成吗？历历数来，如此违反时潮的大事尚多，一直到目下，还像灰里余烬般，一伙非法的既得利益者，犹汲汲然在作扭转乾坤的努力，不管这伙人声势多大，手法多新，说的话多巧，你能担保他们都成吗？苟一切不成，则知三世相传的老形式，实在不能原封原样的保留它。即进而论到艺术，那也不是一成不变的，例如：祖老太爷时代，吃白水豆腐的蘸料，仅仅是温江白酱油里面加一点红油辣椒，加一点葱花，再多哩，加一点蒜泥，吃起来，已算了不起的美味了。然而到老太爷时代，就变了，不知不由的在这蘸料中，还要加一点芝麻油，或是芝麻酱，或是炒熟的芝麻，才感觉要这样，味道才好，前一代的人未免太单纯了。然而到老爷时代，交通方便，市面上有了洋广货品，而老爷又有了点半吊子的科学脑筋，同一样白水豆腐，但蘸料却大变了，首先被革命的，便是红油辣椒和蒜泥，被认为过于激刺肠胃，不卫生，而代之的，乃是湖南的菌油，广东的蚝油，或竟是西餐上的德国"麻鸡"②，法国的"鬼布"③——按此必是穿过西装，能稍说几句洋话之新式老爷——你以为到此就止了步吗？然而不然也，到了现在的少爷时代，又变啦！首先，白水豆腐就改名号，被名为"老少平安"——此乃广东馆菜单上之芳名——蘸料哩，倘若少爷出过洋，尤其是到英美两国去看过洋景致

---

① 我国古代以三十年为一世。——原编者注
② "麻鸡"，matgic，一种用棒子骨熬制的德国酱油。——原编者注
③ "鬼布"，法国的一种调料。——原编者注

的，他的办法很简单，不然，就根本不吃白水豆腐，而只吃洋国的"鸡丝"——译音，即"岂士"，即奶饼，已见前考——或只吃蒸得半生不熟的猪肝，搭两枚美国橘子；不然就根本不用蘸料，光吃白水豆腐，顶多加一点生盐；倘若少爷还讲究口腹的话，则蘸料中间必加入日本的"味之素"，爱国的则为天厨味精之类，以及峨眉或清溪①的花椒油。请想，光是蘸料配合一项，就跟着时代发生了偌大而偌多的变化，你能老抱着三世以前如何如何，来评论现代，而迷恋骸骨，歌颂骸骨，大大兴起九斤老太之一代不如一代之感吗？所以我说，苟不着眼现代，而徒然提倡什么名为新，而其实是旧得不堪的什么生活方式，那简直是大种糊涂虫，更谈不上中国人的食也！

三十四

中国菜的作法，是随着时代在改进，此可颂道者也。而吃的形式，也是随着时代在改变，此则有可论说之处。不过，我论说的主旨，得先声明：我绝对不赞成复古，或是泥古，像中国以前那种吃的形式，只可说是为了虚伪的礼貌，而太蔑视吃的事实。比方说，在大宴会时，席面是一百多样，水陆俱备，作法齐全的满汉大菜，而主要吃的人，却是一人一桌，顶寒伧的也是六人一桌的开席。每一样菜端上来，必须主人举箸相让，客人始能拿起筷子，大约讲礼的每菜只一箸，主人再让，可以再来一下。因此，笔记上乃载有裴文达公②吃了一整天满汉全席，竟至不能饱的叙述。即寻常专讲应

---

① 清溪，在四川汉源县境，大相岭（又名泥巴山）下。汉司马相如开筑古道经此，后设清溪关，以特产花椒著称。——原编者注
② 裴文达公，是裴日修死后的溢称，字叔度，一号漫士，清乾隆时进士，历任礼、刑、工部尚书。撰有《热河志》《太学志》《西清古经》《秘殿珠林》等书。——原编者注

酬的人们，在乡党间极可脱略①的宴会上，也往往吃了全席回家，还要捞一碗茶泡饭。像这样，只可说是暴殄，哪能说得上享受？此犹可说宴会之义，本意在吃，吃多了，显得穷相，不斯文。所以至斯文之女客，乃有吃得少，检得多之诮。女客走时，取各人面前茶碟中所堆积者，汇为一处，谓之曰聚珍，又曰：万仙阵。盖缘主人每菜所亲奉者皆为珍品，而客人则为礼貌所拘，又未便取食也。即在小布尔乔亚之日常食桌上，父子夫妇，兄弟姊妹，姑嫂妯娌，伯叔娘婶之间，亦复有许多只顾礼节，而实在说不到享受之处。每每上好的菜，亦为了礼节，长者纵只下一二箸，小辈虽然馋到眼红吞口水，设若长辈不打招呼，仍然只好撤下桌去，让用的人吃。于是小房间中，乃有私房菜之兴起，本来和气一团的人家，可以因了一点菜，弄到很生疏，甚至引起争执。像这样，我就宁可称颂一般大多数平民之蹲住一块，各捧着一碗白饭，共同享受着一样菜，或两样菜而吃得嘻嘻哈哈的方式。你以为大家的筷子搅做一团，没有三推五让的节仪调乎其间，便会因为半箸不匀，遂红眉毛、绿眼睛的抢起来，打起来，那么你只管放心！我们全中国三亿六千万的平民——以最近内政部公布的全中国人四亿五千万打八折，系根据一般说法，中国农民占人口百分之八十，照愚见，农民大概可算是小布尔乔亚阶级以下的平民了罢——很少听见为了争半箸菜，而在坚苦的抗战八年以后，还挽住领口，又吐口水，又诀娘骂老子的吵打一年而不歇的。而且相反的，任凭你有什么了不起的道理，也不许在吃饭时候理论，更不许说毛了就出手打人。一出手便错，理由是："天雷也不打吃饭人。"

---

① 意思是放任或不拘束。——原编者注

三十五

中国平民之捧着一碗白饭，不一定要有桌子板凳，随蹲随站的吃，诚然较之小布尔乔亚阶级以上的人，吃法简朴天真，比起专讲虚伪的礼貌，固自值得颂道了，可是在态度和情绪上，还是有问题。其问题，在光是有了不得不已而吃它呢？抑或为了人生要素的享受？由前而言，那不过一任本能的冲动，犹之中国之打内战，无论如何说法，总难抬出一个使人心服的理由。由后而言，这来头就重大了，不管人生的意义在哲学上如何讲解，要之，不吃既无人生。粗浅的说罢，一日二日不吃，尚可也；三日四日不食，起码就精神萎靡。倘不出于自动的绝食，已经是社会问题；如其不出于自动绝食的人数上了一大群，那可了不得！不但成了政治问题，而且也成了国际问题。中国理学家只管奖励人"饿死是小事"，但是苏武老爹在贝加尔湖饿得用毡子裹着雪嚼，也还未曾受多大的责备，并且理学家前辈的儒家，到底不能不恭维法家管仲的说法："衣食足而后知礼义，仓廪足而后知荣辱。"以今为证，在河南、湖南、山东、河北一些饥馑地方，要是不用物质去救济，你纵然将上海用霓虹灯照的"礼义廉耻"四个字扛了去，再请会弄黑白的宣传部长天天舌敝唇焦的广播，教训了再教训，辱骂了再辱骂，诬蔑了再诬蔑，恐骇了再恐骇，而其结果，还只是一个乱字。但是"一吃而安天下"，张道陵的后裔，凭了汉中的米，可以成为宗教；李密凭了陈仓的米，可以建立瓦岗寨，你想吃之于人，何等重要！而且吃一顿饱饭，顶多只能管八小时，又不比衣服，作一件可以抵挡相当久的时日，因此，这意义，又更重要了。如其逐日吃得停匀，吃得好——即是说营养够了——则红光满面，精神饱满，气力充实，不说别的，就用来打内战，也理直气壮得多呵！所以古人才说："民以食为天"；所以孔夫子之许可子路，亦以其在"足兵"之先，提出了个"足食"；所以征实敝政，只管大家都晓得，一年当中，从入仓到船运，不知糟踏了若干粮食，引坏了若干人心。然而当局宁可屡失大信于民，仍要征……征……征……！

三十六

上来所言不免过于啰唆，而且野马跑得太远，如单就吃的态度与情绪说罢，中国古人对于吃，原是认真的，为了鼎尝异味，可以翻脸弑君①。因此，先王欲以礼节之，不图矫枉过正，其归结是，认真的情绪竟为礼貌淹没了，而流于虚伪的应酬，流于暴殄。自满清末季以来，礼乐不作，衣冠未制——此理言之太长，如其将来有兴写到谈中国人的衣冠娱乐，再细说罢——在吃的方式上，乃得返于简朴，于是，一般人的情绪，也才渺渺的认真起来。李梅庵清道人之"道道非常道，天天小有天"，梁鼎芬②之被名为"狗吃星"，都是认真的表现。然而说到态度，则不免由超脱而流为苟且，脱，即四川话之"骚脱"，普通话谓之不拘，尚可也，以其情绪论近乎认真，并不是见啥吃啥，捞饱作数；至于苟且，那便是为了不得已而吃，甚至为了对付肚皮而吃的，其情绪出于勉强。兹借两个故事说明，以免言费：其一，是一位到过法国的仁兄，叙说他亲眼看见的一件事。时为一千九百二十一年，地点在法国南部某城，事情

---

① 即典故"染指于鼎"。《史记》和《左传》均有记载。《左传·传（二）》：宣公四年春，"楚人献鼋（鳖鱼、团鱼）于郑灵公。公子宋与子家将见，子公之食指动，以示子家，曰：'它日我如此，必尝异味。'及入，宰夫将解鼋，相视而笑，公问之，子家以告。及食大夫鼋，召子公而勿与之也。子公怒，染指于鼎，尝之（伸出食指往鼎里蘸尝）而出。公怒，欲杀子公。子公与子家谋先，子家曰：'畜老犹惮杀之，而况君乎？反潜子家，子家惧而从之，夏，弑灵公。"——原编者注

② 梁鼎芬（1859—1919），字星海，广东番禺人，1880年（道光六年）登进士。工诗，但多悲慨超然，有诗集传世。——原编者注

是：一个乞丐模样的中年人，当正午十二点半钟，全城人家应该吃午饭时。这位乞丐先生遂也坐在一座大理石纪念碑下的，挺宽而挺平的石阶上，面前铺上一块白布，随后在全身衣袋中，摸出了许多油纸包的东西，极有秩序的摆设起来，有黄油，有果酱，有黄莎士拌好的生菜，有干牛脯，有干鳌鱼，有两块大面包，有两瓶红葡萄酒，也有刀叉，也有一只小瓷盘。一切摆好之后，才舒适的坐好了，把当天的一份报纸展开，既富于礼貌，而又旁若无人的旋看报，旋用起午餐来。那位一直在他旁边窥伺过的异国仁兄，不由向我感叹说："他竟然具有在他公馆的大餐厅里用餐的气概，那种安然享受的情绪，真动人！"其二，是在民国十八年秋冬之交，不知因了一桩什么事情，得以参加卢作孚先生北碚峡防局①内一次盛大的聚餐，那时，并非兵荒马乱，而聚餐的人，也大都是有教养的，有素修的小布尔乔亚一类的人士，而且菜也相当考较，饭也是洁白的。但是吃饭的人却都站在桌边，从卢先生起，一举筷子，全牢守着"食不语"的教条，但闻唏哩哗啦，匙箸相击，不到十分钟，这顿盛大的聚餐便完毕了。我当时不胜诧异，何以把聚餐也当作打仗？而卢先生的解释，则谓：人要紧张的工作，一顿饭慢条斯理的吃，实无道理可说，徒以养成松懈的习惯，故不能不改革之。呜呼！吃为人生大事，只顾捞饱作数，而不以咀嚼享受的情绪出之，此苟且之至，可乎？

三十七

一直到今日，可说一般中国人在吃的方式和态度上，简朴是很

---

① 那时卢作孚在其家乡北碚任峡防局长（地方自治组织），并在那里创办图书馆、博物馆及中国西部科学院等文化事业。——原编者注

简朴了，认真也很认真了，只是嫌其不甚了解吃于人生的意义，而往往过于苟且，除了正正经经的大宴，稍存雍容的礼貌外，无论大布尔乔亚、小布尔乔亚，乃至平民——我只承认中国有世家，而不承认有贵族。由于历史太长，代谢频频，一切阶级，颇难维系。在目前，老实说罢，只有的是既得利益阶级和贫穷阶级而已——对于吃，只能说是暴殄与捞饱作数。至于作为有意义的享受，那真说不上。我诚心恭维中国菜，我不赞成半吊子的科学化，我尤不赞成提倡大众菲薄的吃，像平民之弄到吃观音土，吃自家的儿女；兵士弄到吃泥沙和发霉的"八宝饭"①，那真可说不成为国家。执政者苟有丝毫良心，何能口口声声，专门责备人民的不对，而自己便显得毫无责任似的！我的意思，愿意四万万七千万的大众每顿都有肉吃，每顿都有叫洋人看了而羡慕的四菜一汤吃饭；更祷告：燕窝、鱼翅等珍贵之品，每一个月，要有一二次作为平民大众桌上佐餐的菜；而牛奶，不光是给与贵妇人去洗澡，即穷乡僻壤的小儿，每天都能分享半磅。尤其重要的是，平民大众的食桌上都能有一瓶花；虽然不必都照西餐的办法，各人吃一份，但碗盏杯盘总得精巧而光致。更根本的，则在吃的时候，大家都能心境坦然，不把这事当作打仗，当作对付，也无须要感谢什么神、什么人之偿赐我们一饱，而确实认得清楚这是人生的要义，非有享受的情绪不可。无谓的礼貌可以不必，而雍容的态度则不可不有。

像这样，庶几中国太平！要打仗，也可以认认真真的打呵！

本稿自"前言"之后，从第一节到第二十五节，在民国三十七年（1948）曾以《漫谈中国人之衣食住行——饮食篇》为题，发表于《风

---

① 原编者注：抗战时期，国民党的粮政部门营私舞弊，在米粮中掺合泥沙、粗糠、谷壳、稗子甚至小石子等杂质出售，故人民都讥之为"八宝饭"。——原编者注

土什志》第二卷三至六期（当时作者因事，"饮食篇"未能续毕）；从第二十六节到第三十七节，以《谈中国人的食》这个题目，依次连载于民国三十六年（1947）《四川时报·华阳国志》。本稿系作者《漫谈中国人之衣食住行》书稿的一部分。1956 年左右作者应中国青年出版社之约完成了包括衣食住行四个部分的全部书稿，但除本稿以外的部分，至今不为人知。

王光祈

｜作者简介｜　　王光祈（1892—1936），中国现代著名社会活动家、音乐学家，字润玙，笔名若愚，四川温江（今四川成都温江区）人。1918 年与李大钊、曾琦等发起组织"少年中国学会"。1920 年赴德国留学，研习政治经济学，1923 年转学音乐研究。代表作有《东方民族之音乐》《欧洲音乐进化论》《论中国古典歌剧》等。

致"少年中国学会"诸同志[①]

本会同志诸兄均鉴：弟因在沪时检验身体，以有眼疾，非医好后不能赴美，弟遂临时改道赴德。所有美国方面之会务由黄仲苏兄等前办理。南洋方面除涂九衢兄已在新嘉坡外，梁绍文兄亦将有南洋之行。美国、南洋既皆有人，故弟更变原定计划，决计直接赴欧，于四月一日乘法船 Panllecat 由沪出发，同行者为会员魏时珍、陈剑修、涂九衢三君。除涂君系赴新嘉坡外，弟与魏、陈二君，皆系直接赴欧。

---

　　① 　本文写于 1920 年 4 月 23 日赴欧途中。——作者注

弟等现已海行二十三日，再过三四日便抵非洲东岸之其布的①。弟此次经过安南之海防、西贡及英属之新嘉坡、哥仑布各处，受激刺极深。见彼白人之经营东亚不遗余力，而吾有色人种在彼等支配管理之下，苟延残喘，不知自拔，令人悲从中来，不能自已。回忆东方病夫之中国，暮气充塞，虽有"五四"、"六三"之运动，然寸效未睹，而从事运动之青年，亦复官气十足矣。可叹可叹！

亚洲各地之亡国民族，其思想固远不及白人，即以体力而论，亦不能与白人相抗，宜其被人征服，回顾中国青年，其身体之孱弱，初不亚于各地之亡国民族，何能与外人相抗？因身体弱而思想不深，故学术不能发达；因身体弱而精神不健，故办事未有成绩；因身体弱而气色不扬，故随处受人侮辱而不敢与之较。诸兄诸兄！试自思吾辈之身体如何？以此孱弱身体而欲精研学术，建树事业，贯彻主张，是犹缘木而求鱼也。故弟此次出国曾与时珍、剑修两兄相约，出国后当以振刷精神、强健身体为第一要事。若身体不强，则所有计划皆虚愿耳.安能见诸实行？甚望诸兄于身体一层务要极端注意。弟在国内时曾见某报外国通信，提倡三种生活：（一）劳动生活；（二）简易生活；（三）规律生活。弟以为此三种生活皆与吾辈身体有重要关系。盖吾人终日运思而身体不稍劳动，则血液循环不灵，易致疾病；生活奢侈而又无秩序，则起居无常，神智昏乱。故吾人欲望身体强壮，非同时注重此三种生活不可，不知诸兄以为如何？

吾会精神注重研究真实学术，从事社会事业，然此二事实未易言。吾辈究应从何处下手？此实为今日亟应讨论之问题也。

弟以为欲实现吾会精神，有二种团体不可不组织，兹详陈如

---

① 其布的，即今天的吉布提共和国，位于非洲东北部亚丁湾西岸。——原编者注

下，以供诸兄之采择。

（一）国内旅行团；

（二）国外旅行团。

吾辈固日日倡言改造社会、改造家庭、改造个人生活、从事社会事业，然各地社会之组织如何？家庭之实况如何？个人生活宜从何处改起？社会事业宜从何种做起？若非有详明确切之调查，而乃轻言改造，岂非大语欺人乎？现今各种主义学说虽皆可以供吾人改革之参考，然欲实地改革则非熟习各地实在情形不可。若不知社会实际状况，何者为需要？何者为非需要？何者虽需要尚可置于缓图？而欲贸然实行其主张，安能望其有成？吾会组织国内旅行团，其任务有三：

（1）调查各地社会状况、家庭组织等等，以为改造社会、改造家庭之预备。调查所得，即开科会讨论，决定吾会对于某种问题之意见。

（2）采集标本，征求图籍，为学术上之贡献。

（3）到各地学校演说，宣传吾会之精神，并调查各分会进行状况。

每年旅行一次或二次，由本会会员组成数团，每团数人。如北京之会员便可旅行北五省，南京、上海、武昌、成都之会员便可旅行长江流域各省，广州等处之会员，便可旅行两广、云贵、福建各省。非会员亦可参加。旅费暂由会员自备，将来会款充裕即由会中津贴。此事于个人学问、社会事业，皆有极大益处。想吾会会员素以精研学术、改革社会为己任，必不惜此区区旅费及时间。否则坐而论道，闭户造车，所谓改造社会、精求学问，皆虚言耳。

国外旅行团之任务，亦为采集各地标本图籍，调查各国社会状况。每一年或二年举行一次，惟需费较巨，弟拟与欧美、日本、南洋各处会员商量，凡吾会会员赴国外旅行，所有食宿费，皆由侨居该地之各会员担任，并尽指导之责，其日期以十日至一月为限。现在世界上各名都大埠，多有本会会员之足迹，此举亦不甚难。故各会员欲旅行世界者仅筹路费千元，便足敷用（平常周游世界者需费五六千元）。此时暂由会员自备，将来会款充裕，可全由会中津贴。凡非会员欲周游世界者，若得本会之介绍函，各地会员亦可尽招待指导之责，惟不担任食宿经费。兹将旅费千元分配如下：

　　　　由上海经南洋、印度、非洲至欧洲三等舱约二百元。
　　　　由欧洲赴美洲头等舱约百元。
　　　　由美洲赴日本二等舱约二百元。
　　　　由日本经朝鲜回中国北京三等舱约五十元。

　　以上五百五十元，余款四百五十元即作为往来欧洲各国即①美国内地之舟车费、护照费等等。

　　吾会会员有留心教育事业者，则赴各国学校参考教育状况；有研究自然科学者则赴各国采集标本。此外如研究社会学、哲学、经济学等等，皆可赴各国调查一切，以证所学。此事若行，于世界学术上及吾国之改造事业上，必有极大惊人之贡献，可断言也（若一时不能周游世界，即先游一二国亦可）。

　　吾国内会员亦可在杭州或南京租房数楹，组织博物馆、图书馆、实验室、植物园等等，以为学术上之切磋，并得随时聚居一地，朝夕砥砺。吾诵陶渊明之"昔欲居南村，非为卜其宅，闻多素人心，乐与数晨夕"，不禁悠然神往矣。

---

　　①　原文如此。疑应为"及"。——原编者注

日前往游香港、西贡、新嘉坡、哥仑布等处之植物园、博物馆，见其收集之富，颇有动于中。涂九衢、魏时珍、陈剑修诸兄皆主张从速组织。此时吾辈侨居外国者，即可从事收采标本，国内会员亦可随时采集，有志者事竟成。

吾辈留学外国者，亦拟速将各国通信社组成，其办法如下：

（一）将外国社会、政治、学术各种消息输入国内，并将中国有价值之活动，译成外国文字，在外国报上发表。

（二）每月将外国新出版之书报目录报告一次，并代国人采购书籍。

（三）凡国内私人或团体，欲调查教育实业各种情形者，亦可委托本社（如指定调查某种学校及某种商情之类）。

总之，吾会会员须时时不忘本会研究学术、改造社会之宗旨，并时时思下手方法，此则愿与诸兄共勉者也。

数日来行近热带，握管汗如雨下，不能多写，匆匆草此。即颂学祺。

弟王光祈自印度洋中上言

选自民国九年（1920）七月十五日《少年中国》第二卷第一期

旅欧杂感（一）

一

我到欧洲后第一感觉的，便是我从前的观念错误。年来国内新思潮很盛，我的思想上也受了很大的影响，但是思想上虽略有变迁，仍是一个不彻底的变迁，不过将从前的旧观念，再糊上一层新思想，表面上虽然好看，里面却仍是腐败不堪。有时新思想与旧观念相战，其结果虽是新思想战胜，但是旧观念仍握有指挥行为的最高命令权。这种旧观念不根本扫除，无论你从事社会改造或政治改造，相信世界主义或国家主义，都含有十分的危险性。

这种旧观念的养成，可分为两种：（一）先天的遗传；（二）后天的习染。这种遗传习染，已经根深蒂固，当然不易铲除。但是我们第一步须用反省功夫，确实知道它是旧观念，而且是不该有的观念。

中国社会是一个有传染病的社会，我们康健的青年加入此种社会内，久而久之我们亦是要受传染，既受传染之后，我们又去传染别人。换言之，社会把我们制造成罪恶分子，我们又去制造罪恶社会。据此看来，从前及现在的社会实在对不住我们青年，我们青年恐怕又要对不住将来的社会。

一个人在旧社会里要不受传染，是一桩很不容易的事。所以我从前甚提倡与旧社会隔离的方法，主张改造社会要先从个人改起，而且须立在旧社会以外，把旧社会当作一种客观的东西去研究它、改造它。

即或认为立在旧社会以外是一件不可能的事，至少亦须具有超出旧社会以外的思想及精神。

我从前的自信力很强，以为我与旧社会假意周旋，或者不至传染。其实我冥冥之中已受传染，跌过了许多筋斗！

现在有许多人主张改造旧社会，须立在旧社会中。这种说法自然也有他的片面理由。但是若自己的修养还不敢自信的时候，未具有入地狱、出地狱的本领，我谨防他要跌筋斗。跌了能爬起来尚算是好汉，恐怕跌了之后永远爬不起来，只好太息一声"又弱一个"。

我所想到的隔离的方法，第一便是结合同志，组织团体，互相保险。因为我是一个最易堕落的人，我每次堕落，都靠我的同志提醒我、扶助我，所以我很知道团体保险的利益。有了团体以后，我们身体虽日与旧社会周旋，但是我们的思想与精神则超出旧社会以外，常常把旧社会当作一件客观的具体事实，供我们研究。有时我们向旧社会宣战，团体便是我们的大本营；有时我们也派团体中的一二健者加入旧社会与旧社会短兵相接，倘若败了退回大本营来，我们亦可安慰他，再图大举。我赞成新村就是根据这种理由。不但是我们的思想与精神须超出旧社会以外，我们的物质生活亦应在旧社会以外立一个基础。不然一面向旧社会宣战，一面又向旧社会讨生活，那才真正危险、真可怜呢。

日前我的朋友李幼椿君与一位法国学者谈话，说到改造社会的方法，那位学者主张"结合团体，身体力行，自然会转移风气"。昔曾文正说过，一人可以转移风气，岂有一个团体反不能转移风气吗？不过是一个团体之中，自然不能够个个分子都是圣人，毫无过失，只要"一面跌筋斗，一面扶起走"，但求团体中互相了解，不问团体外如何批评，故我以为组织团体是一个与旧社会隔离的最好办法。

第二个隔离方法，便是离开中国社会，到国外去留学或作工。我不是说外国社会都是好的——其实坏处亦正不少——亦不希望永久的离开中国社会，不过是我希望在短时期内，应该设法到外国去换一换空气。因为我们自身终日居住在中国旧社会中，所谓入鲍鱼之肆，久而不闻其臭。若一到外国，看见他国社会的好处，便联想到中国社会的坏处；看见他国社会的堕落，便联想到中国社会的特长；看见他国社会与中国社会的共同弱点，便联想到人类的全体改造。总之，外国的学术生活，都可以作我们的参考，而我们离开中国旧社会，亦减少了继续作恶的机会。

譬如我从前的观念错误，何以直到外国来我才知道？别人出国的宗旨多系求学，我出国的宗旨则兼求学与修养两种。我住在德国佛郎克①（Frankfurt）的郊外，开窗临野，一望平芜，鸡声鸟语，时来耳畔。我觉得我从前满身都是罪恶，悄然自悲，若有所失，终日独向"自然的美"之前深深忏悔。

我初到巴黎时与我一般老友相聚，其中活泼泼的自然不少，亦有一二位思想变迁正在激烈之际，颇露出一种"丧其所守"的态度。我其时正从国内出来，"满身都是劲"，忽听周太玄说道："我们朋友都受了英雄名士的重毒，有英雄思想则于人格上有重大危险，有名士思想则于寿命上有重大危险。"我听到此处不由得汗如雨下，满身的劲都已烟消云散了。

一年来的青年运动，多脱不了英雄名士的色彩。譬如爱国运动、社会改造运动，都把他看作"英雄事业"；文化运动、文字革命运动，都把他看作"名士生涯"。英雄名士的特色，便是虚荣心甚强，私德心颇弱，任情恣意，恃气逞才。换言之，便是没有深厚

---

① 佛郎克：即法兰克福。——原编者注

的修养，一切思想事业皆筑于不正当之观念上，我无以名之，名之曰观念错误。我便是一个真赃实犯的罪人（青年运动中自然亦有狠多观念狠正的人），我曾有四首忏悔的诗：

我生久伏危险性，纵马危崖却怨谁。空过九千七百日，做人今始筑根基。

真忏悔者惟自杀，每思此语血如焚。且将毁誉随流水，从此襟怀伴白云。

每接良朋责难书，始知身已堕泥涂。而今百事都如梦，独向苍茫觅故吾。

名士英雄毒已深，良朋一语刺吾心。从兹打破关头去，苦学勤工惜寸阴。

我们青年的朋友们啊！我们求学作事都要注意"观念"。若是观念不正，学问事业都是杀人的利器。

二

我们在中国的时候，以为外国人不敬祖先，不念死者，骨肉之间缺乏情感。其实不然。我的寓所附近有一个"公葬地"，是Frankfurt的一个最大的公共坟地，大约面积有百亩左右，绕以短墙。其中古树阴森，鲜花灿烂，是一个绝美的园林。园中筑有马路，马路两旁即系坟墓，死者埋骨地下，即于地上竖立一碑，多系"人造石"制成，类似大理石，有黑色、紫色、白色之别，高五六尺、宽三尺、厚五寸，碑上刻死者姓名与他的生年死日，碑之下端往往刻有诗词，如：

绿草作你的席，鲜花作你的枕。请你黄泉稍候，便来与你接吻。

情词极为缠绵，又有雕刻裸体美人，泣伏碑旁，碑上书"我们的爱情是永不终歇的"。此外又有许多雕刻希腊神像及其他种种表示情感之石像，最普通的为耶稣钉在十字架上之像，西洋雕刻术之精美，表情示意，惟妙惟肖。碑前布置各不相同，即所竖之碑亦复形式不一（前段所说碑的形式，系指最普通的而言），每碑之前皆有数尺平方之地，杂植鲜花绿草，临风飘舞，我每走一条马路，无异身入花市。时有白发老人或青年妇女手携洋铁水壶，灌溉墓前花草，亦有独立碑前掩袖哭泣的，大约死者家属，每逢星期多到此地灌溉花草。该公葬地坟墓何止万数，而每墓之前皆有鲜花，显系随时皆有人前往换种。我们中国坟地，每年只有清明、年底前往祭扫两次，荆棘满地，还说是崇拜祖先，不忘死者，岂不可笑？

中国人最信风水，每择一茔地，动辄经年。其实外国人聚葬一处，无所谓风水，他们还是肥头大耳，子孙昌荣。

中国人的坟地，总是散居各处，有时祭扫一次须跑几天路，何如葬在近郊，每数日去看他一次。我以为若是对于死者真是感情浓厚，便应该把他烧成灰，装在最美的瓷坛中，置诸桌上，随时相伴，寸步不离。否则亦应将他埋在近处，以便随时祭扫，为什么要跑在数十里、数百里外买坟地？

周太玄与我同游"公葬地"，他说将来我们回去，亦可以组织一个"公葬地"，但是要找几位园艺学家、美术家出来办理，并且我们先从陶然亭畔雷眉生的坟墓做起——雷眉生是一位少年中国学会会员，活到十九岁便在东京死了，我们将他葬在北京陶然亭畔——我想这也是我们应做的事。

我往年在江苏、浙江道上，看见许多棺材放在路旁，没有人管，一方可以看见中国人无同情心，一方又可以看见中国人太不讲卫生了。

三

我昨天与魏时珍、宗白华推论外国平民的居室，何以陈设如此华丽？我以为他们第一是享受物质文明的幸福；第二他们家中都是生产者，没有寄生虫；第三社会组织完善，如有公立医院便可以减少医费；第四他们的金钱多消费在正当的衣食住上，不似中国的狂嫖、狂赌、狂饮；第五外国人的应酬少。

中国人多生、多病、多死、多婚嫁，一年四季皆在闹红白喜事。即以葬丧而论，从死者得病起一直到葬入墓中止，你算算要花多少钱，要费多少时间，闹得四邻不安、鸡犬不宁。送丧幛的拿来缝不成衣裳，送烛纸的只可以付之一炬，其余如孝衣孝帽都是毫无益处的消费，只忙坏了道士、和尚、厨子、裁缝。

我上次看见外国人葬丧，觉得他比我们简单多了，而且很有意义。死者的棺材并不甚大，两个人便能抬起，先由马车送到"公葬地"，再由"公葬地"的役夫用车将他装上运到墓穴，车前有牧师一人，并有役夫一人持十字架一，用黑纱笼着，向前引导，送丧者手执花圈随后跟着，既到墓穴便由役夫二人将棺抬入坑中，那位牧师便翻开《圣经》，高诵一段，并执锄盛土，掷入坑中，随后各亲友皆一一执锄掷土掷于坑中，并在坑前演说，演说毕，由死者的家属掩泪握手致谢。我觉得他们的葬仪，除牧师念经毫无意义外，其余皆不繁不简，墓前演说尤有趣味。

又路旁参观者，见丧车经过，皆须脱帽致敬，更觉有礼。

四

德国各处常常贴有广告，大书特书的写着"快救我们的小孩子呀"。其实德国小孩都长得肥头大耳，又有书可读，比较我们中国的小孩子，真是有天渊之别了。但是他们仍是这样注意，因为他们知道要救战后的德国，改造战后的德意志，不是那些大人先生们所能为力的，全靠这些天真烂漫的小孩。我们中国青年、中年、老年的人，也只能作一个开路先锋，铲除荆棘，辟出一条大路，让我们的小孩子，作那"真正建设"的功夫。

各位想想我们童时所受的家庭教育、社会教育、学校教育，是如何的不良，不但是真正的科学基础，我们没有建筑，而且染了一身不良习惯，直到现在才知道求学，真是晚了晚了。

到德国来留学的，大半只能进大学，并不是他们的程度配进大学，实因为他们不配进中学。中学校分两种：一为偏于文科的，一为偏于实科的。功课异常认真，所有基础科学皆在中学校业已预备完好，外国人来此留学的，简直够不上进中学校与他们青年并驾齐驱，所以只好选择那"放任主义"的大学，自由听讲。换言之，到外国来留学的男女学生，大半只算是半路出家的和尚尼姑。

西洋留学的先生们，往往回国后，多要摆臭架子，其实你们发明了什么东西？建立了什么学说？算了罢！我劝你们老老实实作一点苦工，只算是为我们的小孩子开辟荒芜，至于真正建设，只能待我们那些生下地来就受良好教育的孩子、没有走过迂路的孩子。

战后德国的小孩子，政府恐怕他们家里受战事影响，没有丰富的食品养料，都叫他们将小孩子送到学校内养去，每月只要七个马克——我们每月要用四百马克的伙食费——代他们将小孩子养得肥头大耳的。他们以为恢复德意志的伟人，就是这般肥头大耳的小孩。

周太玄亦说法国的小孩子，自生下地来直到十四岁，他们家里真是把他装扮得如花似玉。至于应该如何使他得着良好教育，养成良好习惯，这是他的父母所昼夜研究的日常功课。所以外国人不愿多生小孩，因为父母是不容易当的。

中国人的小孩怎么样，简直是一条猪、一只狗，任他自生自长。当父母的只知道在这条猪、这只狗的身上，打算他将来送老养老的办法。

我常与几位留欧的朋友说：我们将来回去，自儿童公育院、幼稚园以至小学、中学，我们都要设立，造就人才惟从婴儿着手。

五

我五月初七日抵马赛，正遇着法国大罢工，最初只是全国铁路工人罢工，第二天工党又下一个命令，全国电车、马车同时罢工．我们要找一个马车送行李都办不到。他们工党的命令，比一个陆军总长的动员令，还要神速，还要整齐，我才知道外国工人的魄力。

但是第三天的火车又开了．并不是工人已经上工．乃是一般资本家自己在开车。巴黎有一个中央专门学校．都是资本家的子弟亲戚，在校肄业，各样专门工艺都有。一旦罢工，他们便出来服务，开车的开车，卖票的卖票，穿得很漂亮，举动很温和，所以有许多市民很爱他们，反恨工人，我才知道外国资本家的厉害。

工党要求甚奢，巴黎政府恼了，到最高法院递了一张诉讼呈文，要与工党打官司。有时工党与内阁直接谈判，开口便问有无商量余地，往往只回答一字"无"。于是白手的工人便与拿枪的兵士血战，外国政府虽是一样的可恶，但是我觉得他很痛快。

我常想若是外国的工人移到中国来，我们的政府与资本家只有不战而逃、望风而降。

若是我们的政府与资本家，学有外国政府与资本家的手段，我们中国工人只有死之一法。

天地生人都是先计算过的，既有中国式的政府及资本家，便应有中国式的工人，此之谓三绝。

选自民国九年（1920）十一月十五日《少年中国》第二卷第五期

旅欧杂感（二）

德国有一本书，名叫《桃花》（*Plirsichbhiten*）内中所载的都是中国的诗歌，有许多是从《诗经》上译下来的，装订非常精美。德国近来因为人工很贵，装订工价比印刷工价还多，所以关于科学哲学一类新出版的书籍，装订都极粗率，只有文学书籍装订稍为讲究。而这本《桃花》在文学书籍装订中，又算是第一个美观的，所以极容易引起人注意。德国报纸中有一种名叫"Vorsische Zeitung"的，有一天把《桃花》中的诗，转载了几首，批评了一大段，我今且杷他的批评介绍如下。

他转载的诗有一首是：

泛彼柏舟，在彼中河。髧彼两髦，实维我仪，之死矢靡它。母也天只，不谅人只。

泛彼柏舟，在彼河侧。髧彼两髦，实维我特，之死矢靡慝。母也天只，不谅人只。

他说："我读了这首诗以后，我的精神仿佛到了另自一个世界，说不出来的快乐。试想数千年以前，我们德国是何种野蛮状态，而中国已有如此美丽的诗歌，若拿德国文艺与中国文艺比较，德国的只算是一个乞丐。

"《诗经》是中国古代的国民文学，无论一个贩夫走卒所著的诗，都是非常精美。在德国只有歌德（Goethe）才做得出来，所以中国的诗是公共的，不是少数人的。

"中国民族是富于精神修养的民族。无论在什么凄凉困苦的境遇，他们都是处之泰然，他们承认'现实'，什么都是好的。

"中国诗的组织，与绸缎上的丝一样匀净；中国诗的动人，如饮了醉酒一样热烈。

"希腊哲学家说，天空中有一种自然和谐的音乐（即地球周行，天空鼓动空气的声音）。这种自然和谐的音乐，只有中国人听见，——谱入他们的诗歌。

"我们德国从前只知道中国有一个李太白，其实中国像李太白的诗家还多得很呢。"

以上都是报章中的批评，最后还引了一首李鸿章的诗，作为十九世纪中国诗歌的代表，亦恭维得十足。

近来中国报纸上每天都有几首新诗，而不知外国人亦同时在研究中国古诗。只可惜中国青年多从事输入，而不注意输出，中国的汉字太不易认，中国的书籍又无统系，外国人欲研究中国学问比登天还难，所以外国人对于东方文明始终不甚了解。东方人能够介绍东方文明的，在印度只有一个太戈耳①。在中国尚无其人。

欧洲自大战后，一般学者颇厌弃西方物质文明，倾慕东方精神文明。近来欧洲新出了许多书籍，如《欧洲之末运》等书，攻击西方文明，不遗余力，大受欧人欢迎，出版后风行一世。前几天朋友

———————————

① 太戈耳，即泰戈尔。——原编者注

魏时珍接着一封介绍信，说是有一位大学教授要和他谈谈孔子之道。又有一位姓陈的朋友到乡下旅行，在一个中学校里，听见一位教师向学生讲授"己所不欲，勿施于人"的道理，并盛夸中国老子学说比孔子学说含义深奥。总之，此种现象，虽是战后一时的反动，但是我们亦可借此机会将中国古代学术尽量输入欧洲。

朋友张梦九说："中国古代文明与中国现代社会是两回事，不可混为一谈。"换言之，中国的文明自文明，社会自社会，他们俩早已没有关系。现在新文化运动就是要把"文明"应用到社会上去，但是外国人因为不了解中国古代的文明，只看见中国现代的社会，遂以为现代堕落的社会，便是中国文明的结晶，因而对于中国民族存一种轻视之心。近来吾国文化运动虽十分热闹，但是在欧洲人眼光看来，亦不过是抄袭欧洲学说，小儿开始学步罢了，还不能减少他们轻视的程度。我以为要抬高现在中国民族的人格，最好是自己能创造新文化，以贡献于世界。否则至少亦应将中国古代学术介绍一点到欧洲来，一则使东西两文明有携手机会，可以产出第三文明；二则亦可减少欧洲人轻视中国民族的心理。

欧洲人急欲知道中国文明，但是要找一本介绍中国文明的著作终不可得，找来找去只找着一位辜鸿铭先生。于是欧洲报纸、杂志、书籍上常常都有辜鸿铭三字出现，称他是欧洲人的先知先觉，说他的著述是介绍东方文明的杰作。诸位想想，由复辟派辜鸿铭所介绍的中国文明，究竟是一种什么文明？我实为中国文明寒心，但是中国文明仅由辜鸿铭始传到欧洲，这又是我国一般文化运动家所当引为深耻的。我希望中国青年不要专从事输入，还须注意输出。

九年十月廿六日在德国佛兰克

选自民国十年（1921）二月十五日《少年中国》第二卷第八期

德国人之婚姻问题

序

　　此书原稿，本系今年正月余为《申报》通信而作，故全体皆用文言（此外所有拙著音乐书籍，则均系白话）。后以此稿内容不合《申报》之格，为其所弃，至今年十月始由挚友左舜生君向报馆将原稿索回。本拟转售其他杂志，略助留学之资，不意此稿颇为舜生所赏，以转售其他杂志为可惜，拟将刊作少年中国学会小本丛书，与李劼人兄之《同情》同时出版。盖一系描写法国社会情形，一则叙述德国家庭生活也。

　　当余作此稿时，寓于柏林南郊某宅，主人为一对七十余岁之老年夫妇，侍余甚为殷勤。稿中所描写之德国家庭生活，其得之于此一对老人者颇属不少。孰料今年二月七日，余之男主人以病魔肆虐，生活日艰，竟于是日夜半潜到厨中，引吸煤气自尽。及其妻发觉，大声呼救，余从睡梦中惊起，左右邻居亦至，急招医生挽救，然煤毒深入，已无及矣。其妻料理丧事既毕，亦欲依样葫芦，引吸煤气自杀，幸为邻居察觉医救，得庆更生。旋即送入医院，卧床不起者数月。余自此以后，亦复迁徙流离，未遑宁处，追悼旧事，不禁怆然。

　　曩者亲余劼人所作《同情》，辄欲前往巴黎卧病，余不知读余书者又将作何感想。呜呼，世间之足以慰己动人者，只此感情二字耳。人生本有涯，又安能长与冷酷社会相处耶。

中华民国十二年十二月七日王光祈序于柏林之 Steglitz，Adolfstr. NO 2

恋爱之余波

恋爱其有尽乎？曰，否。然则何以"余波"名也？曰，余波者吾辈旁观人视线之所能及者也。其在余波自身，为动之终极乎，抑动之起点乎，则非吾辈情海以外之人所能妄为推测者也。兹仅就吾辈视力所能得者，聊为分述如左[1]：

德人身体素强，兼之培养得宜，故中年夭折之人，极不多见（战争阵亡则为例外）。德俗：结婚年龄，往往女子小于男子，平均计算，其相差之数，约在五岁左右。一旦男子先故，其未亡人所恃以为生之道，约有三种：（一）德国从事公务人员，上自官吏教员，下至电差邮卒，无不有其养老恤金，身故之后，其妻即恃此度活。（二）若系自由工人（如成衣匠之类），则在年壮之时，即已日事储蓄，为老来生活及身后遗孤之用，一朝不幸物故，此项财产即作为其妻养生送死之资。（三）既无养老恤金，又无储蓄财产，则其寡妻，便不能不从事工作，自谋其生，以度余年，此与吾国之专恃子女为生者又根本不同也，惟自欧战以还，阵亡甚众，可怜无定河边之骨，多为春闺梦里之人；此种青年寡妇，独守空帏，忽失所依，无以为活，其情缘未尽者则桃花再嫁，其爱根深种者则孤柏长青。更往往有膝下遗孤，嗷嗷待哺，只恃国家恤典，无法支持，于是不得不另谋职业，以增收入，为养老抚孤之用。既所以报死者，亦所以爱生者，寡母孤儿，逐亦从此相依为命矣。吾国贞女节妇，不乏

---

① 原书为竖排，故曰"如左"。——编者注

其人，大半为国家所旌扬，由社会所奖诱，若德国则不然，国家无半字之褒，社会无再醮之诮，其所以甘于寂寞不复嫁人者，非他，爱为之也。

德国坟地，多在近郊，为公共会葬之所，与吾国之家自为茔者异。大抵面积宽广，布置井然，树木阴森，短垣带绕，其中筑有草坪，间以花径，花径两旁，即为坟墓。死者埋骨地下，不砌坟堆，但于地上竖立一碑，环以低栏。碑形与中国墓碑相似，惟高大过之，且用"人造大理石"制成，光彩夺目。碑上刻有死者姓名，及其生年死日。碑旁往往立有雕刻裸体美人一尊，泣伏碑侧，作掩泪写字之状，下有文句一行，曰"我们的爱情是永远不终歇的"。此外或题诗一首，如"绿草作你的席，鲜花作你的枕，请你黄泉稍候，便来与你接吻"之类，无不情词悱恻，哀艳动人。碑前有数尺平方之地，杂植红花碧草，临风飘舞，无日不春，吾人行经墓旁，有如身入花市。时有青衣少妇，手携洋铁水壶，灌溉墓前花草，往往出神落泪，盖昔时星期休暇，辄偕夫婿听乐观剧，散步闲游，而今则索居寡伴，无可为欢，故每逢星期，特来灌溉，一则可以消遣无聊光阴，二则可以使泉下人不致寂寞也。灌罢，兀坐碑前，（德国墓前往往自置短椅一把，为吊时所坐。）冥思已往，当初与其所欢，如何相见，如何跳舞，如何求婚，如何偕游，如何结婚，如何生活，无不齐来脑际，都到心头。要之：往事如烟，不堪回首，他生未卜，此生已休。盖德国夫妻自结缡以来，绝少分手，无论行商坐买，作吏为官（从军当然例外），莫不携带家眷，起卧与俱，直至死时，始知离别，其为哀痛，自逾常情。而况德国男女恋爱，其乐百倍吾人，一旦鸳鸯翼折，连理枝摧，颇似白头宫女，追怀先朝旧事，其苦亦百倍吾人。以上系就以情结合之结婚夫妇而言也。至于以志结合之独身男女，则所欢虽死，其志未终，或搜辑其遗文佚稿，或继续其社会事业，要其恋爱之情相结之志，皆不以生死而易者也。

　　吾此篇所述"恋爱余波"，大半皆指女子而言，对于男子方面，则尚未一言道及。此其故无他，盖男子者不能言情之动物也，而德国男子为尤甚。德国男子之意志理智，皆极发达，而感情一部，则常有相形见绌之感，换言之，只有为意志理智而牺牲之感情，未有为感情而牺牲之意志理智。譬如女子先故，而男子不再娶者则十人之中，恐尚不得二三，即此一端，殆已无"恋爱余波"之可言。故以感情而论，德国女子在世界女子情场中可得九十分，列入最优等；而德国男子在世界男子情场中，则至多只能得五十九分，列入不及格。不及格之感情，著者所不愿言也。

　　此文所述多系实质方面，至于形式方面，如订婚结婚仪式之类，以其但属糟粕，无庸介绍。又离婚问题，本极重要，然因著者于去年八月九日曾有《德国之离婚问题》一信登诸《申报》，可以参观，故此次亦不必再述。夫婚姻问题者人生最大之问题也，男女自十五岁以至于老死，即无日不为此问题所颠倒左右；其在十五岁以前，则又为父母婚姻问题之余荫也。换言之，婚姻问题占满吾辈人生全部领域，此事若不先行解决，则人生问题亦无从解决。吾中华民族之前途，其将终于暮气沉沉乎？抑将从此生机勃勃乎？吾皆以婚姻问题能否解决卜之也。

　　选自王光祈：《德国人之婚姻问题》，（少年中国学会小丛书），中华书局，1924 年